ずっと空を見ていた

泉　啓子・作　丹地陽子・絵

ずっと空を見ていた

1

今年は春休みにはいってから、二度も雪がふって、また真冬にもどったような寒さが続いてた。でも、二、三日前から、急にあたたかい風がふき始めて、庭のサクラが一気に満開になった。

毎年、かたいつぼみがふくらんで、最初の花が開いたのを見つけると、真っ先にとなりの真吾《しんご》に知らせに行ったっけ。そして、真吾《しんご》の弟の宗太《そうた》と、わたしの弟の航《わたる》と――去年は同じクラスの由樹奈《ゆきな》もくわわって、みんなでお花見の相談をした。天気予報を調べて、日にちが決まったら、おばあちゃんにおべんとうを注文する。確《たし》か、きょうより一週間早い三月の二十八日だったと思う。朝からサクラの木の下に大きなビニールシートを広げて、食べて、飲んで、歌って、大さわぎした。

でも、今年は真吾《しんご》がいない。由樹奈《ゆきな》も四日前から家族とスキー旅行に行ってしまった。こんなにきれいにさいたのに……一年で一番楽しいはずの季節なのに……。縁側《えんがわ》の日だまりに、ひとりポツンとすわってると、さみしさがシーンと胸《むね》にしみてくる。

春休みも残り二日の日曜日。インテリア用品の会社のショールームで働いているかあさんは、いつ

もは水曜が定休日だけど、きょうは特別にお休みをもらって、朝早くから、おばあちゃんと出かけた。かあさんの妹の佑美《ゆみ》ネエのだんなさん――英彦《ひでひこ》おじさんが今度独立《どくりつ》して、新しい法律事務所《ほうりつじむしょ》を開くことになった、そのお祝いのパーティに出席するためだ。パーティには、仕事関係の人以外に、両方の親戚《しんせき》も大勢《おおぜい》集まるらしく、直前まで、かあさんはひどく気が重そうだった。

「理央《りお》、ほんとうにふたりでお留守番《るすばん》、だいじょうぶ？」

今朝も何度もねんをおしたりして……。

うちは、おばあちゃんと、かあさんと、弟の航《わたる》との四人暮《ぐ》らし。そんな家は他《ほか》にもたくさんあると思うけど、よそと少しちがうのは、いっしょに暮《く》らしてるのが、かあさんじゃなく、離婚《りこん》したおとうさんのほうのおばあちゃんだってこと。

おとうさんは、かあさんと離婚《りこん》した後、すぐに再婚《さいこん》した。その時、おばあちゃんは、三歳《さい》になったばかりのわたしと、まだあかちゃんだった航《わたる》をかかえたかあさんと、いっしょに暮《く》らそうと決めたって。かあさんも、その少し前に、急におじいちゃんがなくなって、ひとりぼっちになったおばあちゃんのそばにいようと思ったって――。

かあさんのほうのおじいちゃんは、わたしが生まれる前になくなった。四国《しこく》におばあちゃんがいるけど、ひとりっ子のおとうさんとちがって、かあさんは三人兄妹《きょうだい》。長男の健一《けんいち》おじさん夫婦がすぐ近くに住んでて、なんの心配もないからって。そうはいっても、「離婚《りこん》した相手の親といっしょに暮《く》らすなんて」と、親戚中《しんせきじゅう》から猛反対《もうはんたい》されたらしい。それをおしきって、かあさんはおとうさんの実家のこの家に引《ひ》っ越《こ》してきた。そして、昼間は、かあさんが外で働いて、おばあちゃんがわたし達のめんどうを見るという、四人の生活が始まった。結婚前《けっこんまえ》に勤《つと》めてた会社の上司が事情《じじょう》を知って、今の渋谷《しぶや》の店で働けるようにしてくれたらしい。それから、もうすぐ九年――。

わたしがいつ、こういう事情《じじょう》を知ったのか、はっきりとはおぼえていない。ただ、ある日とつぜん、だれかに聞いて――というより、まわりのおとな達の話から自然に……という気がする。小さいころは、おばあちゃんがどっちのほうの親かなんて考えなかったし、おとうさんは遠いところに仕事に行っていると聞かされて、べつにふしぎとも思わなかった。

この家にくる前の記憶《きおく》は、ぼんやりと残っている。小さなあかちゃんのベッドにまどから日がさしてる光景とか、アパートの外の階段《かいだん》を男の人に手を引かれて、のぼってるところとか……。たぶんあれが、おとうさんだと思うけど、なぜか後ろすがただけで、顔はおぼえていない。かあさんからも、大学時代、バイト先で知りあったこと以外、くわしい話を聞いてないし、写真を見せてもらったこともない。

もうずいぶん前に一度だけ、なぜおとうさんと離婚《りこん》したのか聞いたことがある。でも、あいまいにわらって、答えてくれなかった。もし、おとうさんに悪いとこがあっても、おばあちゃんがいるから、いえないいんだって思った。おばあちゃんも、おとうさんの話を全然しない。わたしもむりに聞きたいとは思わなかった。

でも、最近、急にいろんなことが気になり出した。

航《わたる》がなまいきになって、かあさんやおばあちゃんにえらそうな口をきくのを見ると、おとうさんがいたら、こういう時、どうするんだろうとか、おばあちゃんは、おとうさんの子ども時代のことを思い出してるんじゃないかとか、じぶんの息子《むすこ》なのに、会いたくないんだろうかとか……。テレビのコマーシャルやドラマで、父親と子どもが楽しそうに遊んでるシーンを見ると、つい気になって、おばあちゃんの表情《ひょうじょう》をこっそりのぞいたり……。

でも、それもたいてい、ほんのいっしゅんで、すぐにその日学校であったことや、日常《にちじょう》のできごとにまぎれて、通り過《す》ぎてきた。

あの日、佑美《ゆみ》ネエのあんな話を聞くまでは……。


去年の秋の終わりごろ、ずっとシャキシャキ元気だったおばあちゃんが、ひざを痛《いた》めて、二か月近くも病院通いをした。その間、かあさんは、おばあちゃんにむりをさせないよう、仕事の日は暗いうちに起きて、朝ごはんを作って、洗濯《せんたく》をして、夜七時過《す》ぎに帰ってからも、後かたづけやアイロンがけ……と、息つく間もなく働いた。買い物とそうじは、休みの日にまとめて――もちろんわたしも、できるだけのことはした。話を聞いた佑美《ゆみ》ネエが、お見舞《みま》いがてら、ようすを見にきて、その後も何度か、手つだいにきてくれた。

佑美《ゆみ》ネエは、かあさんより四つ下。わたしが生まれた時はまだ大学生だったけど、アパートにとまりこんで、買い物に行ったり、ごはんを作ったり、一生懸命《いっしょうけんめい》世話をしてくれたって。かあさんが離《り》婚《こん》して、この家に住むことになった時も、「おねえちゃんがそうしたいんなら」って、親戚《しんせき》の中で、たったひとり、みかたしてくれたって。三年前に英彦《ひでひこ》おじさんと結婚《けっこん》するまでは、うちにもよく遊びにきて、わたしと航《わたる》を、いろんなとこに連れてってくれたりもした。おばあちゃんにも、すごくやさしかった。だから、そんな関係がこれからもずっと続くと思ってた。

ところが、おばあちゃんのひざがよくなって、お正月にひさしぶりに遊びにきた時のこと。帰りぎわ、かあさんの部屋で、佑美《ゆみ》ネエがひそひそ話してるのを、ぐうぜん聞いてしまった。

「……今まで、四国《しこく》からいろいろいってきても、おねえちゃんがしたいようにすればいいいって、ずっと協力してきたけど……考えたら、ここの、村瀬《むらせ》のおかあさんも、これからどんどん年とってくわけだし、また今度みたいなことがあっても、わたしもそんなにちょくちょく手つだいにこられなくなるから……。きのう、英彦《ひでひこ》さんとも話したんだけど、理央《りお》も来年は中学でしょ？　学費やなんか、ますますお金がかかるようになるわよ。正直、おねえちゃんの給料だけでやってくの、たいへんなんじゃない？」

急に、じぶんの名前が出たので、あわててドアにギュッと耳をおしあてた。

「もう村瀬《むらせ》さんと離婚《りこん》したんだから、ここのおかあさんには、実の息子《むすこ》がいるんだから、いつまでも、ひとりでこんな苦労することないわよ。おねえちゃん、まだ三十六でしょ？　そろそろ真剣《しんけん》に考えたほうがいいいんじゃない？」

四国《しこく》の健一《けんいち》おじさん達から、なにをいってきてるかは、うすうす知っていた。「真剣《しんけん》に考える」というのは、つまり、この家を出て、再婚《さいこん》しろってことだ。けど、そのたび、かあさんはきっぱりことわってた。だから、なんの心配もしてなかった。なのに、まさか、佑美《ゆみ》ネエまでが、そんなことをいい出すなんて……。

「今まで、かわいがって育ててくれたおばあちゃんから、子ども達を引《ひ》き離《はな》すのは、残酷《ざんこく》だとは思うわよ。でも、将来《しょうらい》のことを考えたら、あの子達にとって、絶対《ぜったい》そのほうがしあわせだって。特に航《わたる》には、男の子には、父親が必要だって、英彦《ひでひこ》さんもいってるし……」

佑美《ゆみ》ネエだけが一方的にしゃべってて、かあさんの声は聞こえなかった。

（どうして、なにもいい返さないの？　佑美《ゆみ》ネエ、どうしてそんなひどいことをいうの？）

部屋に飛びこんで、さけびたかった。でも、わたしが話を聞いてたことを、かあさんにも佑美《ゆみ》ネエにも知られたくなかった。知られたら、なにかが決定的にこわれてしまいそうで……。だから、気づかれないうちに、急いでじぶんの部屋にもどって、高ぶる気持ちをおさえながら、じっと息をころしてた。それっきり、佑美《ゆみ》ネエは一度も家にきていない。

あの後、話はどうなったのか？　一か月くらい過《す》ぎたころ、どうしても気になって、それとなくかあさんに聞いてみた。佑美《ゆみ》ネエがこないのは、新しい事務所《じむしょ》の準備《じゅんび》がいそがしいからだって、かあさんはいった。けど、今までなら、どんなにいそがしくても、電話くらいしてきたはず。「その後、おばあちゃんのぐあいはどう？」とか、「学校、うまくいってる？」とか……。こんなに長い間、佑《ゆ》美《み》ネエの声も聞かないなんて初めてだ。

（まさか、二度とこないつもりじゃ……）

時間がたつにつれ、どんどん不安がつのってきた。そういえば、あの時、佑美《ゆみ》ネエは何度も英彦《ひでひこ》おじさんの名前を口にした。ある日とうとう、いてもたってもいられなくなって、遠回しにかあさんに聞いてみた。

「ねえ、佑美《ゆみ》ネエ、結婚《けっこん》して、変わっちゃったと思う？」

「えっ、なによ、とつぜん？」

びっくりしたように料理の手をとめて、まじまじとわたしの顔を見た。それから、すぐにまたフライパンに目をもどして、

「そりゃあ、まあ……相手の家族のこととか、いろいろあるもの。独身《どくしん》の時みたいに、自由気ままってわけにはいかないでしょ」

あきらかに、はぐらかすような口調でいった。けど、あの時、佑美《ゆみ》ネエがいったことを、かあさんが気にしてるのは確《たし》かだ。だからこそ、きょうのパーティに行くのを、あんなにしぶったのだ。四国《しこく》の健一《けんいち》おじさんや、英彦《ひでひこ》おじさん……親戚《しんせき》がぞろりと顔をそろえる場所におばあちゃんを連れていって、なにが起きるか、不安だったのだ。

二月の終わりに正式な招待状《しょうたいじょう》が届《とど》いた時も、

「また、ややこしい話になるとこまりますから、事務所《じむしょ》のお祝いには、日をあらためてってことで、

わたしから佑美子《ゆみこ》にうまくことわっておきましょうか？」

　おばあちゃんに、こっそり相談してるのを聞いた。わたしも絶対《ぜったい》そうしたほうがいいと思った。なのに、

「そういうわけにはいかないよ。佑美子《ゆみこ》ちゃんには、いろいろお世話になってるんだし、おにいさん夫婦も、わざわざ四国《しこく》から見えるんだろ？　めったにお会いする機会がないんだから、こういう時にきちんとごあいさつしないと」

　きびしい口調でピシャッといわれて、結局出席の返事を出すことになった。それでも、なかなか決心がつかなかったらしく、

「やっぱり、きょうはわたしひとりで行ったほうが……」

　今朝になっても、まだぐずぐずいってたのを、

「いいから、さっさとしたくして」

　キリッと着物を着こんだおばあちゃんに、追いたてられるようにして出かけていった。

　ふたりを見てると、ふしぎな気がする。ほんとの親子みたいに思う時もあるし、全然ちがう気もするし……。

（ずっとこのままじゃ、だめなの……？）

　そう思うたび、佑美《ゆみ》ネエのことばが耳の奥《おく》でひびく。

『おねえちゃんの給料だけでやってくの、たいへんなんじゃない？』『まだ三十六でしょ？』『男の子

には、父親が必要だって……』

わたしはおばあちゃんとはなれて、この家を出るなんて、絶対《ぜったい》にいやだ。でも、かあさんのためには、そのほうがいいの？　もし、かあさんが再婚《さいこん》したら、わたし達に、新しいおとうさんができるってこと？　そしたら、ほんとうのおとうさんはどうなるの？　おばあちゃんと暮《く》らすの？

何度考えても、そこで頭がごちゃごちゃになって、それ以上先へは進めない。

「いいなあ、パーティって、おいしいもの、たくさん食べられるんでしょ？　なんで、おとなだけなんだよっ」

なにも事情《じじょう》がわかってない航《わたる》は、さんざもんくをいって、かあさんがゆうべ作ったカレーをお昼に食べると、どこかに遊びに出ていった。

航《わたる》はのんきでいいなあって、いつも思う。この家に引《ひ》っ越《こ》してきた時も、まだあかちゃんだったから、初めからここで生まれたようなもんだし……わがまま放題、のびのび育って……。ま、今さら、そんなこといってもしょうがないけど……。

とにかく、かあさん達が帰ってきて、きょうのパーティのようすを知るまでは、不安で気持ちが落ち着かない。せめて由樹奈《ゆきな》がいてくれたら、ふたりでお花見できたのに……よりによって、スキーからもどるのは、今夜おそくになるらしい。

由樹奈《ゆきな》は二年前、わたし達が四年生の六月に、二軒《けん》はなれた向かいの家に引《ひ》っ越《こ》してきた。初めてママとあいさつに来た日のことを、今もはっきりおぼえてる。

「こんな近くに同い年のお友達がいるなんて、ほんとにラッキーだったわ。ひとりっ子で、わがままに育っちゃったけど、よろしくね」

パアッと花がさいたような笑顔《えがお》に、思わずドキドキした。横に立ってた由樹奈《ゆきな》は長い髪《かみ》をおしゃれにカットして、白いレースのブラウスを着ていた。そして（どんな子だろう？）と観察するように大きな目でじっとわたしを見ていた。航《わたる》はどこかに遊びに行って、おばあちゃんとふたりきりだった。

「うちは母親が昼間仕事で家をあけて、年よりが見てるもんで、いつまでもあまえんぼうで……ほら、ちゃんとごあいさつなさい」

おばあちゃんにグイッと頭をおさえられた。そのしゅんかん、由樹奈《ゆきな》がクスッとわらった。初対面で、そんなはずかしいとこ見られて、やだなあって思ってたら、「おばあちゃんといっしょに住んでるなんて、うらやましいって思った」って、後から聞いた。つぎの日の午後、「ママがクッキーを焼いたから、いっしょにおやつをどうぞ」って、さっそくむかえにきて、月曜日に学校に行ったら、ぐうぜん同じクラスにはいってきた。そして、その日から、毎日いっしょに学校に行って、いっしょに帰って、由樹奈《ゆきな》のピアノのレッスンや塾《じゅく》のない日は、かならずどちらかの家に遊びに行ったりきたり……。初めのころは、うちにくるたび、「おばあちゃん」「おばあちゃん」て、おばあちゃんの後ばかりついてまわるから、「わたしと遊ばないなら、帰って」って、頭にきて追い返したこともあった。

（もう、あんな子と遊ばない）って、つぎの日、学校で口をきかなかったこともある。でも、由樹奈《ゆきな》とのケンカは長続きしなかった。こっちは仲なおりしたつもりもないのに、二日もしないうちに、ママの手作りのお菓子《かし》を持って、ちゃっかり家にあがりこんで、航《わたる》とゲームなんかして遊んでる。となりの真吾《しんご》や宗太《そうた》とも、すぐにおさななじみのように仲よくなってしまった。マイペースで、どこにでもズカズカはいりこんでくる由樹奈《ゆきな》が、正直、苦手だった。由樹奈《ゆきな》なんか、引《ひ》っ越《こ》してこなければよかったのにって、何度も思った。

ところが、一か月くらいして、学校の休み時間に、たまたまクラスの女の子達が、前の日のテレビドラマの話をしてた時のこと。

「嫁《よめ》と姑《しゅうとめ》の関係って、ほーんと、たいへんみたいね。わたし、おとなになって結婚《けっこん》しても、絶対《ぜったい》相手の親といっしょに住みたくない」

「えっ、でも、うち、おとうさんのほうのおじいちゃんとおばあちゃんといっしょに暮《く》らしてるけど、おかあさんとすごく仲いいよ。まあ、おたがい、いろいろ気ィつかってるみたいだけど」

「そうなんだよね。逆《ぎゃく》に実の親子のほうが、遠慮《えんりょ》がないから、いいたいことバンバンいいあって、しょっちゅうケンカしてるって、となりのおばさんがいってた」

「あ、そういえば、村瀬《むらせ》さんとこ、おかあさんじゃなく、おとうさんのほうのおばあちゃんだって、ママがいってたけど、ほんと？」

ぼんやり横で聞いてたら、中のひとりがとつぜんこっちをふり向いた。べつにかくしてたわけじゃ

ないけど、わざわざいう必要もないから、それまでみんなには話してなかった。どう答えようかと、まよってると、

「ええーっ、うそォ」「だって、村瀬《むらせ》さんち、おとうさん、いないんでしょ?」「なのに、どうして、おとうさんのほうのおばあちゃんと暮《く》らしてるの?」「おとうさん、死んじゃったの?」

ワアッといっせいに問いつめられて、なにもいえずに、うつむいてしまった。その時、

「ちょっと、あんた達! どうして、そんなことというのよっ。おばあちゃんは、おばあちゃんなんだから、どっちだっていいでしょっ」

教室の後ろで男の子達としゃべってた由樹奈《ゆきな》が飛んできて、ものすごいいきおいでどなった。

「理央《りお》のおばあちゃん、すごいんだから。なんでもできるんだからねっ」

まるでじぶんのことのように、こうふんした声で――。あの時、由樹奈《ゆきな》はまだ、うちの事情《じじょう》を知らなかったはず。でも、彼女《かのじょ》がいったことばのとおり、そんなことはどうでもいい。「おばあちゃんといっしょで、うらやましい」って、本気で思ってくれてたんだって、ものすごくうれしかった。それにもし、由樹奈《ゆきな》があんなふうにどならなかったら、もっとしつこくいろいろいわれたかもしれない。

わたしはもともと、女の子同士のキャピキャピしたおしゃべりが苦手で、休み時間はたいてい、ひとりで本を読んだり、ノートのはしっこに絵を描《か》いたりして過《す》ごしていた。クラスで特に仲のいい友達もいなかった。家に帰れば、真吾達《しんごたち》がいたから、べつにそれでさみしいとも思わなかった。けど、由樹奈《ゆきな》はその日以来、まるで護衛《ごえい》かなにかのように、ますますピッタリくっついてくるよう

になった。たまに、わずらわしいって思うこともあるけど、おかげで教室にいても、ヘンに気をはらずにすんだし、いつの間にか男の子達とも自然にしゃべれるようになった。

由樹奈《ゆきな》はパパとママとの三人暮《ぐ》らし。性格《せいかく》だけじゃなく、家のふんいきも、全然ちがう。テニスとお菓子《かし》作りが趣味《しゅみ》のママは、若《わか》くて服装《ふくそう》もすごくおしゃれだし、パパは学生時代バスケをやってたらしく、背《せ》が高くてカッコいい。仕事は土日がお休みで、仙台《せんだい》と東京《とうきょう》に住んでるおじいちゃんおばあちゃんも、みんな元気。心配ごとがなにもないから、お休みのたびに、あちこち旅行に出かける。

「まるで絵に描《か》いたようなしあわせファミリーだね」って、いつかいったら、「そんなことないよ。ひとりっ子なんて、つまんない。理央《りお》んちのほうが全然いいよ」って、不満そうに口をとがらせた。でも、由樹奈《ゆきな》んちに遊びに行って、ママにいいたい放題、友達みたいにケンカしてるのを見ると、わたしはかあさんにも、おばあちゃんにも、こんなふうになにかをいったことがないなあって、ちょっとうらやましくなる。でも、おたがいにちがってるからこそ、ずっと友達でいられるのかも……。

(由樹奈《ゆきな》、なにしてるかなあ?)

スキーは「純《じゅん》ちゃん」ていう、いとこの大学生のおにいさんといっしょで、専属《せんぞく》コーチしてもらえるっていってたから、今ごろはもうずいぶん上達して、真っ白なゲレンデをさっそうとすべってるかもしれない。

その光景を思いうかべたら、なんだか急に気持ちが明るくなってきた。

そうだよ。ここで、うじうじ心配してても、しょうがない。きょう、パーティでなにが起こっても、わたしはこの家で、ずっとおばあちゃんといっしょに暮《く》らしていく——そんな決意のようなものがじわじわと胸《むね》の奥《おく》からこみあげてきた。

（なんだ。なやむ必要なんて、全然ないじゃん）

パーッと霧《きり》が晴れたような気分で、縁側《えんがわ》にバタンと大の字に寝転《ねころ》んだ。目を閉《と》じると、木《こ》の間《ま》ごしの光が、まぶたのうらでちらちらゆれた。

「新しいゲーム、買った？　チェッ、なんだよ、つまんねえなあ」

とつぜんの声にビクッと目を開けると、となりの次男ぼうが航《わたる》といっしょに、げんかんの横をぬけて庭にはいってきたところだった。春休みになってすぐ、おばちゃんと静岡《しずおか》に行って、帰ってくるのは休みが終わるギリギリのあしただと思ってた。

「お帰り、宗太《そうた》。いつ、帰ってきたの？」

パッと飛び起きて声をかけると、

「な、なんだよっ、理央《りお》、いたのかよっ」

ひどくあわてたようすで、

「きのうだよ」

ふきげんそうに答えたとたん、トレードマークのおでこのキズがピクッと動いた。

「ちょっと、なーに、その態度《たいど》？　あ、まさか、あんたたち、だれもいないと思って、悪いことしようとしてたんじゃないでしょうね？」

「ちがうよね？」

航《わたる》があわてて一つ年上のアニキ分の顔をのぞきこんだ。

「静岡《しずおか》から帰ったばっかで、おばちゃん、つかれてるから、宗太《そうた》くんちは遊べないって。だから、うちはだれもいないって、いっただけだよ」

「ほんとに？　なーんか、あやしいなあ」

けど、そんなことより、向こうのようすはどうだったのか――かんじんなことを、なるべくさりげない口調できり出した。

「今度は、おじちゃんは静岡《しずおか》に行かなかったの？」

「おととい、車でむかえにきて、一晩《ひとばん》だけとまった」

宗太《そうた》はまたぶっきらぼうに答えた。

「デイジーもいっしょに車に乗ってったんだよ。ね？」

横から航《わたる》がはりきった調子でいった。デイジーというのは今年十五歳《さい》になるとなりのイヌだ。（よけーなこというな）って顔で、宗太《そうた》がギロッとにらんだ。

「へえ。じゃあ、ひさしぶりに真吾《しんご》、デイジーに会えたんだ」

「……いっしょに散歩に行った」

ちょっと間があいてから、あいかわらずムスッとした顔で、もごもごいった。

「散歩に？　よかった。ずいぶん元気になったんだね」

デイジーを連れて楽しそうに歩く真吾《しんご》のすがたが目にうかんだ。今なら、だいじょうぶかもしれない。タイミングをのがさないうちにと、思いきって聞いた。

「真吾《しんご》、まだ帰ってこられないの？　あさってから、新学期が始まるでしょ？」

いっしゅん、わたしの顔を見返して、それからだまって背中《せなか》を向けた。

（しまった。やっぱ聞かなきゃよかった……）

「あ、あのさ……こんな天気いいんだから、公園でサッカーでもしてくれれば？」

あわてて話題を変えた。

「ふたりだけじゃ、つまんないよ」

航《わたる》がプウッと口をとがらせた。

「だれか、友達さそったら？」

「もう、さそいに行った。けど、だれもいない」

「そっかあ、春休み最後の日曜だもんね。みんな、家族でお花見に行ってるのかもね」

ホーッとため息をついたとたん、目の前のふたりが急にかわいそうになった。

「じゃあ、おやつ持ってきてあげるから、うちでゲームでもする？」

「やったあ。のどかわいたから、ジュースもね」「おれも」

とたんに元気になって、先をあらそうように縁側《えんがわ》にあがると、さっそくリビングのテレビの前にじんどった。

となりの杉浦家《すぎうらけ》とうちとは、真吾《しんご》を頭に、わたし、宗太《そうた》、航《わたる》……と、上から順に年齢《ねんれい》がひとつちがいでつながってて、小さいころから、いつもいっしょに遊んでた。

おばあちゃんの一家がここに引《ひ》っ越《こ》してきたのは、二十年近く前。おとうさんが高校生の時だったらしい。おとうさんは高校を卒業するとすぐ家を出て、大学の近くでアパート暮《ぐ》らしを始めた。それから何年かして、となりに真吾《しんご》一家が引《ひ》っ越《こ》してきた。

うちもとなりも、ここを買った時、家は新築《しんちく》したけど、大きなキンモクセイやサクラの木のある緑豊《ゆた》かな庭はそのまま残したって。初め、二軒《けん》の家を建てたのが親戚《しんせき》同士だったらしく、低い板塀《いたべい》にそって植えられたレンギョウやアジサイのしげみ越《ご》しに、たがいの庭がはしまで見とおせる。角には、両側からかんたんに開け閉《し》めできる木戸もついている。といっても、わたしがおぼえてるかぎり、ほとんど開けっぱなしのままだけど……。

真吾達《しんごたち》が引《ひ》っ越《こ》してきた時、まだよちよち歩きだった真吾《しんご》とデイジーが、自由に遊びにこられるように、おじいちゃんがそうしたらしい。大学の先生だったおじいちゃんは、きびしい面もあったけど、小さな子には、とてもやさしかったって。まだ元気だったころ、孫のわたしがくると、いつもひざにだっこして遊んでくれたって、おばあちゃんから聞いた。まだ一歳《さい》や二歳《さい》だから、全然おぼえてないけど……。

わたしのこの家での、たぶん一番古い記憶《きおく》は、初めて真吾《しんご》とデイジーに会った日のこと——木戸の向こうに青いシャツを着た男の子が立っていて、その横に大きなイヌがいて、木戸のこっちにわたしが立っている。きっと、とつぜんで、びっくりした顔をしたのだろう。男の子がにこにこしながら近づいてきて、「こわがらなくても、だいじょうぶだよ」って、やわらかなデイジーの背中《せなか》をさわらせてくれた。でも、それがいつなのか、おじいちゃんが元気だった時か、なくなってからか、引《ひ》っ越《こ》してくる前か、後なのか……はっきりとわからない。ただ、ポカポカしたお日さまにつつまれた、まるで映画《えいが》のワンシーンのような、いっしゅんのできごとが深く心に残ってる。その時、真吾《しんご》はまだ三歳《さい》か四歳《さい》。〈デイジーをこわがらなくて、だいじょうぶだよ〉っていう意味でいったんだろうけど、もしかしたら、わたしがすごく心細そうに見えて、安心させてくれようとしたのかもしれないって、思い返すたび、胸《むね》がジーンとなる。

それから、宗太《そうた》と、航《わたる》と……気がついたら、まるで四人兄弟のように、いつもいっしょに遊んでた。おじいちゃんが開けっぱなしにしてくれた木戸を自由に行ききして、二軒分《けんぶん》の広い庭で、木登りや、かくれんぼ、たからさがし……いろんなことをした。真吾《しんご》は「杉浦家《すぎうらけ》の」というより、わたし達四人の長男だった。学校にはいってからは、遊びだけじゃなく、勉強のわからないところや、宿題を教えてもらったりもした。

ところが、その長男が去年の夏休み前、風邪《かぜ》をこじらせて、急性腎炎《きゅうせいじんえん》という病気で入院してしまった。一か月近く、ずっと微熱《びねつ》が続いてたのに、ふだんじょうぶだから気づくのがおくれて、病院で検査《けんさ》した時はずいぶん悪くなってたらしい。半年も入院して、年明けに退院《たいいん》した後も、しばらくおばちゃんの田舎《いなか》の静岡《しずおか》で静養《せいよう》することになった。海が近くて、空気がきれいなとこだって。でも、まさか、こんなに長くなるとは思わなかった。

十月の運動会が終わったころ、一度だけ、おばあちゃんと航《わたる》と由樹奈《ゆきな》と、病院にお見舞《みま》いに行った。何日も前から、すごく楽しみにしてたのに、いざ病院についていて、真っ白な病室の、真っ白なシーツの上の真吾《しんご》を見たとたん、急にこわくなって、みんなの後ろにかくれてたら、真吾《しんご》のほうから「元気?」って聞いてきた。でも、なにかいうと、泣いちゃいそうで、だまってコクンとうなずいただけ。あれからもう五か月。こんなに長く会えないんなら、もっとちゃんと話せばよかった。病院のことを思い出すたび、何度も後悔《こうかい》した。

真吾《しんご》が退院《たいいん》してから、宗太《そうた》はほとんど週末ごとに静岡《しずおか》に行くようになった。おじちゃんが行ける時は車で、おばちゃんとふたりの時は電車で……。毎回、帰ってくるのを待ちわびて、真吾《しんご》のようすを聞いた。

「昼間はもう、ふつうに起きてるよ。夜は八時ごろ、寝《ね》ちゃうけど」「車でいっしょにレストランに行って、ハンバーグ食べた」

最初はうれしそうに話してくれたのに、いつのころからか、なにを聞いても、

「知らない」「前とおんなじ」

めんどくさそうにブスッと答えるようになった。

「こっちは真剣《しんけん》に心配して聞いてるのに、頭にくる」

かあさんにもんくをいうと、

「宗太《そうた》くん、さみしいのをがまんしてるのよ。おにいちゃんのこと聞かれるの、つらいんじゃない？」

と、いわれた。

「そうだよ。いつもどおりにしてるのが一番だよ」

と、おばあちゃんもいった。真吾《しんご》のようすを心配して、うちでいろいろ話しても、おばちゃんがなにかいわないかぎり、あえてこっちからは聞かないようにしてるらしい。

でも、もし、このままずっと帰ってこれなかったら？ ほんとなら、真吾《しんご》、この春、小学校を卒業して、中学生になるはずだったのに……。

ジュースとお菓子《かし》をお盆《ぼん》にのせて、リビングにもどると、宗太《そうた》と航《わたる》はもくもくとゲームをしていた。そんなふたりの背中《せなか》を見たとたん、なんだか急にいたたまれない気持ちになって、

「真吾《しんご》、早く帰ってくればいいのにね」

今まで宗太《そうた》の前で、絶対《ぜったい》いわないように、気をつけてたことばが、思わずポロッと口から出た。

航《わたる》がおどろいたように、ふり向いた。そして、あわてて画面に顔をもどしながら、

「そうだよね。真吾《しんご》くんがいた時は、楽しかったよね」

半分泣きそうな声でいった。宗太《そうた》がとつぜん、コントローラーの手をとめた。（またきげんを悪くしたのかな？）と思った、つぎのしゅんかん、

「帰ってきた」

「えっ？」

背中《せなか》ごしに、くぐもった声が聞こえた。

「真《しん》にい、帰ってきた」

いってる意味がわからなかった。けど、すぐに（あっ）と気づいて、いい返した。

「やだ、宗太《そうた》ったら、エイプリルフールはおとといだよ」

「うそじゃない」

今度はスイッチをきって、クルッとこっちに向きなおった。

「ほんとはまだ、いっちゃだめっていわれたけど……きのう、いっしょに帰ってきたんだ」

お盆《ぼん》を急いでテーブルに置いて、宗太《そうた》の横にすわると、半信半疑《はんしんはんぎ》のまま、むちゅうで問いつめた。

「ほんとなの？　帰ってくるって、いつ決まったの？　なんで今まで、だまってたの？」

いっしゅん、ためらうような間の後、やっと決心したように話し出した。

「真《しん》にい……こんなに長い間、学校、休んだから……もう一度、六年をやりなおすことに、なったんだ」

「えっ、そうなの？」

思いもかけない話にびっくりした。

「でも、こっちに帰ってきたら、みんな、真《しん》にいのこと知ってるでしょ？　去年六年だったのに、また六年て……だから、全然カンケーない、静岡《しずおか》の小学校に転校して……そこから、私立《しりつ》の中学を受験したほうがいい。私立《しりつ》は学区がないからって、おかあさんが……。静岡《しずおか》って、おかあさんが子どもの時住んでたとこだから……なんでも相談できる友達もいて、安心だって……卒業するまで、おかあさんがこっちの家と、行ったりきたりするからって……」

いいながら、宗太《そうた》の顔が苦しそうにゆがんだ。

（そんな……）

「で、おじちゃんは、なんていったの？」

「初めは、これ以上、家族がはなればなれに暮《く》らすのはよくないって、反対したけど……いろいろ話してるうちに、本人がしたいようにするのが一番だから、よく考えて、決めなさいって……」

「それで、真吾《しんご》がこっちに帰ってくるって決めたの？」

「うん……絶対《ぜったい》、帰りたいって……。『今まで下級生だった子達と、いっしょになるのよ』って、おかあさん、最後まで反対だったみたいだけど……だいじょぶ、心配ないから、うまくやるからって……宗太達《そうたたち》といっしょに、暮《く》らしたいからって……」

そこでとつぜん声がふるえて、大つぶのなみだがぽろぽろこぼれた。

（……そっか、たいへんだったんだね……だから、宗太《そうた》、最近、静岡《しずおか》のこと聞いても、なにもいわなくなったんだ……）

思わず、胸《むね》がいっぱいになって、宗太《そうた》の手をギュッとにぎりしめた。

「でも、よかったね。真吾《しんご》なら絶対《ぜったい》、こっちに帰りたいって、いうに決まってるよ」

いいながら、わたしの声もふるえた。航《わたる》の目にも、なみだがいっぱいたまってる。

「それで真吾《しんご》、まだ会いにこられないの？」

「学校が始まるまで、家でゆっくり休みなさいって。だから、みんなには、まだないしょだって。お昼ごはん食べた後、昼寝《ひるね》してる」

「そう……」

真吾《しんご》の部屋の真吾《しんご》のベッドを思いうかべた。

「今、おれが話したこと……静岡《しずおか》の学校に転校したかもって……絶対《ぜったい》だれにも、いわないでね。うちの家族にも、理央《りお》んちの人にも、絶対《ぜったい》だよ」

少し気持ちが落ち着いて、急に不安になったのか、宗太《そうた》はしつこくねんをおした。

「わかった。約束するから、安心して」

その時、航《わたる》が急になにかを思いついたようにいった。

「ねえ、真吾《しんご》くん、もう一度六年をやるってことは、おねえちゃんと同じクラスになるかもしれないんじゃない？　そしたら、どうすんの？」

「えっ？　どうするって……」

そんなこと、考えもしなかった。とっさに返事につまってると、

「おい、やっぱ、公園行ってみようぜ」

宗太《そうた》がとつぜんパッと立ちあがった。これ以上、ややこしい話になるとこまると思ったのだろう。

「あ……じゃ、これ持ってって」

急いで、お皿のクッキーやチョコをティッシュにくるんで、ふたりに渡《わた》した。肩《かた》を並《なら》べて縁側《えんがわ》に歩いていきながら、

「おまえ、絶対《ぜったい》だれにもしゃべるなよ。約束やぶったら、一生デイジーに会わせないからな」

宗太《そうた》が、いつもの調子で、えらそうに航《わたる》にいっている。でも、大切な秘密《ひみつ》を打ち明けて、すっきりしたのか、声は明るくはずんでた。

「よかったね、宗太《そうた》」

くつをはいてる背中《せなか》をポンとたたくと、てれくさそうにうなずいて、ダッとげんかんのほうへ走っていった。

「あ、待ってよう」

航《わたる》があわてて後を追いかけた。

（真吾《しんご》が帰ってきた……）

ひとりになったとたん、さまざまな想《おも》いがこみあげてきた。

いつか帰ってくるのはわかってたけど、いざ現実《げんじつ》になってみると、なんだかゆめのようだった。

五か月ぶりに顔をあわせるのは、どんな感じだろう？　しかも、今度は病院のベッドなんかじゃない。ちゃんと元気になって帰ってきて、今はもう、すぐとなりの真吾《しんご》の家にいる……。

その時、さっき航《わたる》がいったことをハッと思い出した。

『おねえちゃんと同じクラスになるかもしれないいんじゃない？』

（もし、そうだったら、どうしよう……真吾《しんご》と同じ学年になるってだけでも、信じられないのに……）

急に、胸《むね》がドキドキしてきた。

うちの学年は四クラスだから、確率《かくりつ》は四分の一。でも、ちがう確率《かくりつ》のほうが三倍も高いんだから、今からよけいな心配するのはやめよう。

それより、ひどいのはおばちゃんだ。おばちゃんは確《たし》かに昔から、勉強のことにすごく熱心だった。特に真吾《しんご》にはきびしかった。たまにいつもより悪い点——といっても、八十点ぐらいだけど——をとってくると、ガミガミおこってる声が垣根越《かきねご》しに聞こえてきた。

「おとうさんはテストの点のことなんて、いちいちわないから、よけいカリカリして……父親として、無責任《むせきにん》だって。ほんと、まいっちゃうよ」

「真吾《しんご》、勉強できるから、期待が大きくて、たいへんだね」

いつか、そんな会話をしたことがある。正直、わたしはおばちゃんが苦手だ。今度の転校の話も、真吾《しんご》の勉強を第一に考えてのことだと思うけど、だからって、また一年近くも、兄弟をはなればなれにさせるなんて、宗太《そうた》がかわいそう過《す》ぎる。

わたしだって、真吾《しんご》が帰ってくるのを、どんなに待ってたか……。

特に、おばあちゃんのひざのぐあいが悪くなって、お正月に佑美《ゆみ》ネエにあんなことをいわれてからは……。

佑美《ゆみ》ネエの話をしたら、なんていうだろう？　真吾《しんご》も佑美《ゆみ》ネエとは何度も会ってるから、きっとすごいショックを受けて、

「でも、だいじょうぶ。おばあちゃんは、おれ達で絶対《ぜったい》まもるから、理央《りお》も負けるな」

そんなふうにいってくれるにちがいない。強いみかたがもどってきたから、もう心配ない。

（そうだね、絶対《ぜったい》負けないよ）

思わず、両手のこぶしをギュッとにぎった。

2

始業式の朝は、めずらしくアラームが鳴る前に目がさめた。いよいよ真吾《しんご》に会えると思うと、ゆうべもこうふんして、なかなか眠《ねむ》れなかった。

おととい、宗太《そうた》と公園に行った後、航《わたる》は一時間もしないうちにもどってきた。

「真吾《しんご》くんが起きてるかもしれないからって」

「ひさしぶりに帰ってきたから、なるべくいっしょにいたいんじゃない？」

宗太《そうた》の気持ちを思うと、胸《むね》がジンとなった。航《わたる》もわたしもなんだか落ち着かなくて、やりかけだったゲームの続きをしても集中できず、つかれて帰ってくるだろうかあさん達のために、お風呂《ふろ》の用意をしたり、ポットにお湯をわかしたり……それでも時間を持てあまして、夕方から、やっと始まったテレビアニメを見て過《す》ごした。

七時過《す》ぎ、かあさんとおばあちゃんは帰ってきた。ドキドキしながら、げんかんに出ていくと、ふたりとも、思ったよりずっと元気なようすだった。ホテルのパーティの後、用意してあった二台のマイクロバスで、新しい事務所《じむしょ》に案内されたらしい。駅からも自宅《じたく》マンションからも、歩いて十分くらいのビルの三階だって。

「明るいふんいきだし、交通の便もいいし」「ほんと、いい場所が見つかって、よかったねえ」「まあ、これからがたいへんでしょうけど」

行く前は、あんなにいやがってたのに、うれしそうに話すのを聞いたら、佑美《ゆみ》ネエはかあさんにとってだいじな妹なんだって、あらためて思った。なにがあっても、そうかんたんにこわれる仲じゃないって……。

「佑美《ゆみ》ネエ、わたしのこと、なんかいってた?」

あれから一度も連絡《れんらく》がなくて、ずっと気になってたことを聞いてみた。

「理央《りお》のこと?」

かあさんはいっしゅんふしぎそうな顔をしたけど、

「ううん、なにも……。なにしろ、佑美子《ゆみこ》、きょうは主役だから、つぎつぎとおきゃくさまにあいさつするのにいそがしくて、かあさんも『おめでとう』って、声かけただけ。ゆっくり話すひまなかったのよ。それにしても、あんなに大勢《おおぜい》の人が集まってくださるなんて……」

すぐまた、こうふんした口調でパーティの話にもどった。

「あのぶんなら、きっとうまくいくよ」

おばあちゃんもニコニコ顔でうなずいた。ふたりのようすを見るかぎり、心配したような深刻《しんこく》な問題は起きなかったみたいだ。今回は英彦《ひでひこ》おじさんと佑美《ゆみ》ネエの新しい門出《かどで》をお祝いするための集まりだから、四国《しこく》の健一《けんいち》おじさん達も、あえてめんどうな話題はさけたのかもしれない。この先はまだどうなるかわからない。でも、とりあえずはよかったと、ホッと胸《むね》をなでおろした。

おみやげは駅ビルの地下の豪華《ごうか》なおべんとうとケーキ。見たとたん、航《わたる》も急に元気になって、

「真吾《しんご》くんが帰ってきたお祝いだね」

うれしそうに、こそこそっと耳打ちしてきた。

それにしても、由樹奈《ゆきな》はどうしたんだろう？　おとといの夜、スキーから帰ってくるはずだったのに、きのう、一日待ってもこなかった。『家族にも、だれにもいうな』って、宗太《そうた》に口どめされたけど、由樹奈《ゆきな》にだけは早く知らせたかったから、夕方暗くなるまで、何度もようすを見に行ったのに、ガレージは空っぽのままだった。

「急に予定が変わったんだろ」「そんな心配しなくても、だいじょうぶよ」

事情《じじょう》を知らない、おばあちゃんとかあさんにいわれたけど、それなら電話くらいよこせばいいのに……。結局、真吾《しんご》のことを話せないまま、きょうになってしまった。

（ほんとうに、もう少しで会えるんだ……）

でも、どうしても、まだ実感が持てない。二段《だん》ベッドのはしごをおりて、ゆっくりとカーテンを開けた。そういえば、いつだったか、カーテンを開けたら、いきなり真吾《しんご》が目の前に立ってて、びっく

りしたことがあった。あれは、夏休みのラジオ体操《たいそう》の時。まだ一年生だった航《わたる》が寝《ね》ぼうするから、むかえにきたって……。

でも、今朝はきっと、おばちゃんといっしょに、いつもより早く学校に行って、先生達にあいさつしたりするんだろうから、うちに顔出すひまなんてないよね？

まどの外には、どんよりとしたくもり空がひろがってる。

（あーあ、せっかくの始業式なのに……）

きのうからまた寒さがぶり返したせいで、満開のサクラもどことなく元気がない。花が長持ちするのはうれしいけど、やっぱり明るいお日さまの下じゃなきゃ——なんて考えながら、ポツポツと白い花をつけ始めたユキヤナギのほうへ目をうつしたとたん、となりとの間の木戸が閉《し》まってるのに気がついた。

（えっ、なんで？　きのうは確《たし》か、開いてたのに……）

ベッドの中ですうすう寝息《ねいき》をたててる航《わたる》を、急いでゆり起こした。

「ちょっと！　あんた、まさか、宗太《そうた》とケンカしたの？」

「ええーっ、なんでぇ？」

ねぼけまなこをこすりながら、またもぞもぞとふとんにもぐりこもうとするのを、むりやりベッドからひきずり出して、まどのところに連れていった。

「ほらっ」

木戸を指さしたとたん、

「ああーっ！」

一気に目がさめたらしい。

「知らないよ。ケンカなんかしてないよ。きのうはずっとクラスの友達と遊んでて、宗太《そうた》くんには会ってないもん」

ブウッと口をとがらせた。

ふだんは開けっぱなしの木戸だけど、今までにも何度か、こんなことがあった。原因《げんいん》は、宗太《そうた》と航《わたる》のケンカ。

「もう、うちんち、くんなよ」「そっちこそ、うちの地面に一センチもはいらないでよ」「わかった、絶交《ぜっこう》だ！　二度と、木戸、開けるな」

そんなことしたら、デイジーに会えなくなるから、じぶんが一番こまるのに――。わかってて、ついいきおいでいってしまう。たいていは意地はって二日ぐらいがまんして、でも、三日目にはがまんできなくなって、そうっとデイジーに会いにとなりの庭にしのびこんだところを、宗太《そうた》に見つかって追い返される。

「こんなの、絶対《ぜったい》不公平だよ」って、航《わたる》はおこる。わたしもそう思うけど、こればっかりはどうしようもない。

「雑種《ざっしゅ》だけど、コリーの血がまじってるんだ」

真吾《しんご》は何度もじまんした。

「コリーはもともと牧羊犬だから、頭がよくて、人間の気持ちがよくわかる。だから、やたらほえたりしないんだ」

真吾《しんご》のいうとおり、初めて会ったあの日から、デイジーはいつもやさしくて、かしこくて、どうどうとしてて――ほんとうに世界一のイヌだと思う。

今はもうずいぶん年をとって、昔のようにめったに外に散歩に行かなくなったし、天気の悪い日は大きな柿《かき》の木の下の小屋にこもったきり、すがたを見せない。でも、よく晴れた冬の午後や、すずしい夏の夕方は、決まってうちの庭にやってくる。ユキヤナギのしげみの前の、少しくぼみになったやわらかい場所が一番のお気にいりだ。わたしも航《わたる》も、デイジーがじぶんの家より、うちの庭のほうがすきらしいのがうれしかったし、とくいだった。だけど、いったんケンカになると、とつぜん手の届《とど》かない場所に行ってしまう。もちろん宗太《そうた》も航《わたる》も「絶交《ぜっこう》」なんて本気じゃないから、真吾《しんご》がいつもうまくタイミングを見て、「おうい、みんなでデイジーの散歩に行くぞ」なんて仲なおりするキッカケを作ってくれた。ふたりもそれがわかってて、だから、真吾《しんご》がいなかった間、木戸は一度も閉《し》まってない。

「ぼく、行ってくる」

とつぜん、航《わたる》がパジャマのまま、部屋を飛び出そうとした。

「ちょっと、どうすんの?」

あわてて、そのうでをつかんだ。

「決まってるじゃん。開けるんだよ」

「えっ、でも、いいのかなあ……」

「だって、絶対《ぜったい》ケンカなんかしてないもん。おとといの約束もやぶってない」

航《わたる》はきっぱりした口調でいった。考えてみれば、確《たし》かに……宗太《そうた》の気持ち、航《わたる》もよくわかったはずだから……こんな時に、ケンカなんかしないよね。

（でも、だったら、どうして？）

胸《むね》の中に、ばくぜんとした不安がひろがった。おとといの宗太《そうた》の話と、なにか関係があるんだろうか？

「とにかく、宗太《そうた》に聞くまで、このままにしておこうよ。きょうは真吾《しんご》がひさしぶりに学校にもどる大切な日だから。ね？」

ひっしにいいきかせると、航《わたる》はしぶしぶうなずいた。

それでも、どうしても気になるのか、朝ごはんのとちゅうも、そわそわと縁側《えんがわ》にようすを見に行ったりして、

「これ、ちゃんとすわって食べなさい」

おばあちゃんに何度も注意された。わたしは木戸より、由樹奈《ゆきな》と真吾《しんご》のことが気になって、

「始業式から、遅刻《ちこく》なんてしないでよ」

さっさと先に食べ終えると、航《わたる》に一言いって、急いでげんかんを飛び出した。と、おどろいたことに、門の前に由樹奈《ゆきな》が立っていた。由樹奈《ゆきな》はわたしを見るなり、

「おそいっ」

いばったようすでギロッとにらんだ。

「えっ、まだ八時五分だよ。時間、まちがえてない？」

「まちがえてません。これからは毎日、この時間にむかえにきます」

「ちょ、ちょっと、どうしたのよ、急に……」

（いつもは、わたしがむかえに行ってから、決まって何分も待たせるくせに……）

びっくりしてポカンと顔を見つめると、

「なーんて、うそ」

キャハハハッとわらって、

「スキー旅行中、早寝早起《はやね》きのくせがついて、ゆうべ九時半に寝《ね》たら、六時に目がさめちゃったの。二、三日したら、またもとにもどると思うけど……」

ふわあっと大きなあくびをした。

「なんだ、そういうこと……」

（あんなに心配したのに……）

「だったら、このさい、もとにもどさないで、このまま早起き続けたら？」

わざと皮肉っぽくいうと、

「それはむりっていうもんよ」

あっさりいい返してきた。

「理央《りお》、知ってるでしょ？　あたしが朝が弱いのは、ママのＤＮＡだから。そうかんたんに変えられると思う？」

「まあ、確《たし》かに……」

由樹奈《ゆきな》のママの朝が苦手なのは、かなりの筋金入《すじがねい》り——本人は低血圧《ていけつあつ》のせいだっていってるけど、むかえに行った時、ふたりそろって、まだベッドの中ってこともあった。朝食の定番メニューは、起きてすぐ食べられるよう、牛乳をかけたフレークとフルーツ。

「理央《りお》ちゃんのおかあさん、えらいわよねえ。お仕事に行く前に、お食事のしたくだけじゃなくて、お洗濯《せんたく》まですませるなんて、わたしには絶対《ぜったい》むり」

去年、おばあちゃんがひざを痛《いた》めた時、何度も由樹奈《ゆきな》にそう話してたって。パパはとっくにあきらめて、朝は六時にひとりで起きて、会社に出かけてるらしい。

「だいたい、パパがあま過《す》ぎるのよ」

半分はパパにも責任《せきにん》があるというのが、由樹奈《ゆきな》のいいぶんだ。

「あ、まあ、けど、遅刻《ちこく》ギリギリの猛《もう》ダッシュだけは、なしにしようね」

「はーい、ママによくいっときまーす」

あっけらかんといわれて、

（あーあ、今年も前途多難《ぜんとたなん》か……）

ホーッとため息をつきながら、歩き出したとたん、かんじんなことを思い出した。

「ねえ、スキー、おとといの夜、帰ってくるっていったでしょ？　きのう、ずっと待ってたんだよ」

「あ、そうそう」

由樹奈《ゆきな》も急に思い出したようにしゃべり出した。

「初めはその予定だったけど、日曜は道がこむからって、パパが月曜までお休みをとったの。だったら、帰りに東京《とうきょう》のおばあちゃんちによろうってことになって、夕ごはん、いっしょに食べてきたから、こっちに着いたの、もう九時過《す》ぎてて……さすがにくったくたで、お風呂《ふろ》はいって、すぐ寝《ね》ちゃった」

「まったく！　予定が変わったんなら、電話くらい、くれればよかったのに」

「ごめん」

由樹奈《ゆきな》はサラッとかわして、すぐまたむちゅうで話し始めた。

「スキー、けっこううまくなったよ。一日だけ、ゲレンデの下のほうで練習して、二日目からはリフトで上まであがったの。前行った時は、まだ三年生だったから、ずっと純《じゅん》ちゃんにくっついてたけど、今度はひとりで一回も転ばないで下まですべれたんだ」「スキー場ってね、夜はブルーにライトアップされて、すっごいきれいなの。今度、理央《りお》にも見せたいな」「ねえねえ、あたし、スキー行ったのに、あんまり焼けてないでしょ？　ママのファンデ借りて、バッチリ日焼け対策《たいさく》したんだ。春は紫外線《しがいせん》が強いから、きたなく焼けるんだって。あっ、そうだ！　理央《りお》やおばあちゃんに、おみやげ買ってきたから、学校から帰ったら、持ってくね」

由樹奈《ゆきな》がこんなふうに、こうふんしてなにかをしゃべり出すと、いつもそうだけど、間で口をはさむスキがない。きょうも完全にペースにのまれて、真吾《しんご》の話をきり出すタイミングがなかなかつかめなかった。そのうち、ひととおり話し終わって満足したのか、ホッと熱がさめたようにだまりこんだ。

（今だ！）と口を開こうとしたとたん、

「いよいよ六年だね」

今度は急にしんみりした口調でいった。

「あ、うん……そうだね」

わたしも思わずしんみりした気持ちで、うなずいた。

「こうして、由樹奈《ゆきな》といっしょに学校に通うの、今年でたぶん最後だもんね」

由樹奈《ゆきな》は来年、私立《しりつ》の女子校を受験する予定だ。わたしは地元の東中《ひがしちゅう》。その時とつぜん、由樹奈《ゆきな》が足をとめたと思ったら、

「今年もいろいろごめいわくをおかけすると思いますが、よろしくお願いします」

あらたまった顔でペコンとおじぎをした。

「あ、こ、こちらこそ、よろしく」

わたしもあわてて頭をさげた。それから、ふたりで顔を見あわせて、クスクスわらった。

(由樹奈《ゆきな》といっしょの学校生活が、また始まるんだ)

そう思うと、心がホッと落ち着くような、おだやかな感情《かんじょう》がこみあげてくる。きっとまた頭にきたり、ケンカしたりもするだろうけど、由樹奈《ゆきな》がいてくれると、やっぱり心強い。同じ教室で過《す》ごす最後の一年を、大切にしよう——そんなことを考えながら歩いてると、

「真吾《しんご》くん、いつ帰ってこられるんだろうね」

由樹奈《ゆきな》がまたとつぜん、ボソッとつぶやいた。いっしゅん、どうしようとまよったけど、もう目の前に学校が見えている。教室についてから、ゆっくり話そうと決めた。


「下駄箱《げたばこ》、とうとう一番はじっこになっちゃったね」

昇降口《しょうこうぐち》にはいったとたん、由樹奈《ゆきな》がさっきの続きのしんみりした口調でいった。

「一年生が一番左……それから二年、三年、四年と右にうつって、きょうから一番右のはし。もうつぎはないんだと思うと、さみしくない？」

いわれれば、確《たし》かに……。真吾《しんご》のことがなかったら、わたしも同じように感傷的《かんしょうてき》な気分にひたったかもしれない。でも、いつバッタリ顔をあわせるかと気が気じゃなかった。

「あ、うん、そうだね……」

半分うわの空で返事して、新しい下駄箱《げたばこ》をさがすと、急いでくつをはきかえて、ホールにあがった。

そして、ろうかの奥《おく》の職員室《しょくいんしつ》のほうをさりげなくのぞこうとした――と、その時、

「あっ、きたきた」

反対側の階段《かいだん》から、となりのクラスの牧原《まきはら》さんがパタパタとかけおりてきた。

「三組よ！　うちのクラス」

彼女《かのじょ》はひどくこうふんしたようすで、いきなりわたしのうでをつかんだ。

（えっ？）

すぐにはなにが起きたのかわからなかった。牧原《まきはら》さんとは一、二年の時、同じクラス。三年からはずっとちがったし、最近はろうかで顔をあわせた時、ちょこっと話すくらいのつきあいしかなかった。

ポカンとしてるわたしに、

「やだっ、真吾《しんご》くんよ、真吾《しんご》くん。よっぽど、きのう、村瀬《むらせ》さんちに電話しようかと思ったけど、どうせきょう会えると思って……」

早口で、じれったそうにまくしたてた。

（……真吾《しんご》が、牧原《まきはら》さんと同じクラス……？　えっ、でも、きのう、電話って……？）

いってる意味がよく飲みこめず、聞き返そうとしたとたん、

「ちょっと、真吾《しんご》くんて、なんのことよ？」

由樹奈《ゆきな》が横からわりこんできた。

「えっ、知らないの？　真吾《しんご》くんが帰ってきたのよ。もう一度、六年をやりなおすことになって、

きょうからうちのクラスにはいったの」

「ええーっ、うそっ！　理央《りお》は知ってたの？」

由樹奈《ゆきな》がキッとした顔で、わたしをふり向いた。

「ごめん……教室に行ってから、話そうと思って……まだ宗太《そうた》からチラッと聞いただけだったし……」

急いでいいわけしてから、さっき気になったことを牧原《まきはら》さんに確《たし》かめた。

「きのう、うちに電話しようと思ったって……真吾《しんご》のこと、いつから知ってたの？」

「おとといの、日曜の夜、杉浦《すぎうら》のおばさんから、おかあさんに電話がかかってきたの」

「真吾《しんご》のおばちゃんから？」

『静岡《しずおか》の学校に転校したほうがいいって……』

あの時の宗太《そうた》のつらそうな声がよみがえった。おばちゃんが電話で、なにを、どんなふうに話したか、くわしく知りたくなった。

「ね、向こうで話さない？」

人のいないホールの奥《おく》の壁《かべ》ぎわに、牧原《まきはら》さんを引っぱっていった。由樹奈《ゆきな》も当然のようについてきた。

「うちには、まだおばちゃんから、なにも連絡《れんらく》ないから」

気をつけたつもりだったけど、ついうらみがましい口調になった。

「えっ、そうなの？」

牧原《まきはら》さんはひどくおどろいた顔をして、

「あ、でも、男の子の親同士、前からすごく親しかったから……受験のことで、いろいろ相談もされてたし……それで、うちに一番に知らせてきたのかも……これからのこともあるしね」

最後は、いいにくそうにつけたした。

牧原《まきはら》さんには、おにいさんがふたりいる。上のおにいさんは、中学から私立《しりつ》に通ってて、この春から高等部の一年。二番目の拓馬《たくま》くんは一つ上で真吾《しんご》と同級生。ＦＣでいっしょにサッカーをやってて、真吾《しんご》の家にもよく遊びにきてた。わたしと牧原《まきはら》さんが同じクラスだった一、二年の時、何度か四人で遊んだことがある。庭に落ちてる木の枝《えだ》や葉っぱを集めていろんな動物を作ったり、みんなでデイジーの散歩に行ったり……それがすごく楽しかったらしくて、三年でクラスがべつべつになってからも、「今度また、村瀬《むらせ》さんちに遊びに行っていい？」って、学校で会うたび、しつこく聞かれた。でも、わたしと遊びたいわけじゃなくて、真吾《しんご》やデイジーが目当てだってわかったから、あいまいな返事をしてるうちに、なにもいわなくなった。うちにこなくても、真吾《しんご》とはその後も、彼女《かのじょ》の家でちょくちょく顔をあわせてたらしく、去年入院してからは、急にまたいろいろようすを聞いてくるようになった。

「あのね……」

しばらくの間の後、牧原《まきはら》さんは思いきったように話の先を続けた。

「ほんとは小学校って、どんなに長く休んでも卒業できるんだって。真吾《しんご》くん、頭いいし、入院中も退院《たいいん》してからも、ずっとじぶんで勉強してたらしいけど、さすがにそんな状態《じょうたい》で、今年は受験するの、むりだったんじゃない？」

拓馬《たくま》くんは、上のおにいさんと同じ私立《しりつ》中学に合格《ごうかく》した。真吾《しんご》も病気にならなければ、いっしょに受験するはずだった。そのための進学塾《しんがくじゅく》にも通ってた。本人はもともとFCの仲間と、地元の東中《ひがしちゅう》でサッカーをするつもりだったみたいだけど、公立より全然レベルが高いし、スポーツ推薦《すいせん》で入れるような学校とちがって、勉強もできて、一般《いっぱん》受験をクリアしなくちゃならない名門校だからって――拓馬《たくま》くん親子に熱心にすすめられるうちに、おばちゃんがすっかりその気になって、真吾《しんご》とおじちゃんを説得したって聞いた。真吾《しんご》が受験を決めた一番の理由は、スポーツの中でも特にサッカーが強くて、しかも中高一貫《いっかん》だから、選抜《せんばつ》チームにはいれると、高校の先輩《せんぱい》と合同練習ができるってこと。

「な、それって、すごいだろ？　合宿の時なんか、現役《げんえき》バリバリのJリーガーに直接《ちょくせつ》コーチしてもらえるって。まあ、せまき門だけど、ダメもとでチャレンジしてみるよ」

本人はそんなふうにいってたけど、きっと真吾《しんご》のことだから、もし受験してたら、みごとに合格《ごうかく》して、今ごろ拓馬《たくま》くんといっしょに入学式をむかえてたにちがいない。

「今年はって……じゃあ、来年、拓馬《たくま》くんと同じ中学を受験するってこと？」

「それはまだ、はっきり決めてないみたいだけど、でも、どうせ一年おくらせるなら、そうなるといいなって、マーくんがいってた。学年はちがっても、同じ学校なら、いっしょに通学できるし、サッカーもいっしょにできるから」

牧原《まきはら》さんは昔から、上のおにいさんを「おにいちゃん」、拓馬《たくま》くんを「マーくん」と呼《よ》んでいる。

「拓馬《たくま》くん、真吾《しんご》と直接《ちょくせつ》話したの？」

「それが、だめだったの。おかあさんから話聞いて、急いで電話したけど、お風呂《ふろ》にはいってるからって。出たら、かけるようたのんだけど、結局かかってこなかった。もうちょっと落ち着いてから、ゆっくり連絡《れんらく》してくるつもりだろうって……」

牧原《まきはら》さんはそこで、三階の教室のある天井《てんじょう》のほうにチラッと目をやって、

「でも、まだ信じられないよ」

急にまたこうふんした口調でしゃべり出した。

「ずっとマーくんの友達だった人が、同級生だなんて。しかも、同じクラスなんて！　あーっ、どうしよう？　ねえ、村瀬《むらせ》さんだったら、どうする？」

「どうするって、いわれても……」

正直、真吾《しんご》と同じクラスじゃなくてよかった、ってホッとした気持ちだった。真吾《しんご》は勉強もスポーツもとくいで、一年の時から、ずっと学級委員。運動会や学習発表会の時も、いつも中心になって活躍《かつやく》して、緑小《みどりしょう》ではだれもが知ってる有名人だった。でも、わたしは目立つことが苦手。真吾《しんご》といると、どうしても目立つから、学校ではなるべく近よらないようにしてた。なのに、真吾《しんご》はわたしを見つけると、家にいる時と同じ調子で話しかけてくる。

前に、おじちゃんの田舎《いなか》から送ってきた梨《なし》を、うちに半分わけてもらった時のこと。つぎの日の昼休み、昇降口《しょうこうぐち》でバッタリ会って、そしたらいきなり「梨《なし》、もう食べた？」って聞いてきた。

近くに真吾《しんご》の同級生の女の子達がいて、（だれ、この子？）って顔で、ジロジロ見てるのがわかったから、早くその場からにげたかったのに、「今年は、味がいまいちだったろ？　いつか、おばあちゃんがジャムにしてくれたの、すごいうまかったよな。また、たのんでみようか」なんて、のんびりいろいろいってきた。家に帰ってから、「学校で、あんな話しないでよ」ってもんくをいったら、「なんでだよ？」って、キョトンとした顔で聞き返された。

「だって、みんなが見てたでしょ？」「えっ、そう？　でも、べつにいいじゃん、見られたって」

いくらいっても、わたしの気持ちをわかってくれなかった。本人はじぶんが目立ってるって自覚が全然ないから。そういう、ちょっと鈍感《どんかん》っていうか、細かいことを気にしないのが、真吾《しんご》のいいとこでもあり、こまったとこだ。それからは危険《きけん》を感知するアンテナを高くして、遠くに真吾《しんご》を見つけると、すばやくかくれるようにした。

そんなだから、ＦＣの試合も、去年キャプテンになって、由樹奈《ゆきな》にごういんにさそわれるまで、一度も観《み》たことがなかった。緑小《みどりしょう》での試合《しあい》を初めて観《み》にきて、ＦＣの連中や親達以外に、女の子がたくさんいるのにおどろいた。そして、そのおうえんの派手《はで》なこと。みかたや相手チームのシュートが決まりそうになったりはずれたり、ボールをとったりとられたり、そのたびキャーキャー耳が痛《いた》くなるほどの声援《せいえん》で……。その日、真吾《しんご》は前半にシュートを二回決めた。後半で一点返されて、とちゅうハラハラする場面もあったけど、2対1でぶじ勝利。終了《しゅうりょう》のホイッスルが鳴ったしゅんかん、思わず由樹奈《ゆきな》と肩《かた》をだきあってピョンピョン飛びはねた。キャプテンになって初めての試合に勝てたことは、すごくよかった。でも、わたしがほんとによかったって思ったのは、試合中の真吾《しんご》のすがたを知ったこと。キャプテンとして、つねにみんなをリードして、だれかがミスすると、真っ先にかけよって、はげますようにポンと肩《かた》をたたいた。

「チーム競技は、ひとりが目立つんじゃなく、みんなが気持ちをひとつにするのがだいじなんだ。気持ちがバラバラじゃ、勝てっこない」って、監督《かんとく》の宮内《みやうち》先生がいつもいってるって聞いた。実際《じっさい》、じぶんの目で見て、(ああ、こういうことなんだ)って、わかった気がした。

「杉浦《すぎうら》センパイ、だれかがミスしても、絶対責《ぜったいせ》めないよな。おれら、わかってても、ついカッとして、どなっちゃったりするけど」「ああいうキャプテンがいるから、チームのまとまりがいいんだよな」って、同じクラスでFCにはいっているモッチ(望月《もちづき》くん)や大野《おおの》くんも話してた。

たぶんそれだけが原因《げんいん》じゃないと思うけど、真吾《しんご》は試合中に女の子にキャアキャアさわがれるのが、すきじゃないみたい。毎年バレンタインの日に、わたしは真吾《しんご》と真吾《しんご》のおじちゃんと、宗太《そうた》と航《わたる》にチョコをあげている。去年は初めて、由樹奈《ゆきな》といっしょに手作りチョコを作って、ちょっとドキドキしながら、真吾《しんご》んちに届《とど》けに行こうとした。と、たまたま家の前でうろうろしてる女の子がいた。その子は、わたしに気づくと、急にはずかしそうに「これ、杉浦《すぎうら》くんに渡《わた》してください」って、赤いリボンのつつみをおしつけて、パッと走っていってしまった。後で真吾《しんご》に事情《じじょう》を話したら、「こんなもん、あずかるなよ」って、本気でおこられた。「受けとったもん、返すわけにもいかないけど、二度とだめだぞ」って。

「じゃあ、わたしのも、いらない？」

　思わず、泣きそうになって聞いたら、

「いや、理央《りお》のはもらうよ。おとうさんがけっこう楽しみにしてるから」って。

　ホワイトデーのお返しに、いつも豪華《ごうか》な箱入りチョコをくれる。チョコにチョコはおかしいだろって、真吾《しんご》のおじちゃんは、真吾《しんご》はわらうけど、女の子はバレンタインの時、食べられなくてかわいそうだからって――。今年は、静岡《しずおか》に持っていくのを宗太《そうた》にことわられて、結局おじちゃんにもあげなかった……。

　いろいろ思い出してるうちに、やっぱり真吾《しんご》と同級生になんてなりたくない。今まで通り、ひとつちがいの、なんでも話せるおさななじみでいてほしい――はっきりと、そんな思いがつきあげてきた。今さら、どうにもならないのはわかってるけど……。


「ねえ、早く行こうよ」

　とつぜん、由樹奈《ゆきな》にうでをつかまれて、ハッとわれに返った。

「行こうって、どこへ？」

「決まってんでしょ。真吾《しんご》くんに『お帰りなさい』をいいによ」

「えっ、でも、まだ教室には……」

「いるわよ」

牧原《まきはら》さんは、もっとわたしと話したそうだったけど、由樹奈《ゆきな》がいっしょじゃむりと思ったのか、あきらめたようにいった。

「ほらあ、行こ行こ」

由樹奈《ゆきな》に引っぱられるようにして、階段《かいだん》をのぼった。三階に着くと、もうろうかにも教室にも、たくさんの人がいて、知ってる顔がいくつも見えた。こんなみんなのいる前で、いきなり真吾《しんご》に会うなんて……想像《そうぞう》しただけでドキドキして、

「わたしはやっぱり、いいよ」

あわてて由樹奈《ゆきな》の手をふりはらった。

「えっ、なんでよ？」

「だって、まだ、心の準備《じゅんび》ができてないっていうか……」

「そうお？　じゃあ、あたしが先に行って、ようす見てくるから」

はりきって三組のほうへ走っていった。そして、戸口からヒョイッと中をのぞくと、

「わあっ、真吾《しんご》くん、おひさしぶりーっ」

頭の上で大きく両手をふりながら、教室に飛びこんでいった。気がつくと、すぐ後ろに牧原《まきはら》さんが立っていた。

「わたし、村瀬《むらせ》さんに話したのに、なんであの人が先に行くのよ？」

不満そうに口をとがらせて、

「ねえ、行こうよ」

しつこく背中《せなか》をおされたけど、にげるようにじぶんの教室にかけこんだ。そして、席にすわって、まずは心を落ち着けようとした。

（あー、びっくりした。まさか、牧原《まきはら》さんちに先に連絡《れんらく》が行ってたなんて……）

考えてみれば、真吾《しんご》、拓馬《たくま》くんといっしょに受験することになってたんだから、最初に報告《ほうこく》するのが当然かもしれないけど……でも、おばあちゃんも、かあさんも、ずっと真吾《しんご》のこと、あんなに心配してたのに……宗太《そうた》が、さみしい思いをしないように、あんなに一生懸命《いっしょうけんめい》してあげてたのに……。

『受験のこと、いろいろ相談されてたし……これからのこともあるしね』

牧原《まきはら》さんのさっきのことばを思い出した。

おばちゃん、やっぱり勉強のことが一番大切？　でも、静岡《しずおか》の学校に転校させようとしたことは、いわなかったんだね。真吾《しんご》、おばちゃんのいうことを聞かないで、こっちに帰ってきちゃったんだもんね。おばちゃんがだれに先に連絡《れんらく》したかなんて、どうでもいいか……。

「ねえねえ、理央《りお》！」

その時、由樹奈《ゆきな》がこうふんしたようすで教室にかけこんできた。

「真吾《しんご》くん、ＦＣの連中にかこまれて、大さわぎになってた。病気の後だから、もっと青白いかと思ったけど、陽《ひ》に焼けて、すっごく元気そうだったよ。入院前より、少し太ったみたい」

そういえば、うちのクラスのＦＣの連中――モッチや大野《おおの》くんのすがたも見えない。さっそく会いに行ったんだ。どうりで教室が静かだと思った。真吾《しんご》が入院してから、モッチ達にも何度もようすを聞かれた。航《わたる》は去年三年でＦＣに入ったばかりで、二か月ちょっとしか、いっしょに練習できなかったことを、すごく残念がってたっけ。

「真吾《しんご》くん、練習にはまだしばらく出られないけど、秋の公式戦までには復帰《ふっき》できるかもしれないって」

「えっ、ほんとに？」

思いがけない話にびっくりした。

「もうすぐサッカーができるくらい、そんなに元気になったんだ」

「でね、理央《りお》、なーんかはずかしがっちゃってるから、後でとなりの教室にきてって、いっといたよ」

「えーっ、そんなこといったの？　まだ心の準備《じゅんび》ができてないっていったでしょ」

急いで後ろの戸口をふり返った。

「だって、どうせすぐ、全校集会で顔あわせるでしょ？　だったら、その前に、ちゃんと会っといたほうがいいと思って……」

「全校集会……いっけない！　すっかりわすれてた」

あわてて立ちあがったとたん、

「おい、村瀬《むらせ》」

だれかの呼《よ》ぶ声がして、ふり向くと、戸口のところにモッチや大野《おおの》くん、何人かのＦＣの連中にかこまれるように、真吾《しんご》が立っていた。にこにこしながら、こっちに手をふっている。そのすがたが、なみだでぼやけそうになるのをこらえて、むちゅうでかけよった。

「……お帰り」

（真吾《しんご》に会ったら、なるべくいつもどおりに……）

朝から何度もじぶんにいいきかせたのに、いざとなったら、みっともないくらい声がふるえてしまった。

「ただいま」

真吾《しんご》がニコッとわらった。由樹奈《ゆきな》のいったとおり、びっくりするほど元気そうだった。

「病院にきてくれた時以来だから、ちょうど半年ぶりだね」

病院のことをいわれたとたん、またなみだが出そうになって、あわててうつむいた。

（半年……でも、もっとずっと長かった気がする……）

「元気だった？」

真吾《しんご》の声にハッと顔をあげた。

（いけない。また先にいわれちゃった。今度こそ、ちゃんと返事を……）

そう思ったとたん、とつぜんチャイムが鳴り出した。と、ほとんど同時に、前の戸口から担任《たんにん》のトンビ（富田《とみた》先生）がはいってきて、みんな、バタバタと席についた。

「じゃ、後でまたゆっくり」

真吾《しんご》も急いで、となりの教室に帰っていった。席にもどるとちゅう、チラッと由樹奈《ゆきな》のほうを見ると、両手で小さくピースサインを送ってよこした。

イスにすわって、ホッと一息ついたとたん、

『ただいま』『病院にきてくれた時以来だから、ちょうど半年ぶりだね』『元気だった？』『じゃ、後でまたゆっくり』

ひさしぶりに聞いた真吾《しんご》のなつかしい声が、耳の奥《おく》でひびいた。その一言一言を、何度もかみしめるように胸《むね》の中でくり返した。


「転校生？」「マジかよっ」

まわりのにぎやかな声にハッと顔をあげると、いつの間にかトンビの横に知らない男の子が立っていた。真吾《しんご》のことで頭がいっぱいで、全然気がつかなかった。ちょうどトンビが紹介《しょうかい》を始めたところらしい。

「名前は……お・ば・た・か・お・る……くん」

ゆっくりと区切るようにいいながら、黒板に漢字で「小幡　薫」と書いた横にふりがなをつけている。終わると、転校生をふり向いてニコッとわらった。

「じゃ、本人から一言あいさつを」

教室がシーンとなって、みんながいっせいに注目した。背《せ》は真ん中よりちょっと低いくらい。軽いくせのある短い髪《かみ》。緊張《きんちょう》のせいか、目は真っすぐ正面をにらんでる。と、つぎのしゅんかん、ピッと「気をつけ」の姿勢《しせい》をしたと思ったら、いきなりびっくりするような大声でしゃべり出した。

「こんちはっ。名古屋《なごや》から、きました。でも、引《ひ》っ越《こ》したわけじゃなくて、家は今も名古屋《なごや》にあります。なんで、この学校に転校したかっていうと、とうちゃ……じゃなく、父が転勤《てんきん》になったからです。でも、運悪く名古屋《なごや》のじいちゃんが病気で入院して、かあちゃ……じゃなく、母は看病《かんびょう》のため、いっしょにこれなくなりました。で、父のほうのばあちゃんと三人で、この近くのアパートに住むことになりました。転勤《てんきん》が終わったら、また名古屋《なごや》に帰ります。みなさんとのつきあいは、その間だけってことになりますが、よろしくお願いします」

作文でも読むように一気にいい終わると、ペコッと頭をさげた。話がややこし過《す》ぎて、よくわからなかった。みんなも、あっけにとられたようにポカンとしている。

「あ、まあ、そんなわけで、ちょっとたいへんな事情《じじょう》みたいだけど」

トンビが横からノソッと出てきて、

「こまった時は、なんでも相談してほしい。な？　みんなもよろしくたのんだぞ」

ぐるりと教室を見まわすと、

「おうっ、まかせろよ」

ここぞ出番とばかりに、モッチがバンッと胸《むね》をたたいて見せた。とたんに、緊張《きんちょう》してた転校生の表情《ひょうじょう》が、ゆるんだのがわかった。そして、急になにか思いついたように黒板のほうを向くと、ふりがなの名前を指さしながら、

「前の学校では、『おばか』とか、『バッタ』とか、『カエル』とか、いろいろいわれてましたが、こっちでは、できたら、ただの『カエル』……いや、『かおる』でお願いします」

すました顔でいって、またペコッとおじぎをした。

「ただのカエルぅ?」

すかさずモッチがつっこんだ。

「いや、『ただの』はいらない。『かえる』……あ、まちがえた。『かおる』だけで……」

あわてて、もごもごいって、教室中大爆笑《だいばくしょう》になった。

「ギャハッハ、トンビのクラスにカエルだってよう」

モッチ、いきなり初対面から、ふざけ過《す》ぎ――ハラハラしながら、トンビを見ると、

「こらっ、だれがトンビだ。おれは人間だ」

おこりもせず、楽しそうにわらってる。転校生もひるむどころか、ますます調子に乗ってきた感じで、

「趣味《しゅみ》は、遊ぶこと、食うこと、寝《ね》ること。早くみんなと仲よくなりたいので、じゃんじゃんさそってください」

またすました顔でいったから、

「さそうさそう」「じゃんじゃん、さそっちゃう」

　モッチ軍団《ぐんだん》は大もりあがり。なんか、いやな予感。わたしだけじゃなく、クラスの女の子はみんな、顔を見あわせて、ハーッとため息をついた。なにしろ二組は、五年の時から、学年で一番うるさいって、他《ほか》のクラスの先生達ににらまれてる。なのに、どうやら、きょうから軍団《ぐんだん》のメンバーがまたひとりふえたらしい。トンビも同じことを思ったのだろう。

「おまえら、新しい仲間を歓迎《かんげい》するのもいいけど、あんまりチョーシに乗るなよ」

　めずらしく、まじめな顔でクギをさした。といっても、基本的《きほんてき》にトンビは、ちょっとハメをはずすくらいの悪ガキがすき、ってバレちゃってるから、今さら効《き》き目《め》がないんだよねって、これも二組の女子全員がわかってることだけど……。


　全校集会に行くとちゅう、由樹奈《ゆきな》が「よかったね。真吾《しんご》くん、帰ってきたんだね」と何度もうれしそうにくり返した。そのたび、わたしも「うん、よかった」と同じ返事をくり返した。何度くり返しても、たりないぐらい。だって、ずっと、この日を待ってたんだから……。

「三組じゃなくて、二組なら、よかったのにね」

　グラウンドで整列したとなりのクラスを見ながら、由樹奈《ゆきな》はうらめしそうにいったけど、わたしは返事をせずに、だまってた。となりのクラスに真吾《しんご》がいる……この現実《げんじつ》に、まだしばらくは慣《な》れそうになかったから……。

　全校集会の後のＨＲ《ホームルーム》で、新しい委員と係を決めた。学級委員は全員一致《いっち》で、五年の時と同じ、岡田《おかだ》くんと松永《まつなが》さんにすんなり決まった。わたしは前もって由樹奈《ゆきな》と相談してたとおり、図書係になった。男子ふたりは古川《ふるかわ》くんと前島《まえじま》くんで、まあまあの顔ぶれだ。転校生はモッチが運動係にさそった。係が全部決まったところで、ちょうどチャイムが鳴って、席と班《はん》は来週月曜の学級会まで、とりあえず五年の時のままということになった。

　帰りのあいさつが終わって、トンビが教室を出ていくと、男の子達が待ってたように転校生をとりまいた。

「うちも前あったけど、かあちゃんがこれないなら、ふつう、おやじが単身赴任《ふにん》するんじゃねえの？」「だよなあ。なんで、いっしょについてきたわけ？」「スポーツ、なんかやってた？」「ＦＣ、はいらない？」

　モッチ達の声を、聞くともなしにぼんやり聞いてたら、

「さっき時間がなくて、なにも話せなかったでしょ？」

　いつの間にか、由樹奈《ゆきな》がすぐ目の前に立っていた。

「三組、終わったみたいだから、行っといでよ」

　いわれて教室の外を見ると、確《たし》かにろうかが急ににぎやかになってきた。

「えっ、でも、みんなといろいろ話あると思うから」

「そんなこといってると、また牧原《まきはら》に先越《こ》されるよ。ほらっ、荷物持って」

由樹奈《ゆきな》はごういんにわたしを立たせると、戸口のほうにおしやろうとした——と、その時、

「あっ、ちょっと」

なぜかとつぜん、転校生がわたし達にかけよってきた。

「えっ、なに？」

由樹奈《ゆきな》がキョトンとした顔でふり向いた。が、そっちには目もくれず、

「それ、手編《てあ》み？」

いきなり、わたしのセーターの胸《むね》のあたりを指さした。

「買ったの？　だれかに編《あ》んでもらったの？」

なんで、そんなことを聞くんだろうと思いながら、

「おばあちゃんに、編《あ》んでもらったけど……」

もそもそ答えると、

「へえー、すごいじょうずだねえ」

びっくりしたように目を丸くした。それから、さらに顔を近づけて、編《あ》みこみもようを熱心にながめた。野原で遊んでる男の子と女の子。男の子はぼうしをかぶって、魚とりのあみを持っている。女の子は赤いリボンで髪《かみ》をむすんで、イチゴをつんだカゴをかかえている。じつはこれは、わたしが描《か》

いた絵をもとに編《あ》んでもらったもの。最初は二年生の時だった。ちいさいころから絵を描《か》くのがすきで、その日も、いつものように新聞のチラシのうらに、クマの子の絵を描《か》いてると、

「かわいいねえ。それ、ちょっと貸《か》してくれる?」

おばあちゃんにいわれて、なにげなく渡《わた》したら、二週間くらいして、

「ほら、どうだい?」

編《あ》みあがったばかりの新しいセーターを見て、びっくり。わたしが描《か》いたのとそっくりなクマの子が、胸《むね》の真ん中についていた。それ以来、毎年何枚《なんまい》かずつ、わたしが描《か》いた絵のセーターやカーディガンを編《あ》んでくれるようになった。最近は「デザイナーさん、そろそろ新作をお願いしようかね」とか、「三歳《さい》のお孫さんのプレゼントにって、たのまれたんだけど」とか、おばあちゃんのほうから注文してくるようになった。わたしも、ただ描《か》いてた時より、ずっと楽しくなって、今度はどんなのにしようって、絵本を見ながら、アイデアを考えたりするようになった。これは、その中でも一番のお気にいり。去年、初めて学校に着てきた日、「わあっ、かわいい」って、クラス中の女の子にうらやましがられた。由樹奈《ゆきな》も「どうしても、ほしい」って、おばあちゃんにたのんで、髪形《かみがた》や服の色をちょっとだけ変えた、おそろいのを編《あ》んでもらった。みんなにはないしょだから、学校には着てこないけど……。

「ちょっと、なんなのよ、あんた」

由樹奈《ゆきな》がグイッと転校生をおしのけた。

「男のくせに、女の子のセーターに興味《きょうみ》持つなんて、おかしいんじゃないの？」

「あ、ごめん……じつは、うちのばあちゃんも最近編《あ》み物《もの》始めたんだけど、まだあんまりうまくなくて……」

転校生はちょっと後ろにさがって、けど、めげずにいった。

「おれ、二コ上の女のいとこがいて、もうすぐ誕生日《たんじょうび》だから、ばあちゃん、手編《てあ》みのセーター、プレゼントしたいっていうんだ。春らしい、かわいいのがいいっていってたから、こんなのだったら、よろこぶかなって……」

そういえば、自己紹介《じこしょうかい》の時、なんかチラチラこっちを見てるような気がしたのは、このセーターのせいだったんだ。

「そいつ、あかりっていうんだ。いつもえらそうにえばってて、頭にくるけど、けっこういいとこもあってさ」

ちょっとてれくさそうにいった。転校初日から、モッチ達とすっかり意気投合して、かなりのおチョーシもんって思ったけど、いとこやおばあちゃんのこと、そんな一生懸命《いっしょうけんめい》考えてあげるなんて、意外にやさしいんだ。わたしがデザインしたセーターをほめられたのも、うれしくて、

「誕生日《たんじょうび》って、いつ？」

思わず聞いた。

「四月二十八日」

「えっ、そんなすぐ?」

「やっぱ、むりかな」

「うーん……ちょっときびしいけど、急げば間にあうかも……」

「ほんとか?」

「うん。うちのおばあちゃん、週に一度編《あ》み物《もの》教室に行ってるから、よかったら、そこで、いろいろ教えてもらえば?」

「ちょっと、いいの? そんなかんたんに教えちゃって」

由樹奈《ゆきな》があわてて横からわりこんできた。

「だって、お教室はだれでもはいれるから」

「そういう意味じゃないわよ。これとおそろいのセーター、そのあかりって子が着ることになるんでしょ?」

不満そうに口をとがらせた。

「同じもようか、まだわからないじゃない。もし同じでも、遠くに住んでるんだし……」

「それはそうだけど……」

横を向いて、小声でこそこそいいあってると、

「週に一度って、何曜日?」

転校生が聞いてきた。

「水曜の午後一時から、だいたい五時ごろまでかな」

「えっ？　ってことは、あしたじゃん。場所教えてもらえる？」

「いいけど……」

「ちょっと、理央《りお》。真吾《しんご》くん、帰っちゃうよ」

由樹奈《ゆきな》がイライラしたようすで、ろうかに目をやった。

（あっ、そうだった……）

急に落ち着かない気分になってきた。

「あ、あのさ、今急いでるから、あしたじゃだめかな？」

けど、転校生はすっかりその気になってるみたいで、

「あした、学校から帰ってからじゃ、間にあわないだろ？　きょうのうちに、場所確《たし》かめて、ばあちゃんに教えときたいんだ」

真剣《しんけん》な表情《ひょうじょう》でいいはった。

春休みが終わって、ひさしぶりに顔をあわせたせいか、教室にもろうかにも、まだたくさんの人が残ってる。

「やっぱり真吾《しんご》とは、家に帰ってから、ゆっくり話そうかな」

由樹奈《ゆきな》にいうと、

「あ、そうだね。そのほうがいいかもね」

意外にあっさり賛成《さんせい》してくれた。

「じゃあ、真吾《しんご》くん、まだ教室にいるみたいだから、先に帰って、家の前で待ってれば？」

「うん、そうする」

「あの、編《あ》み物《もの》教室の場所……」

あわててわりこんできた転校生を、

「まったく、うるさいわねえ」

ギロッとにらむと、

「地図、書いてあげるから、紙とエンピツ！」

命令するように由樹奈《ゆきな》はいった。そして、転校生がじぶんの席に走ってった間に、

「ほら、帰った帰った」

追い立てるように、ひらひら手をふった。

「ごめん、ありがと」

由樹奈《ゆきな》に後をまかせて、三組とは反対の、前のほうの出口から、急いで教室をぬけ出した。

ほとんどかけ足で家にもどって、門の前でかなりの時間待ったけど、真吾《しんご》はなかなか帰ってこなかった。

（まだＦＣの連中につかまってるのかな？　それとも、わたし達が知らない間に先に帰っちゃったの

かも……）

後でまた出なおそうと家にはいろうとした——ちょうどその時、とつぜん角をまがってあらわれた。わたしに気づくと、ちょっとおどろいた顔をして、それからすぐにニコニコと近づいてきた。距離《きょり》がだんだんちぢまって、一メートルくらい手前で立ちどまった。

「お帰りなさい」

最初から、もう一度、やりなおしだ。そう思って、ニコッとわらったつもりが、ほおが少しこわばってしまった。

「ただいま」

真吾《しんご》もさっきとちがって、ちょっとあらたまった声でいった。そして、

「元気だった？」

学校で聞いたことを、もう一度聞いてきた。

「うん、元気だった」

（いろいろあったけど……）

でも、今はまだそれを話す時じゃない。とにかく、真吾《しんご》が元気になって帰ってきてくれたことを、よろこばなきゃ。

「真吾《しんご》も元気そうで、よかった。でも、びっくりしちゃった。真吾《しんご》がわたしと同じ学年になるなんて……由樹奈《ゆきな》や牧原《まきはら》さんも……ほら、拓馬《たくま》くんの妹の……同じクラスになったって、大さわぎしてた

よ」

「ごめん」

真吾《しんご》がとつぜん、ペコッと頭をさげた。

「えっ？」

「おれのせいで、みんなに、よけいな気ィつかわせることになって……」

「あ、ち、ちがうの」

あわてて首を横にふった。

「真吾《しんご》が元気になって、学校にもどれて、ほんとによかったって思ってる。ただ、ちょっといきなりでびっくりして……」

それから、どういったらいいんだろうと考えて、しばらくは、だまってるつもりだったけど、宗太《そうた》から聞いた話を正直につたえることにした。

「じつは……おととい、宗太《そうた》から聞いたの。おばちゃん、真吾《しんご》を静岡《しずおか》の小学校に転校させようとしたって」

「えっ？」

真吾《しんご》の表情《ひょうじょう》がとつぜんけわしくなった。

「宗太《そうた》のこと、おこらないでね」

真っすぐ目を見て、心をこめていった。

「真吾《しんご》が帰ってきて、よっぽど安心したんじゃない？　おととい、初めて、わたしと航《わたる》に、『絶対《ぜったい》だれにもいうな』って、何度もねんをおして……。結論《けつろん》が出るまで、よっぽどつらかったんだと思う。真吾《しんご》が『こっちに帰りたい』っていったって……宗太《そうた》、泣《な》いてたよ」

「……」

真吾《しんご》はキュッとくちびるをかんで、しばらくの間、じっとなにかを思い返すようにだまってた。それから急に、いつもの真吾《しんご》らしい、やさしい表情《ひょうじょう》にもどっていった。

「今まで、いろいろありがとな。理央達《りおたち》がいてくれたから、あいつもなんとかやってこれたと思う」

「でも、おばちゃんは……」

いいかけたことばを、真吾《しんご》がすばやくさえぎった。

「だいじょうぶ。こっちに帰ってきて、がんばるってことで、うちの母親もちゃんとなっとくしたから。これからはもう、宗太《そうた》にも、いやな思いは絶対《ぜったい》させないから」

「そう、なら、よかった……」

「おれ、いろんな意味で、みんなにめいわくと心配かけたぶん、これからがんばって、とりもどすからな」

ニコッとわらって、力強い声でいった。

「うん、わたしもおうえんするから」

「じゃあ、また」

「じゃあ」

ひらっと手をふって、真吾《しんご》は家にはいっていった。その後ろすがたを見えなくなるまで見送った。

〈真吾《しんご》が真吾《しんご》の家にはいっていく〉というあたりまえの光景がやっと見られたと思ったら、うれしさがまたジワジワとこみあげてきた。


「ただいま」

げんかんの戸を開けたとたん、おばあちゃんが待ちかねたようにニコニコしながら出てきた。

「お帰り。真吾《しんご》くん、元気だったかい？」

「えっ？　なんで知ってるの？」

「ひどいでしょ？　おとな達、みんな、知ってたんだよ」

航《わたる》が奥《おく》から急いで飛んできた。

「えっ、どういうこと？」

「おばあちゃんやかあさんは、新学期が始まる前に、おじちゃんが車で真吾《しんご》くん、むかえに行くこと、前から知ってたんだって。でも、ぼくとおねえちゃんには、始業式の日まで、ないしょにしてたって」

「そうだったの？」

思わず、おばあちゃんをキッとふり向いた。

「悪かったね。ほんとは早く教えてあげたかったけど……いえばきっと、あんた達が大さわぎするから」

そのことばを聞いて、航《わたる》とひそかに目くばせをかわした。

「真吾《しんご》くんの気持ちも考えてごらん。ひさしぶりに帰ってきて、しかも、もう一度六年をやりなおすなんて、よっぽどの覚悟《かくご》だもの。親子で何度も話しあって、本人もなっとくしてのことだっていうけど……そうはいってもねえ。だから、なるべく直前まで、そっとしといてあげたかったんだよ」

「そんなあ……春休みの間も、ずっとあんなに心配してたのに……」

ブッと口をとがらせたとたん、

（……ってことは、真吾《しんご》のおばちゃん、牧原《まきはら》さんちより先に、うちにちゃんと知らせてくれてたんだ）と気がついた。

（そうだよねえ。いくらなんでも、となり同士だもんね）

胸《むね》につかえてたものが、スッととけてく感じがした。

「で、どうだったんだい、学校のようすは？　真吾《しんご》くんと会えたのかい？」

「クラスがちがったから、帰りに家の前でちょっとだけ。うん、すごく元気そうだったよ」

「そうかい。よかったねえ」

おばあちゃんは、心底うれしそうにうなずいた。

「えーっ、ぼく、まだ会ってないよ。今から、行ってこようかな？」

「きょうはやめとき。ひさしぶりの学校で、つかれただろうから。それより、一時からサッカーの練習があるんだろ?」

「あっ、いけねっ」

壁《かべ》の時計は、とっくに十二時を過《す》ぎている。

「急がなきゃ。お昼、できてる?」

「できてますよ。さ、理央《りお》も早く手を洗《あら》っといで」

おばあちゃんははりきった声でいうと、パタパタとスリッパの音をたててキッチンにはいっていった。

「おばあちゃん、うれしそうだね。真吾《しんご》のこと、心配してたもんね」

「うん。おとなは、おとな同士で、ないしょにしてたんだね」

航《わたる》が小さな声で、こしょこしょっとささやいた。

「でも、宗太《そうた》から聞いたことは、絶対《ぜったい》話しちゃだめだよ」

あらためて、ねんをおすと、

「わかってるよ。だれにもいわないって、約束……」

いいかけたとたん、急になにかを思い出したように、パッと顔をあげた。

「あっ、そうだ! 朝、学校に行くとちゅう、宗太《そうた》くんに会って、聞いたらね、木戸閉《し》めたの、おばちゃんだって」

そういえば、朝、木戸が閉《し》まってたのを、すっかりわすれてた。

「えっ、おばちゃんが？」

「うん、デイジーのぐあいがよくないから。でも、そんなたいしたことないって。静岡《しずおか》行った時、長いこと車に乗って、つかれたんじゃないかって。帰ってから、何度ももどしたんだって。お医者さんに連れてって薬もらったから、もう心配ないけど、ちゃんとなおるまで、あんまり動かないほうがいいし、うちの庭でもどしたらこまるからって。それでしばらく木戸を閉《し》めとくって」

「そうだったんだ……せっかく真吾《しんご》が帰ってきたんだから、早く元気になって、またいっしょに遊べるといいね」

「うん、絶対《ぜったい》すぐそうなるよ」

航《わたる》は、その時のようすを思いうかべたのか、楽しそうにいった。

「ふたりとも、早く手ぇ洗《あら》ってこないと、さめちゃうよ」

おばあちゃんの声にハッと気づくと、キッチンから、おしょうゆのこうばしいにおいが漂《ただよ》ってきた。

（やったあ、チャーハンだ）

急いでカバンを置きに部屋にもどるとちゅう、だいじなことを思い出した。今度、真吾《しんご》に会ったら、サクラが満開になったこと、知らせなきゃ。いつものお花見はむりだけど、きれいなうちに見にきてって。

「じつはね、理央《りお》……」

夕食の後かたづけのさいちゅう、かあさんがとつぜんいいにくそうにきり出した。

「おばあちゃん、きょう、おやつに大学イモ作って、真吾《しんご》くんに届《とど》けたでしょ？」

「うん、ひさしぶりだから、真吾《しんご》、よろこんだでしょう？」

おばあちゃん特製《とくせい》の大学イモは、外がカリッとして、中がほくっとやわらかくて、あめ色のタレがたっぷりからめてあって……わたし達みんなの大好物だ。いつもは季節限定《げんてい》で秋にしかたべられないけど、きょうは特別に真吾《しんご》の〈お帰りなさい記念〉に作ったのだ。

「でね、その時、真吾《しんご》くんのおばちゃんから、いわれたらしいんだけど」

なぜか、かあさんの口調はひどく重たかった。おばあちゃんは、いつものように、食事が終わるとすぐ、じぶんの部屋にもどってテレビを見ている。

食事中、みんなでさんざん真吾《しんご》の話をしたのに、まだなにかあるんだろうか？

ドキドキしながら、つぎのことばを待った。しばらくの間の後、かあさんは思いきったようにいった。

「デイジーね、このところ急に弱ってきたって。なにしろ十五歳《さい》でしょう？　万一のことがあって、めいわくかけるといけないから、もううちにこさせないようにするって。木戸、閉《し》まってたの、気がついた？」

「えっ、でも、それは……」

いいかけたことばを、思わず飲みこんだ。なんだか、いやな予感がする。

「人間でいうと、もうそうとうなおじいさんだって」

「知ってるけど……でも、万一のことって……？」

「デイジーが死んじゃうってことかよっ！」

とつぜんのどなり声にふり向くと、リビングでテレビを見てたはずの航《わたる》が戸口に立っていた。かあさんがいっしゅん、うろたえた顔をした。とりあえず、わたしだけに話して、航《わたる》には後でわたしからうまくつたえるよう、たのむつもりだったんだろう。

「なんで、そんなこというんだよっ。車で静岡《しずおか》に行って、つかれたから、今は少しぐあい悪いけど、お医者さんで薬もらって、すぐ元気になるって、今朝、宗太《そうた》くんがいったんだよっ」

そこでちょっと、息をととのえるようにことばをきってから、

「それで、おばあちゃん、なんていったんだよっ！」

ものすごいけんまくで、かあさんにつめよった。

「あ、あのね……」

かあさんの返事を待つのももどかしそうに、じぶんで直接《ちょくせつ》聞きに行こうとしたのだろう。ダッとかけ出そうとした航《わたる》のうでを、あわててかあさんがつかんだ。

「待ちなさいっ！　落ち着いて、ちゃんと話を聞いて」

真っすぐ航《わたる》の目をのぞいて、ビシッとした声でいった。たぶん、こうなることがわかってたから。だから、おばあちゃん、じぶんで話さなかったんだ。うちでは時々こういうことがある。航《わたる》やわたしにとって、だいじなこと、いってもすんなり聞きそうにないこと、学校や勉強のことも、もちろん——は、きちんと母親の口から話すようにって。デイジーの問題も、そうかんたんにすまないと思ったのだ。

じつは去年の夏休み、ちょっとした事件《じけん》があった。おとうさんがまだこの家にいたころ、近所に住んでたおばあちゃんの知りあいが、たまたま近くまできて、なつかしくなったからと、とつぜんたずねてきた。おばあちゃんが急いでお茶の用意をしてる間、「お相手してて」ってたのまれて、いっしょに縁側《えんがわ》で庭をながめながら、航《わたる》と三人で学校のことなんか話してるうちに、いつもの場所で昼《ひる》寝《ね》してたデイジーに気づいて、聞いてきた。

「あのイヌ、おたくで飼《か》ってるの？　えっ、おとなりの？　へえ、コリーの雑種《ざっしゅ》なんて、めずらしいねえ。それにしても、もうずいぶんな年齢《ねんれい》じゃない？　ぼく達、イヌがすきなの？」

航《わたる》がうなずくと、おばさんは急にまゆをしかめていった。

「でもねえ、万一、庭で死なれでもしたら、たいへんよ。うちで、いつか、そんなことがあったの。どこかのまよいイヌが、知らないうちに庭のしげみにもぐりこんで、朝気がついたら、死んでて……保健所《ほけんじょ》に引きとりにきてもらったけど、しばらくの間、気持ち悪くてねえ。あんまり、庭にいれたりしないほうがいいんじゃないかしら」

おばさんのことばにびっくりした。それまで、デイジーが死ぬなんて考えたこともなかったから。くる日もくる日も、あたりまえみたいにうちの庭にやってきて、気持ちよさそうに昼寝《ひるね》する。わたしは昼寝《ひるね》のじゃまをしないように、時々そうっと近づいて、やわらかな毛並《けな》みにさわったり、目を開けたら、「おはよう」って、その日学校であったことを話したり……そんな毎日がずっと続くと思ってた。

「真吾《しんご》より二歳《さい》も年上なんだから、ほんとはデイジーが一番おにいちゃんなんだよね」って、みんなでよく話した。デイジーはやさしいおにいちゃんとして、わたし達四人をずっとまもってくれてるんだよねって。特に航《わたる》は、あかちゃんの時からいっしょだから。

（やっぱり、デイジーはいつか死ぬんだろうか？）

ピクともしない閉《と》じたまぶたを、じっと見つめながら、とつぜん不安にかられたのをおぼえてる。

「ちょっと、なに？　どうしたの？」

さけび声にふり向くと、航《わたる》が真っ赤な顔をして、おばさんをグイグイげんかんのほうへおしやろうとしていた。おばあちゃんがあわてて飛んできて、航《わたる》をしかった。航《わたる》ははだしのまま庭に飛びおりると、デイジーを両手でギュッとだきしめて、おばさんを射《い》るような目でにらみつけた。

あの時と同じ目をしている。同じ目で、かあさんをにらんでる。その目を真っすぐ見返して、かあさんは静かな声でいった。

「おばあちゃんはね、そんなこと気にしないで。デイジーはうちのイヌも同然なんですからって……

そういったそうよ」

キッと見開いた航《わたる》の目から、なみだがぽろぽろこぼれた。

「でもねえ、航《わたる》、真吾《しんご》くんのおばちゃんのいうことも、もっともだと思うのよ。今度はなおったとしても、いつまた急にぐあいが悪くなって……」

「デイジーは死なない。絶対《ぜったい》死んだりなんかしないっ」

かあさんのことばをとちゅうでさえぎって、ギラギラした目でさけぶと、

「ぼく、おばちゃんにいってくるっ」

今度はとめる間もなく、バタバタとげんかんを飛び出していった。

「デイジーのことになるとむちゅうね。ほんとうにいなくなった時が心配だわ」

かあさんはホーッとため息をついて、洗《あら》い物《もの》の続きを始めた。

わたしはじぶんが、どうすればいいのかわからなかった。考えたくないけど……ほんとに悲しい、つらいことだけど……航《わたる》がどんなに否定《ひてい》しても、いつかデイジーはいなくなってしまう……それもたぶん、もう何年も先のことじゃなく……。

(でも……なんできょうなの?)

とつぜん、胸《むね》の奥《おく》から疑問《ぎもん》がわいてきた。

(真吾《しんご》がやっと帰ってきて、新しいスタートをきった、おめでたい日に……なんでおばちゃんはわざわざそんな話をしなきゃならないの?)

考えてくうちに、疑問《ぎもん》はみるみる不安に変わった。

（もしかして、航《わたる》が宗太《そうた》から聞いたより、デイジーのぐあいがずっと悪いのでは……？　なのに、わたし達にショックをあたえないよう、もう年だからとか、めいわくをかけるとか……）

「ちょっと、行ってくる」

急いでキッチンを飛び出した。


いっしゅんまよって、とりあえず庭のほうからようすをうかがうことにした。

（デイジー、だめだよ。せっかく真吾《しんご》が帰ってきたんだから。がんばって、元気出さなきゃ、だめだよ）

いのるような気持ちで縁側《えんがわ》のサッシを開けた。とたん、木戸のほうから、航《わたる》と宗太《そうた》のにぎやかな話し声が聞こえてきた。

（よかった。あの調子なら、それほど深刻《しんこく》じゃないみたい）

ホッと胸《むね》をなでおろして庭に出ると、いつの間にか霧《きり》のような雨がふっていた。両手を頭にかざして、小走りにかけよると、航《わたる》がうれしそうにふり向いた。

「あっ、おねえちゃん、ほら、木戸、開けたよ」

見ると、木戸はいつもどおりに大きく開かれている。

「おばちゃんは、ぼくが何度たのんでも、かあさんやおばあちゃんにめいわくをかけるからって、聞いてくれなかったんだ。けど、とちゅうでおじちゃんが出てきて、ぼくにみかたしてくれたの。『デイジーは半分、航《わたる》くんちのイヌだから、おばあちゃん達のお許《ゆる》しがあるんなら、今までどおりにさせてもらおう』って……」

むちゅうで話して、

「やっぱ、男同士は話がわかるよなあ」

最後はエラソーに胸《むね》をそらせた。「男同士」というより、杉浦《すぎうら》のおじちゃんは昔から、四人の中で一番年下の航《わたる》に特別あまい。

「でも、ほんとにそれでよかったの？　いつもデイジーの世話をしてるのは、おばちゃんなのに……」

かあさんにいわれたことが気になって、宗太《そうた》に聞いた。

「まあ、航《わたる》が泣いてたのむなら、しょうがないかって感じで……」

「えっ？　航《わたる》、泣いたの？」

「うそだよ、うそだよ。泣くわけないだろっ。うそつくなよっ」

ムキになっていい返すと、宗太《そうた》のおなかに軽いパンチをあびせた。

「じゃあ、デイジー、ほんとにもう心配ないのね？」

「ぜーんぜん心配ない。だから、いったでしょ？　ちょっとつかれただけだって。ちゃんとお医者さんの薬も飲んだし……ね？　今会ってきたけど、元気だったよ」

「そう、ならよかった」

航《わたる》のことばに、あらためてホッと胸《むね》をなでおろした。

「ところで、真吾《しんご》は？」

「真吾《しんご》くんには会えなかった……」

航《わたる》が残念そうにいった。

「ごはん食べてすぐ、部屋にいって、寝《ね》ちゃったって。『初めて学校に行って、つかれたんだろ』って、おじちゃんが」

「そっか。でも、これからはもう、いつでも会えるからね」

「うん、あした、学校で会えるもん」

デイジーのことが一件《いっけん》落着したせいか、航《わたる》はサバサバした口調でいった。

（ほんとに、これでよかったんだろうか……）

わたしの気持ちはなんとなくすっきりしなかった。

でも、とりあえずデイジーはぶじだった。おじちゃんも木戸を開けることに賛成《さんせい》してくれた。今はこれ以上、ぐずぐず考えてもしょうがないのかもしれない。

「じゃ、風邪《かぜ》引くから、家にはいろう。宗太《そうた》、ありがとね」

航《わたる》の背中《せなか》をおして、急いで縁側《えんがわ》にかけもどった。

3

目がさめてすぐ、きのうの木戸のことを思い出した。ベッドからそうっとおりて、カーテンのすきまからのぞいてみる。だいじょうぶ。ちゃんと開いている。今度はいきおいよくシャーッとカーテンを開けた。航《わたる》がまぶしそうに、ふとんの中にもぐりこんだ。

ゆうべの雨はやんでいた。が、あいかわらず、どんよりとしたくもり空がひろがってる。そのせいか、わたしの気持ちもなんとなくすっきりしない。

学校に行くとちゅう、きのう家の前で真吾《しんご》と話したことを由樹奈《ゆきな》に報告《ほうこく》した。

「よかったじゃん。真吾《しんご》くん、元気だったでしょ?」

「うん……」

「あれっ、どしたの?　せっかく会えたのに、あんまりうれしそうじゃないね」

「そんなことないけど……これから、どうなるのかなって……」

口に出したとたん、朝起きた時からのもやもやの正体がわかったような気がした。おばあちゃんはきのう、『ひさしぶりに帰ってきて、もう一度六年をやりなおすなんて、よっぽどの覚悟《かくご》』っていったけど、真吾《しんご》なら、絶対《ぜったい》だいじょうぶ。それより、心配なのは、わたしのほうだ。これから同級生として――しかも、となり同士のクラスで――うまくやってけるかどうか、すごく不安で……。

「どうなるって、また前みたいな楽しい生活が始まるんじゃん。とにかく、真吾《しんご》くんが元気になって帰ってきた。それが一番でしょ？　ぐずぐずいっててどうするの！」

気合いをいれるように、背中《せなか》をバンとたたかれた。

「あ、うん、そうだね」

思わずニコッとうなずき返した。デイジーのことは、きょうはいわずにおいた。

学校に着くと、牧原《まきはら》さんが二組の教室の前に立っていた。

「あいつ、またなんか……」

由樹奈《ゆきな》があからさまにいやな顔をした。けど、そんなことにはおかまいなしに、まっすぐこっちにかけよってきた。そして、チラッと周囲《しゅうい》に目をやってから、

「ねえ、どうしよう？　真吾《しんご》くんといっしょに学級委員になっちゃった」

大切な秘密《ひみつ》を打ち明けるように、ひそひそ声でいった。

「えっ？」

とっさに、なんの話かわからなかった。

「きのう、学級委員決めた時、女子は去年と同じ、わたしが選ばれたんだけど、男子はＦＣの山本《やまもと》っているでしょ？　あいつが真吾《しんご》くんを推薦《すいせん》したの」

せかせかと早口で説明した。

「たぶん、全校集会の帰りかなんかに、ＦＣの連中で相談したんじゃない？　他《ほか》の人達も、すぐに賛成《さんせい》して、あっという間に決まっちゃったの。真吾《しんご》くん、去年、学級委員してたでしょ？　六年生は四クラス合同の学年委員会っていうのがあって、そこが中心になって、いろんな行事の企画《きかく》を考えたり、準備《じゅんび》したりするらしいの。三か月だけだけど、経験者《けいけんしゃ》だからって……」

「でも、病気なおって、もどってきたばかりなのに……」

「先生もそれを心配して、いきなりはむりじゃないかっていったんだけど、本人が『だいじょぶです。もう完全に元気になりましたから』って、快《こころよ》く引き受けちゃったの」

『みんなにめいわくと心配かけたぶん、これからがんばって、とりもどすからな』

きのうの真吾《しんご》のことばを思い出した。まさか、こんないきなりとは……。でも、九か月ぶりにＦＣの後輩達《こうはいたち》と再会《さいかい》して、たのまれたら、元キャプテンとして、ことわるなんて選択肢《せんたくし》はなかったのかも……。真吾《しんご》らしいなって思ったら、ついうれしくなって、

「本人が、だいじょうぶって引き受けたんなら、安心してまかせたら？　真吾《しんご》、たよりになるでしょ？」

じぶんのことのように、えらそうにいってしまった。

「もちろんよ」

牧原《まきはら》さんの顔がパッと明るくなった。

「体のことも心配だったけど、真吾《しんご》くんとふたりで学級委員やるなんて、緊張《きんちょう》する、どうしようって、すごく不安だったの。でも、がんばってみる。ゆうべ、マーくんに話したら、すごいよろこんでたし。じぶんの友達と妹がコンビで学級委員なんて、ヘンな感じだって、わらってたけど」

思い出したようにフフッとわらって、

「またなんかあったら、村瀬《むらせ》さんに相談するね」

はずんだ足どりで、三組の教室にかけこんでいった。

「アホらし。なんだかんだいって、結局はじまんしにきたんじゃない。あーあ、真吾《しんご》くん、なんで二組じゃなくて、三組なのよ」

由樹奈《ゆきな》がくやしそうにブウッと口をとがらせた。

「あいつ、おにいさんが友達ってだけなのに、いつも真吾《しんご》くん真吾《しんご》くんて、なれなれしく……」

二年前に引《ひ》っ越《こ》してきて、初めて会った時から、彼女《かのじょ》のことが気にいらないようすなのだ。まあ、わたしも、昔四人でいっしょに遊んだ以外、なんのつながりもないんだけど……。

「真吾《しんご》と拓馬《たくま》くんの話ができる相手が他《ほか》にいないからじゃない？」

それに、こんな形でなら、わたしにもちょっぴり真吾《しんご》のおうえんができるかなって気もした。

「とにかく、めいわくな話よ。これから、ああやって、いろいろいってくるかと思うと、うんざりする」

ますますふきげんな顔で由樹奈《ゆきな》は教室にはいっていった。

教室では、今朝もモッチ達がロッカーの前でサッカーボールで遊んでた。

「こっちこっち」「大野《おおの》、さがれっ」「行くぞっ、『ただのカエル』」「ナーイス！『ただのカエル』」

転校生もまじってて、パスをまわすたび、みんながおもしろがってさけぶのに、

「『ただの』はいらないの」「『カエル』じゃなくて『かおる』」

いちいち大声でいい返してる。

「ばっかみたい。自己紹介《じこしょうかい》であんなことというから」

さっきのふきげんな顔のまま、由樹奈《ゆきな》がシラッといった。

「ほんとよね」

わたしも思わずうなずいた。

「あれじゃ、じぶんからそう呼《よ》んでくれって、たのんだようなもんよね。前の学校のあだ名なんて、いわなきゃ、だれも知らなかったのに」

（あ、もしかして、それがねらい……？　新しい学校にすんなりとけこむための……）

確《たし》かに、あのへんてこな自己紹介《じこしょうかい》のおかげで、転校二日目にして、完全にモッチ軍団《ぐんだん》の一員になってる――なんて、いくらなんでも考えすぎか。でも、このままじゃ、もうすぐ「カエル」がとれ

て、ただの「ただの」になっちゃうかも……わたしまで、ついバカなことを考えてると、当の本人がかけよってきた。

「きのうはサンキュ。ばあちゃん、きょう、さっそく編《あ》み物《もの》教室に行ってみるっていってた」

うれしそうに報告《ほうこく》した後、

「あっ、これも村瀬《むらせ》のばあちゃんが編《あ》んだの？」

わたしが着てるカーディガンに目をやった。あわいグリーンに白赤ピンクの花たばのもようがついていて、きのうのセーターと同じくらい、お気にいりの一枚《まい》だ。春の野原をイメージして、もちろんわたしが下絵を描《か》いた。

「前があいてるんだね」

「カーディガンだもん」

「カーディガン？」

「そっか。男の子はあんまり着ないかもね。こんなふうに、ブラウスやワンピースの上にはおるの。こうすれば、ほら、セーターとおんなじ」

五つついてる前ボタンを全部とめて見せた。

「へえ……上からはおるのか。だったら、着たりぬいだりも便利だよね。こっちのほうがいいのかなあ」

考えこむように首をひねってから、

「きのうのセーターと同じくらいの時間で編《あ》める？」

真剣《しんけん》な顔で聞いてきた。

「そうねえ、前身ごろは右と左、べつべつに編《あ》むから、ちょっとむずかしいかも……。とにかく、お教室でおばあちゃんに直接《ちょくせつ》聞いてみたらいいんじゃない？」

「そうだね。そうするように、いっとくよ。じゃ、サンキュ」

ニコッとわらって、モッチ達のところへもどっていった。

「ねえ、あいつ、やっぱおかしくない？」

由樹奈《ゆきな》がすぐに声をひそめていった。

「えっ、どうして？」

「だって、いくら、いとこのお誕生日《たんじょうび》かなんか知らないけど、女の子の着てるもん、あんな熱心にチェックするなんて、ヘンタイじゃん。きのう、地図描《か》いてやった時も、すごいうれしそうに帰っていってさ」

「それは、おばあちゃんのために……」

「そうかなあ？　絶対《ぜったい》なんかこんたんあると思うな」

「こんたんて？」

「だから、ほんとのねらいは理央《りお》だったりして」

「なに、ばかいってんの」

あきれて、思わず顔を見返した。

「でも、もしそうだったら、理央《りお》には真吾《しんご》くんがいるって、ビシッといってやんなきゃね」

「もう！　由樹奈《ゆきな》ったら、いいかげんにしてよ。絶対《ぜったい》、よけいなこといわないでよ」

わたしはハーッとため息をついた。由樹奈《ゆきな》はわたしと真吾《しんご》のことをずっとカンちがいしてる。わたしにとって、真吾《しんご》はひとつ年上のたよりになる、大切なおさななじみ――何度そういっても、信じようとしない。「いくら、おさななじみで、兄妹《きょうだい》みたいに育ったからって、異性《いせい》としての感情《かんじょう》が芽生《めば》えないはずないでしょ」って、あんまりいいはるから、もしかして、由樹奈《ゆきな》自身が真吾《しんご》のことをすきなんじゃないか、って疑《うたが》ったこともある。だから、牧原《まきはら》さんにも、あんなに敵意《てきい》を持つのかなって
――でも、ちがってた。由樹奈《ゆきな》には他《ほか》にすきな人がいたのだ。

「確《たし》かに、真吾《しんご》くんはすてきだと思うよ。あたしの理想にも、かなり近い。けど、柏木《かしわぎ》さんにくらべたら、まだぜーんぜん子どもだもん」だって。

柏木《かしわぎ》さんというのは、由樹奈《ゆきな》のいとこの純《じゅん》ちゃんの大学の友達。イタリアンレストランでバイトしてて、時々純《じゅん》ちゃんといっしょにお店に行くと、わざわざ厨房《ちゅうぼう》から出て、直接《ちょくせつ》注文をとりにきて

くれるらしい。

「季節のおすすめのお料理が、すっごくおいしいの。将来《しょうらい》、じぶんのお店を持つのがゆめなんだって。やさしくて、カッコよくて、お料理がじょうずで……」

その人の話になると、熱でもあるようにトロンとした目になる。けど、たまにしか会えないし、年もはなれてるし、あくまで「遠いあこがれの王子さま」だって。

「その点、理央《りお》はいいよね。相手がこんな近くにいるんだから」

そして、その後、決まってうらやましそうにいう。

「あたし、理央《りお》と真吾《しんご》くん、ふたりとも大すきだから、絶対《ぜったい》うまくいってほしいんだ。どんなことがあっても、おうえんするから」って――。

由樹奈《ゆきな》にあんまり何度もいわれると、ほんとはどうなんだろうって、時々じぶんでもわからなくなる。でも、最後にはいつも思う。わたしの心の中の真吾《しんご》は、初めて会った時、木戸の向こうに立ってた青いシャツの男の子。あの日から、ずっとそばにいてくれた。そして、これからもずっと……。今は予想外の展開《てんかい》で、ちょっと不安な状態《じょうたい》だけど……。


午後になって、ひさしぶりにあたたかな陽《ひ》がさしてきた。満開のサクラの花も、ようやく安心したようにひらひらと風に舞《ま》い始めた。

五時間授業《じゅぎょう》が終わって家に帰ると、かあさんが陽《ひ》のあたる縁側《えんがわ》で洗濯物《せんたくもの》をたたんでいた。おどろいたことに、デイジーが庭にきていた。ゆうべ、航《わたる》が「もう、だいじょうぶ」っていってたけど、まさかこんな早くとは……。いつものお気にいりの場所で気持ちよさそうに昼寝《ひるね》している。静かな、おだやかな空気があたりをつつんでいた。

「デイジー、きたんだね。よかったあ」

カバンをおろして、かあさんの横にすわると、ハッとしたように顔をあげて、あわててニコッとふり向いた。

「あ……お、お帰り」

「どしたの？　なんかあった？」

「ううん……ただ、ちょっと考えごとしてて……」

「デイジーのこと？」

いっしゅん間があって、それから、遠くを見るような目をしていった。

「そうね……おじいちゃん、もっと長生きすればよかったのにって……」

（どっちのおじいちゃん？　たぶん、両方のだね……）

かってに解釈《かいしゃく》して、わたしもしみじみした気持ちでデイジーを見ていると、

「ここに初めてきた時のことを思い出してたの」

かあさんがいきなり意外なことをいい出した。

「初めてきた時？」

「そう、おとうさんと結婚《けっこん》することになって、おじいちゃんとおばあちゃんにごあいさつをしに……」

チラッとわたしの顔をふり向いて、ほほえむと、すぐにまた庭に目をもどした。

「……季節は秋だった……キンモクセイの黄色い花が枝《えだ》いっぱいにさいてて、風がふくと縁側《えんがわ》まで、いいかおりがしてきて……」

（かあさん、どうしたんだろう、急に……？　今まで、おとうさんの話なんて一度もしたことなかったのに……）

びっくりして、思わず横顔をじっと見つめた。

「理央《りお》のおとうさんね、子どものころ、おじいちゃんとあまりうまくいってなかったみたいで……高校卒業して、家を出たっきり、何年も帰ってなかったの。結婚《けっこん》する時も、『べつに、関係ないから』って……。でも、そんなの、おかしいでしょ？　おかあさんの実家の家族には、四国《しこく》までいっしょに行って、紹介《しょうかい》したのに……。結婚式《けっこんしき》なんて、べつにしなくていいけど、わたしもちゃんとご両親にお会いして、正式にお許《ゆる》しをいただきたいって、何度もしつこくたのんで……。そしたら、やっとおばあちゃんに電話してくれたの。おばあちゃん、びっくりして、『とにかく一度うちに連れてらっしゃい』って……。『行ったって、どうせおやじ、ムスッとだまりこんで、ろくに口もきかないよ』って、直前までぐずぐずいってたから、かあさんも、どんなにこわい人かと、すごく緊張《きんちょう》して……でも、会ってみたら、やさしくいろいろ話しかけてくださって……」

かあさんはその時のことを思い出すように、ゆっくりと静かな声で話し続けた。

「おとうさんも、くる前は、あんなにいやがってたのに、何年ぶりかで、おじいちゃんに会って、結《けっ》婚《こん》のお許《ゆる》しをもらって……きっとホッとしたんでしょうね。おじいちゃん達が席をはずして、ふたりだけになった時、『男の子が生まれたら、ここでキャッチボールできそうだろ』って、庭を見ながら、こそこそっと耳打ちしてきて……」

そこまでいうと、とつぜんつらそうにうつむいた。

わたしは、かあさんがなぜこんな話をするのか、びっくりして、でも、あんまりびっくりし過《す》ぎて、なにもいえずにいた。と、また庭に目を向けて、

「前に理央《りお》に、どうして離婚《りこん》したのって聞かれたことあったでしょ？」

ひどく重苦しい口調で話し始めた。

「おじいちゃん……大学のお仕事がずっといそがしくて、教え子達の教育にも、人一倍熱心だったから、家でゆっくりひとり息子の相手をする時間がほとんどなくて……だから、おとうさん、『じぶんはどうでもいいんだ』って、かってに思いこんじゃったみたい。でも、心の中ではずっと、おじいちゃんに認《みと》めてもらいたくて……特に、かあさんと結婚《けっこん》して、理央《りお》が生まれてからは、ほんとに一《いっ》生懸命《しょうけんめい》がんばって……それなのに、なにも親孝行《おやこうこう》ができないうちに、とつぜんおじいちゃんがなくなって……。『わたしがもっとうまく、ふたりの間にはいってやればよかった』って、おばあちゃんはいうけど……父親と息子《むすこ》って、むずかしいのよね。それは母親と娘《むすめ》も同じだけど……。わたしも

四国《しこく》の実家のおばあちゃんより、こっちのおばあちゃんのほうがあうみたいだし……。理央《りお》はどう思ってくれてるかわからないけど……」

そこで、ふっと口をつぐんだ。かあさんがなにをいいたいのか、よくわからなかった。しばらく待ったけど、それ以上なにもいわないので、思いきってこっちから聞いた。

「おじいちゃんとおとうさんの問題と、離婚《りこん》と、どう関係があるの？」

かあさんはハッとしたようにわたしの顔を見て、あいまいな笑《え》みをうかべると、（なんでもない）というようにあわてて首を横にふった。

（また、いつものパターンだ）

そう思ったしゅんかん、この三か月間、ずっと胸《むね》におしこめてた想《おも》いがワッとふき出した。

「ねえ、なんで急にそんな話したの？　日曜のパーティでなにかいわれたの？」

気がついたら、じぶんでもどうにもならないいきおいでしゃべってた。

「わたし、お正月に佑美《ゆみ》ネエがかあさんの部屋で話してたこと、聞いちゃったの。だから、かあさんがパーティにおばあちゃんを連れていきたくなかったって、知ってたの。おばあちゃんが、親戚《しんせき》の人達になにかいわれるのが、こわかったんでしょ？」

かあさんは、おどろいたようにわたしの顔を見た。何秒もの間、じーっと……。それから、急に関係ないことを聞いてきた。

「そういえば、きょう、由樹奈《ゆきな》ちゃん、ピアノのレッスンだったわよね？　理央《りお》もなにかやりたいことないの？　来年は中学なんだから、習い事のひとつも、しといたほうがいいんじゃないの？　そうだ。絵は？　理央《りお》、すきでしょ？」

（どうして、そんなこと……）

けど、つぎのしゅんかん、

『理央《りお》も来年は中学でしょ？　ますますお金かかるようになるわよ』

あの時、佑美《ゆみ》ネエがいってたことを思い出したからだって、気がついた。わたしがじっとだまってると、

「とにかく、再婚《さいこん》とか、この家を出るとか、これっぽっちも考えてないから」

とつぜん、ピシャッとした声でいった。

「佑美子《ゆみこ》も、まわりからいろいろいわれて、あんなこといったけど、本心じゃないから。よけいな心配しなくていいから。わかったわね？」

どなるようにいって、ものすごいいきおいで残りの洗濯物《せんたくもの》をたたみ始めた。と思ったら、すぐにその手をとめて、ハーッと大きく息をはいた。

「ごめん……」

かあさんは、今にも泣きそうな顔でわたしを見た。

「……急に昔のことなんか、いい出して……。真吾《しんご》くんがぶじに帰ってきて、ひさしぶりにデイジーを見てたら、つい思い出しちゃって……ごめんね。びっくりしたよね」

「ううん」

わたしは急いで首を横にふった。

「うれしかった。やっと、一人前のおとなあつかいしてもらえたみたいで……これからはもっと、なんでも話してほしい」

佑美《ゆみ》ネエの話、ぬすみ聞きしたこと、いわないほうがよかったかなって、ちょっと後悔《こうかい》してた。でも、やっぱり、いってよかった。そろそろわかってもらったほうがいいから。わたしがもう、なにもできない小さな子どもじゃなくて、どんなことがあっても、かあさんやおばあちゃんの力になりたいって思ってること——これからは、すぐそばに真吾《しんご》もいるし……。

その時、急に転校生のことを思い出した。きのうは真吾《しんご》とデイジーのことで頭がいっぱいで、かあさんに話すのをすっかりわすれてた。

「そういえば、うちのクラスに、小幡《おばた》くんていう転校生がはいってきたの。おとうさんの転勤《てんきん》で名古《なご》屋《や》から引《ひ》っ越《こ》してきたんだけど、おかあさんはおじいちゃんの看病《かんびょう》で、いっしょにこられなかったんだって」

「まあ」

かあさんはおどろいたように、また洗濯物《せんたくもの》をたたむ手をとめた。

「でね、こっちにいる間、おとうさんのほうのおばあちゃんと三人で暮《く》らして、また名古屋《なごや》にもどるんだって」

「そう……それはたいへんねえ。でも、その子、どうして、おとうさんについてきたの？」

思ったとおり、かなり興味《きょうみ》を持ったみたいだった。

「クラスの男の子達も、ふつう単身赴任《ふにん》だろ、っていってたけど……よくわからない」

「もしかしたら、おじいちゃんのぐあいがよほどお悪いのかしら？　それで、おかあさんが病院でつきっきりの看病《かんびょう》を……だから、おとうさんと……。でも、まだ小学生なのに、えらいわねえ」

しみじみと考えこむような表情《ひょうじょう》でいった。

「それが、変わった子でね。きのう、わたしが着てったセーター……ほら、わたしが絵を描《か》いた、男の子と女の子の、すごく気にいっちゃって……。名古屋《なごや》にいるいとこの誕生日《たんじょうび》に、その子のおばあちゃんが手編《てあ》みのセーター贈《おく》りたいんだけど、『こんなのがいい』っていうから、編《あ》み物《もの》教室のこと、教えてあげて……」

その時、とつぜんとんでもないことに気がついた。

「いけないっ！　おばあちゃんにたのむの、わすれてた。今ごろ、その子のおばあちゃん、お教室に行ってると思うけど……今から急いで行ってみたほうがいいかな？」

あわてて立ちあがると、かあさんがクスクスわらっていった。

「だいじょうぶよ、理央《りお》がそこまで心配しなくても……。あちらのおばあちゃまから事情《じじょう》を聞けば、うちのおばあちゃんも先生も、快《こころよ》く協力してくださるわよ」

「そうかな？　そうだよね」

ホッとして、またかあさんの横にこしをおろした。

「それにしても、おばあちゃんのためにそこまでしてあげる男の子なんて、めったにいないわねえ」

「でしょ？　由樹奈《ゆきな》ったら、ヘンタイだなんていって、ひどいんだから」

「あらまあ」

かあさんはプッとふき出して、でも、すぐ真顔になった。

「いっしょにこられなかったおかあさんのぶんまで、おばあちゃんにやさしく、って思ってるのかしらね」

「見かけは全然そんな感じじゃないんだよ。転校初日からモッチ達の仲間になっちゃって、すごいおチョーシもんなんだから」

「へえ、おもしろそうな子じゃない」

たたみ終わった洗濯物《せんたくもの》を持って、かあさんは奥《おく》の部屋にはいっていった。

ひとりになったとたん、今まで気がつかなかったけど、もしかしたら、かあさんのいったとおりなのかもしれないと、ふと思った。「おかあさんのぶんまで」というなら、わたしと同じだ。おばあちゃんがいる者同士、なんだかいいライバルができたような気がした。

「よーし、負けずにがんばるぞォ」

思わず声に出したら、デイジーの耳がピクッと動いて、うす目をあけた。急いで庭におりて、「デイジーにかけよった。そして、ひさしぶりにやわらかな背中《せなか》をそっとなでながら、静かに話しかけた。

「デイジーが元気になってくれて、ほんとによかった。真吾《しんご》も帰ってきたし、これからはいつでも会えるね」

　こんなに落ち着いて平和な気分になったのは、何か月ぶりだろう？

「ねえ、知ってた？　デイジーがポカポカしたお日さまをあびて、ここでお昼寝《ひるね》してると、わたしもすごーくしあわせな気持ちになるんだ。なにもかもがうまくいって、世界中に心配なことなんて、ひとつもないって気持ちになるんだ」

『理央《りお》って、ほんとに天気で気分が変わるんだよな』

　いつか、真吾《しんご》にいわれたことがある。

『理央《りお》が元気ない日は、低気圧《ていきあつ》がきてるんだ。高気圧《こうきあつ》の時は、酸素《さんそ》が濃《こ》いから、めちゃくちゃ元気なんだ』って。

「ほんとかなあ？」

　気がつくと、デイジーは目を閉《と》じて、また気持ちよさそうに眠《ねむ》ってた。

「きょう、新しいお仲間がはいったよ」

　編《あ》み物《もの》教室から帰ったとたん、おばあちゃんがうれしそうにいった。

「息子《むすこ》さんの転勤《てんきん》で名古屋《なごや》から越《こ》してきたって、小幡《おばた》さんて方。お孫さんが理央《りお》と同じクラスだってね」

「よかったあ。きのうも今朝も、おばあちゃんに話すの、わすれちゃって、心配してたんだ」

あんなに一生懸命《いっしょうけんめい》たのまれたんだもの。これで責任《せきにん》がはたせたとホッとした。

「そのお孫さんが、わざわざ道案内につきそってきてね」

「えっ？　でも、学校が終わってからじゃ、間にあわなかったでしょ？」

「少しおくれてね。どうしてもいっしょにきたかったからって。『ばあちゃんをよろしくお願いします』って、ハキハキした声であいさつして……ほんとに今時めずらしい、いい子だねえ」

おばあちゃんが感心したように話すのを、

「まあ、わざわざお教室まで、あいさつに？」

かあさんも目を丸くして聞いている。わたしもさすがにおどろいた。いくら「おかあさんのぶんまで」とはいえ、まさかそこまで……。「ハキハキした声」って、きのうの自己紹介《じこしょうかい》みたいだったのかな？　その時の編《あ》み物《もの》教室の人達のキョトンとした顔を想像《そうぞう》したら、思わずわらいがこみあげてきた。

うちのおばあちゃんは、ほんとはじぶんが先生になれるくらい編《あ》み物《もの》がじょうずだ。なのに、今のお教室が気にいって、もう十年以上通ってる。先生のお手つだいのような立場で、他《ほか》の人に教えたり、終わった後、みんなでお茶を飲みながら、おしゃべりするのがなによりの楽しみらしい。

「週に一度の大切な息ぬきなのよ」

かあさんも、編《あ》み物《もの》教室のある日は、おばあちゃんがゆっくり楽しんでこられるよう、できるだけ他《ほか》の用事を作らないで、家にいる。お教室が水曜なのも、かあさんの定休日にあわせてくれたからだって。先生はじぶんより十歳《さい》も年上のおばあちゃんを、ずいぶんたよりにしてるらしい。

「薫《かおる》くんていったっけ？　名古屋《なごや》にいるあかりちゃんて子のお誕生日《たんじょうび》プレゼントに、おばあちゃんの手編《てあ》みのカーディガンを贈《おく》りたいって」

「やっぱ、カーディガンにしたんだ」

「上から、はおれるほうがいいからって。でも、セーターより、編《あ》むのがむずかしいって、あんたに聞いたから、『間にあいますか？』『だいじょぶですか？』って……きっとそれが心配で、いっしょについてきたんだねえ」

「お誕生日《たんじょうび》の日に絶対《ぜったい》間にあわないと、だめなのかなあ？」

「そりゃ、せっかくのプレゼントだからねえ。でも、だいじょうぶ。なんとか間にあうように、わたしもせいいっぱい、お手つだいするから」

おばあちゃんはなんだかとてもうれしそうだった。編《あ》み物《もの》の新しいお仲間ができたからか、小幡《おばた》くんがよほど気にいったのか……。そういえば、小幡《おばた》くんのおかあさんが、いっしょにこられなかったこと、おばあちゃんは知ってるんだろうか？　知ってるとしたら、じぶんの親の看病《かんびょう》で、だんなさんや息子《むすこ》とはなればなれに暮《く》らすこと、どう思っただろう？　ちょっと聞いてみたい気もしたけど、自然に話が出るまで待つことにした。


つぎの日、教室にはいったとたん、小幡《おばた》くんがうれしそうにかけよってきた。

「ばあちゃん、すごいよろこんでた。みんな、いい人で、知らない土地に引《ひ》っ越《こ》してすぐ、お友達がたくさんできたって。ほんと、サンキューな」

「お教室までいっしょに行って、あいさつしたって？　おばあちゃん、ほめてたよ」

「あ、まあ、いちおう、とうちゃんの代理っていうか……じゃな」

てれくさそうに頭をかいて、パッと走っていった。

「お教室まで、いっしょに行ったって？」

すかさず由樹奈《ゆきな》が聞いてきた。

「そうなの。初めてで、おばあちゃんひとりじゃ心配だからって」

「えーっ、なんでよ？　あんなわかりやすい地図描《か》いてやったのに。やることが、いちいち気にいらないなあ」

またブッと不満そうに口をとがらせた。

「おかあさんがいっしょにいないから、そのぶんまで、おばあちゃんにやさしくしようって思ってるんじゃないかって……うちのかあさんがいってた。わたしも、そうかなって」

「でも、おばあちゃんはべつに体悪いわけじゃないでしょ？　そこまでする必要ある？」

「まあ……ふつうはしないかもね」

うちも水曜以外、かあさんが昼間いないから、みんなより少しはよけいに家の手つだいをしてる。けど、おばあちゃんだからって、特別気をつかったりしてないし、航《わたる》なんて、なにかたのまれても、友達と約束あるからって、へーキでことわってる。わたしがいるから、安心してわがままいえるってとこも、もちろんあるけど。小幡《おばた》くんの場合、ひとりだし、まだ引《ひ》っ越《こ》したばかりだから……。

「もう少ししたら、航《わたる》みたいに、おばあちゃんなんかほっといて、すきかってに遊ぶようになるかもね」

「そうよね。男の子なんて、そんなもんだわよね」

由樹奈《ゆきな》はようやくなっとくしたように、うなずいた。

「それより、きょう、理央《りお》んち、遊びにいっていい？」

「いいけど……真吾《しんご》んちには行けないよ」

「わかってるわよ」

「あ、でも、やっぱり由樹奈《ゆきな》んちのほうがいいかな？　ひさしぶりにママのおやつが食べたいし」

デイジーのことや、いろいろあって、きょうはなんとなく由樹奈《ゆきな》んちのほうがのんびりできる気がした。

「ごめん……ママ、ちょっと調子がよくなくて……」

由樹奈《ゆきな》があわてててもそもそいった。

「えっ？　じゃあ、家にいなくていいの？」

「そんな、たいしたことないから……」

「でも、買い物ぐらい行ってあげないと」

「ほんとにいいんだってば。ちょっと風邪《かぜ》気味なだけだから。それより、こないだのスキーの写真、持ってくね。おっどろくなよー。あたし、すっごいカッコいいから」

急にはしゃいだ声でいうと、オーバーに腰《こし》をひねってすべるポーズをして見せた。

＊　＊　＊　＊　＊　＊

新学期が始まって、十日が過《す》ぎた。真吾《しんご》とは、あれ以来、学校で顔をあわせた時、ちょこっと声をかけあうぐらいで、まだゆっくり話すチャンスがなかった。それでもトイレに行くとちゅう、チラッととなりの教室をのぞいたり、FCの連中の話を聞くだけで、じゅうぶんようすはつたわってきた。

「最初はちょっと心配したけど、真吾《しんご》くん、下の学年にはいったことなんか、ぜんぜん気にしてないみたい」「FC以外の子とも、ふつうに話してるし、完全にクラスにとけこんでる」

牧原《まきはら》さんのいうとおり、三組の教室の前を通ると、真吾《しんご》のまわりから、いつもにぎやかなわらい声が聞こえてくる。

わたしも、となりのクラスに真吾《しんご》がいることに、だんだん慣《な》れてきた。でも、由樹奈《ゆきな》が休み時間なんかに、「たまには三組に遊びに行ってみようよ」ってさそってくるのだけは、断固《だんこ》ことわってる。だれもそんなこと気にしないっていわれるかもしれないけど、やっぱり学校で真吾《しんご》と話すのは、ヘンに緊張《きんちょう》する。真吾《しんご》も、せっかく新しい環境《かんきょう》でがんばってるんだから、よけいなじゃまもしたくなかった。

転校生の小幡《おばた》くんのあだ名は結局、「ただの」がとれて「カエル」になった。今はクラスのほとんど全員が、そう呼《よ》んでいる。サッカーボールを追いかけて、ピョンピョン飛びはねるようすが、わらっちゃうくらいピッタリなのだ。ただモッチ軍団《ぐんだん》のパワーアップぶりが予想以上だったみたいで、

「おまえら、六年になったんだから、もう少し落ち着けよな」

トンビは毎日頭をかかえている。

反対に、ちょっとびっくりの意外な面もあった。六年になって初めての音楽の時間。若《わか》くて美人で、みんなのあこがれの真利子《まりこ》先生が、「おぼろ月夜」の合唱のとちゅう、

「わあ、きれいなボーイソプラノね」

思わずピアノの伴奏《ばんそう》の手をとめるほど、カエルの歌がじょうずだったのだ。みんなで歌ってるのに、カエルの声だけがはっきりと耳に届《とど》く。

「おい、ソロで歌ってみろよ」「プロの歌手になれるぞ」

モッチ達も大さわぎだった。音楽室からの帰り、地区センターの合唱クラブにはいってる吉沢《よしざわ》さんが、

「ね、うちのクラブでいっしょに歌わない？　男の子がたりなくて、こまってるの」

熱心にさそってた。けど、

「あ、いや、おれ、どっちかっつうと、演歌《えんか》のほうが……」

わけのわからないことをいって、ことわってた。

カエルはモッチと大野《おおの》くんにFCにさそわれた。寺島《てらしま》くんに地域《ちいき》の少年野球のチームにもさそわれた。でも、どっちもことわった。

「土日に、練習や試合あんだろ？　むり。遊びなら、なんでもオーケイだけど」って——。

わざわざつきそって行ったくらいだし……。わたしも、かあさんやおばあちゃんに、「やりたいことがあれば、なんでもやりなさい」っていわれてる。でも、航《わたる》がFCにはいってるし、なにかあった時、わたしがいないとこまるから、なにも習い事はしていない。だからって、べつにむりにがまんしてるわけじゃない。すきな時間に自由に絵を描《か》いたり、セーターのデザインを考えたりするのが、楽しいから……。

「遊びなら、なんでも」っていうだけあって、カエルはケン玉もめちゃめちゃうまい。名古屋《なごや》にいた時、なにかの大会で準優勝《じゅんゆうしょう》したことがあるらしくて、何日か前から、学校に持ってきて、休み時間、モッチ達に特訓を始めた。「ふりけん」とか「はねけん」とか、「日本一周」とか……よくわからないけど、糸にぶらさがった玉を三つのお皿に順番にのせたり、クルッとまわして棒《ぼう》の先にさしたり……モッチ達が何度挑戦《ちょうせん》してもできない技《わざ》を、まるで手品みたいに、ひょひょいとやってのける。他《ほか》のクラスの子も見にくるようになって、一躍《いちやく》有名人になってしまった。

「すごーい」「カエルって、歌もうまいし、なんでもできるんだね」

女の子の人気も急上昇《きゅうじょうしょう》してきた。

「ふん、バッカみたい。あんな子どもっぽい遊び、どこがすごいのよ」

由樹奈《ゆきな》は、あいかわらず気にいらないようす。あこがれの王子さまにくらべたら、そりゃ、子どもっぽいでしょうけど……。

「牧原《まきはら》さんの他《ほか》に、もうひとり、天敵《てんてき》ができたみたいね」

思わずジョーダンでいったら、わらいもせず、

「カエルの天敵《てんてき》って、なに？」

真顔で聞いてきた。

「うーん……ヘビかなあ？　ヘビって、カエル食べるでしょ？」

「ゲッ、やだ、気持ち悪い」

まるでじぶんがカエルを飲みこんだみたいに、ペッペッとつばをはくまねをした。

「ねえ、真吾《しんご》くん、今週から塾《じゅく》に行くって、聞いた？」

始業式から二度目の月曜の朝、教室にはいると、牧原《まきはら》さんが待ちかねたようにかけこんできた。

「べつに、なにも聞いてないけど……」

わたしが首を横にふると、

「あ……また杉浦《すぎうら》のおばさんが、おかあさんに電話してきたんだけどね」

いっしゅん、こまったような顔をして、でもすぐ、うれしそうにいった。

「前にマーくんといっしょに通ってたとこ。いよいよ本格的《ほんかくてき》に来年に向けて動き出したって感じね」

そういえば、始業式の朝、そんな話をしたのを思い出した。「どうせ六年をやりなおすなら、来年受験して、同じ中学にきてほしい」って、拓馬《たくま》くんがいってるって――。拓馬《たくま》くんと真吾《しんご》が通ってたのは、この地域《ちいき》でも一番レベルが高い男子系《けい》私立《しりつ》のための進学塾《しんがくじゅく》。牧原《まきはら》さんはべつのところに行っている。

「そっか……やっぱ、真吾《しんご》、受験するんだ。それが、もともとの希望だったんだもんね。来年は、受かるといいね」

「真吾《しんご》くんなら、絶対《ぜったい》だいじょうぶよ。じゃあね」

それだけいうと、また急ぎ足で教室を出ていった。あんなにはりきって報告《ほうこく》にくるなんて、よっぽど拓馬《たくま》くんと同じ学校に行ってほしいんだね。わたしは正直、真吾《しんご》がどこの学校に行くかなんて、どっちでもいい。本人がめざすなら、もちろんおうえんするけど、これから、ずっと元気でいてくれれば……それが一番の願いだもの。

「真吾《しんご》くん、やっぱ私立《しりつ》に行くんだね」

牧原《まきはら》さんが出てった後、由樹奈《ゆきな》がうかない表情《ひょうじょう》でボソッとつぶやいた。

「そうみたいね」

「そうみたいって……理央《りお》はどう思うのよ?」

「どうって?」

「だから、ほんとはいっしょに地元の中学に行きたいとか……」

(ああ、また始まった)

わたしはだまって由樹奈《ゆきな》の顔を見返した。いいたいことはわかってる。

わたしは家の事情《じじょう》もあって、もう何年も前から、ごく自然に地元の中学に進むと決めていた。それでなんの不満もまよいもなかったし、かあさんもおばあちゃんも、わたしを受験させるかどうかなんて、考えたこともなかったと思う。だから、塾《じゅく》にも行ってない。

由樹奈《ゆきな》はもともと私立《しりつ》の女子校をめざしてた。でも、こっちに越《こ》してきてから、少しずつ心がゆれ始めたようなのだ。半年くらい前から、わたしと同じ中学に行きたいといい出した。いってるだけで、本気じゃないって、わたしは思ってる。由樹奈《ゆきな》はひとりっ子だし、由樹奈《ゆきな》のママは私立《しりつ》の女子校出身で、娘《むすめ》にも同じ学校に進んでほしいと望んでる。由樹奈《ゆきな》は女の子同士のべたべたしたのがきらいだから、ほんとは共学のほうがあってるかもしれないけど、結局はママの希望する学校に行くことになる——そう思ってる。だったら、そろそろ本気で勉強しないと、間にあわない。いつまでもぐずぐずいってる由樹奈《ゆきな》に、最近ちょっとイライラしてきた。だって、それって、現実からにげてるってことだから。塾《じゅく》だけは、休まず行ってるみたいだけど……。

「あたし、やっぱり、ずっと理央《りお》といっしょにいたいよ」

思ったとおり、由樹奈《ゆきな》は何十回もくり返したことばをまた口にした。

「学校がちがっても、いつでも会えるじゃない」

わたしも同じ返事をくり返した。

「あ、ちがうの、聞いて」

由樹奈《ゆきな》はとつぜん、顔の前でひらひら手をふった。

「ちがうって、なにが？」

「真吾《しんご》くんの病気のこととか、あったでしょ？　だから、いろいろ考えたの」

いつになく真剣《しんけん》な表情《ひょうじょう》でいった。

「地元の学校だと、おたがいに家族もよく知ってるから、なにか心配なことがあっても、みんなが助けてくれる。家族に話せないことも、相談できるし……たとえば、あたしなら、理央《りお》とか理央《りお》のおばあちゃんとか……」

「それは、学校がちがっても、同じでしょ？」

「でも、遠いと、学校のようすとか、わかりにくいよね」

不安そうにうつむいてしまった。

「ねえ、どしたの？　なんかあったの？」

「最近、ママと毎日ケンカしてるの」

「えっ、なんで？　いつもあんなに仲よかったのに……」

そういえば、しばらく由樹奈《ゆきな》の家に行ってない。前にママの調子が悪いってことわられてから、一度も……。まだ風邪《かぜ》がなおらないんだって思ってたけど、もしかして、そうじゃなかったの？

「ママは外面《そとづら》がいいのよ」

とつぜん、キッとした口調でいった。

「いかにも話わかるように見えるでしょ？　確《たし》かにファッションとか、音楽の話はあうんだけど……あれで中身はかなりの教育ママなんだよ」

そこで急になにかを思い出したように、ますますふきげんな顔になった。

「牧原《まきはら》のおばさんとスーパーで話したりすると、すぐ影響《えいきょう》されて……。春休みにスキーから帰ってきた時も、お遊びはこれで終わり。後は来年受かってからねって」

「えっ？　由樹奈《ゆきな》のママ、牧原《まきはら》さんのおばさんと知りあいだったの？」

「頭にくるから、今までだまってたの。たぶんママがチラッと受験のことを相談したんじゃない？　そしたら、真吾《しんご》くんの時みたいに、熱心にいろいろいってくるみたいで……。ほんと、いいめいわく！　あたし、まだ受験って、はっきり決めたわけじゃないのに」

「えっ、そうなの？」

「そうだよ。何度もいったでしょ？　理央《りお》といっしょに地元の中学行きたいって」

「でも、それはただの気持ちで、由樹奈《ゆきな》が私立《しりつ》に行くのはとっくに決まってるって思ってた」

「ひどい。いっしょに東中《ひがしちゅう》に行こうって、いってくれないの？」

すねたような目でジトッとにらんだ。

いうだけなら、何度でも、いってあげるけど……でも、由樹奈《ゆきな》はきっと私立《しりつ》に行く。それをたぶん、本人もわかってる。なのに、なかなか決心がつかなくて、だから、ママとケンカになる——どうしても、そうとしか思えなかった。

「じゃあ、いっしょに東中《ひがしちゅう》、行こう」

少しメンドーになって、いったとたん、

「もういいわよっ」

プイッと背中《せなか》を向けて、じぶんの席にもどっていってしまった。あわてて追いかけようとして、やめた。これは由樹奈《ゆきな》自身の問題だから、しばらくはほうっておこうって——。

確《たし》かにいっしょにいる時間は少なくなるし、今みたいに毎日会うってわけにはいかなくなる。わたしだって、今まで由樹奈《ゆきな》とベッタリで、他《ほか》の女の子とほとんどつきあわなかったから、中学に行ったら、どうなるんだろうって不安はある。でも、学校がべつべつになっても、なにかあったら、いつでも会えるんだから。そう、ここにいるかぎり、いつでも……。

わたしはもう一度心の中で、強くじぶんにいいきかせた。おばあちゃんや、由樹奈《ゆきな》や真吾《しんご》のいる、この場所を絶対《ぜったい》はなれないって——。

4

「とっても、きれいにしあがったよ」

きのう、編《あ》み物《もの》教室から帰ってきたおばあちゃんが、うれしそうにいった。

きょうは四月二十八日。カエルのいとこのあかりちゃんの誕生日《たんじょうび》だ。そのプレゼントのカーディガンが、ギリギリセーフでぶじ完成したらしい。

「小幡《おばた》さんも大よろこびで……今からじゃ、今年はもうあまり着られないかもしれないけど、来年たくさん着ればいいからって。なるべく長く着られるように、少しゆっくり目に編《あ》んだからね」

この三週間、カエルのおばあちゃんはものすごくがんばった。お教室のない日も、わからないところがあると、編《あ》みかけのカーディガンを持って、わざわざ家に教わりにきた。おばあちゃんも進みぐあいを気にして、買い物の帰りに、時々アパートにようすを見に行ったりした。いつもは、どっちかっていうと、よけいなおせっかいをしないおばあちゃんが、こんなに積極的《せっきょくてき》にだれかのためにしてあげるなんて、めずらしい。初めて会った時から「できるだけのことをしてあげたい」っていってたけど、まさかここまでとは、正直びっくりだった。編《あ》み物《もの》を通して、気のあうお友達――しかも、ぐうぜん同い年！――ができたのが、よっぽどうれしかったんだと思う。きのう、お教室で先生やみんなに見せた後、宅急便《たっきゅうびん》で名古屋《なごや》に送ったらしいから、きょう中に確実《かくじつ》に、あかりちゃんのもとに届《とど》くはずだ。

朝、教室にはいると、カエルがものすごいいきおいで走ってきた。

「ほんとに、ほんっとにサンキューな。あかりのやつ、きっと、すっげえよろこぶぞ。荷物届《とど》いたら、すぐ着て、ばあちゃんのケータイに写メ送れって、カードに書いたんだ」

声がひっくり返るほど、こうふんしてる。それにしても、年下のいとこの男の子にこんなに愛されるあかりちゃんて、どんな女の子なんだろうと、がぜん興味《きょうみ》がわいてきた。

「写真きたら、わたしにも見せてね。ね、どんな人なの？　だれににてる？」

いったとたん、カエルは（しまった）という顔で、あわてて首を横にふった。

「えっ、なんで？　こんなに協力してあげたのに」

「でも、だめ」

「だって、どんな子がわたしとおそろいのカーディガン着るか、知りたいじゃない」

「そうよ、絶対《ぜったい》見せなさいよ」

由樹奈《ゆきな》が横からわりこんできた。

「高岡《たかおか》はカンケーないだろ」

「カンケーなくないわよ。編《あ》み物《もの》教室の地図描《か》いてあげたの、あたしでしょっ」

いいあらそう声を聞きつけて、

「おい、どした？」「編《あ》み物《もの》教室って、なんの話だよ？」

モッチと大野《おおの》くんがかけよってきた。

「あ、い、いや、なんでもない」

カエルはますますあわてたようすで、顔の前でひらひら手をふると、ひっしに目で（いうなよ）って合図を送ってきた。

（うそっ！　あかりちゃんのプレゼントのこと、モッチ達にないしょだったの？）

けど、その合図に気がつかなかったのか、わざとなのか、由樹奈《ゆきな》が今までのいきさつをペラペラしゃべってしまった。

「ええーっ、年上の女のいとこォ？」

モッチがすっとんきょうな声でさけんだ。あかりちゃんの存在《そんざい》自体が初耳だったようだ。

「誕生日《たんじょうび》に手編《てあ》みのカーディガンのプレゼントォ？　わざわざ村瀬《むらせ》のばあちゃんにたのんでぇ？って、どういうことだよ？」

すごいいきおいでカエルにつめよった。

「なあ、そのいとこって、よっぽどかわいいのか？　写真きたら、おれらにもぜってえ見せろよな」

大野《おおの》くんもいやらしい目つきで、カエルのわき腹《ばら》をひじでつついた。

「なにいってんだよ？　手編《てあ》みのセーター、プレゼントしたいっていったのは、ばあちゃん。おれはたまたま、こいつが着てたセーター見て……」

「まあ、いいからいいから」

ひっしにいいわけするカエルのことばをとちゅうでさえぎって、

「べつに写真、見るだけなんだから」「それとも、なにか見せられないわけでもあんのか？」

ふたりはしつこく責《せ》め続けた。

「あ、いや、でも……写真、送ってこないかもしんないし……ばあちゃん、いまいち、まだケータイになれてないから……」

しどろもどろに攻撃《こうげき》をかわしながら、ギロッと由樹奈《ゆきな》をにらんだ。こうなることがわかってたから、モッチ達にかくしてた気持ちもわかる。由樹奈《ゆきな》はすずしい顔でそっぽを向いている。

「けど、ケータイ使ってるなんて、すげえな。うちのばあちゃんなんか、ぜってえむりだぞ」

モッチの関心がちがう方向にそれた。

「あ、うん……かあちゃんと緊急連絡《きんきゅうれんらく》とりあうのに必要だからって」

カエルは（助かった）という顔でうなずいた。

「緊急連絡《きんきゅうれんらく》？」

「ほら、家にいない時、だいじな用があるとこまるだろ？」

「だいじな用？　あ、そっか、おまえがなんかやらかして、学校に呼《よ》び出されるとか？」

大野《おおの》くんがニヤッとわらうと、カエルもアハハッとわらい返した。まさか、そういうことじゃないと思うけど、はなれて暮《く》らしてると、おかあさん、きっとすごく心配だろうな。カエルだって、こんな元気にしてるけど、病気のおじいちゃんのこともあるし——と、そこまで考えて、ハッとした。

『おじいちゃんのぐあいがよほどお悪いのかしら？　それで、つきっきりの看病《かんびょう》を……』

初めてカエルの話をした時、かあさんがいったことばを思い出した。

（緊急連絡《きんきゅうれんらく》って……まさか、おじいちゃんの容体《ようだい》が急変するってこと？）

チラッと横顔をぬすみ見たけど、いつもと変わらずヘラヘラわらって話してた。

カエルって、ほんとにいつも楽しそうにわらってる。おじいちゃんが重い病気で、おかあさんとも、はなれて暮《く》らしてるのに……。

あ、もしかして、だからなの？　カエルもおばあちゃんも、あかりちゃんの誕生日《たんじょうび》プレゼントに、あんなに一生懸命《いっしょうけんめい》だったのは……こんな時だからこそ、少しでも楽しいことがしたくて……。だとしたら、わたしもちょっぴりお手つだいができたのかな？

今ごろ、もうカーディガン届《とど》いてるだろうか？　あかりちゃんが箱をあけるのは、きっと学校から帰ってからだ。プレゼントを送ることはないしょにしてたみたいだから、その時、どんな顔をするだろう？　よろこんでくれるといいな。会ったこともないあかりちゃんのようすを、あれこれ想像《そうぞう》してるうちに、まるでじぶんがプレゼントを贈《おく》ったみたいにワクワクしてきた。

気がかりだった宿題をやっとすませたような気分で、昼休み、校庭のサクラの木の下でのんびり日なたぼっこをした。と、由樹奈《ゆきな》がとつぜん思いついたようにいった。

「ねえ、あしたから、ゴールデンウィークだよね。ふたりでどっか行かない？」

「どっかって？」

「うーん、ほんとは新幹線《しんかんせん》かなんかで、パアーッと遠くまで行きたい気分だけど……むりだもんねえ」

「やあだ、あたりまえじゃん」

ジョーダンかと思ったのに、ニコリともせず、目の前を走りまわる二年生くらいの男の子達をつまらなそうにながめてる。

由樹奈《ゆきな》は最近、精神的《せいしんてき》にかなり不安定な状態《じょうたい》が続いてる。必要以上にカエルにからむのも、たぶんそのせい。いつも楽しそうにしてるのが、カンにさわるみたい。原因《げんいん》は家族——特にママとの関係らしいけど、どうして急にこんなことになったのか、わたしにはよくわからない。ゴールデンウィークも、今年はどこにも行かないことにしたって。受験が終わるまで、遊びはおあずけってママが決めたからだと思ってたけど、じつは由樹奈《ゆきな》にないしょで、伊豆《いず》にドライブ旅行に行く計画を立てて、ホテルもちゃんと予約してあったらしい。それを由樹奈《ゆきな》がことわったのだ。

「こんな状態《じょうたい》で行っても、ちっとも楽しくないでしょ？　パパはなんでもママのいうなりで、あたしの気持ちなんて全然考えてくれないし……形だけの仲よし家族なんて、もううんざりなのよ」

なにがそんなに不満なのか……。親がかってに受験を決めたっていうけど、それはもう何年も前からの話で、今になってなにかが変わったわけじゃない。確かに《たし》、こっちに引《ひ》っ越《こ》してきてから、由樹《ゆき》奈《な》の気持ちがゆれ出したのは知っている。真吾《しんご》の病気や受験のことでいろいろ考えたともいっていたけど、塾《じゅく》にもちゃんと通ってるし、わたしにはどうしても本気でいやがってるようには見えないのだ。でも、なにかいったら、よけいふきげんになるだけだから、だまって聞き流すことにしてる。

「ねえ、理央《りお》ったら」

いきなりうでをゆすられて、ハッとわれに返った。

「えっ、なに？」

「やだ、聞いてなかったの？　ふたりでプチ家出しようかっていったの」

「プチ家出？」

「ほら、テレビとかでやってるじゃん。家にいてもつまんないから、親にだまって渋谷《しぶや》なんかに遊びに行って、でも、ほんとの家出はたいへんだから、二日くらいで帰るの」

「なに、バカなこといってんの」

あきれて思わずハーッとため息をつくと、

「やっぱ、小学生じゃ、むりか」

つまらなそうに手をはなして、

「あ、じゃあ、ディズニーランドは？」

すぐまたうでをからめてきた。

「ふたりだけでだめなら、他《ほか》の子さそってもいいよ。っていっても、人選むずかしいけど……」

「何人でも、だめだと思うよ。ディズニーランドなんて、お金かかるし……」

「お金なら、お年玉あるじゃん。理央《りお》もあるでしょ？　なかったら、あたしがふたりぶん、出してあげるから。ねっ」

わたしはもう返事をしなかった。と、

「あーあ、つまんないの」

サクラの幹《みき》にもたれたまま、ずるずるとしゃがみこんでしまった。

（ゴールデンウィークか……）

花はいつの間にか全部散って、うす緑の若葉《わかば》におおわれた枝越《えだご》しの空を見あげたとたん、

「真吾《しんご》が元気だったら、ひさしぶりにみんなで遊べたのにね」

ついポロッと、そんなことばが口から出た。

「そうだよ。よりによって、ゴールデンウィークの三日前に風邪《かぜ》ひくなんて、ひどいよ」

急に思い出したように、怒《いか》りのほこ先が今度は真吾《しんご》に向けられた。

「しょうがないよ。いきなり、あんなにはりきったんだもん」

わたしは由樹奈《ゆきな》にというより、じぶんにいいきかせるようにつぶやいた。

真吾《しんご》はほんとにおどろくほど元気だった。前の塾《じゅく》にまた通い出したって聞いてから、来年の受験めざして、勉強に専念《せんねん》するのかと思ったら、すぐにFCの練習にも参加し始めた。準備《じゅんび》運動で少しずつ体をならしたり、ベンチで記録係を引き受けながら、プレーのアドバイスをしてくれるって、航《わたる》がうれしそうに話してた。学級委員会の仕事も、はりきってた。一学期は行事がないから、夏休み前になにかおもしろいイベントをやろうって、真吾《しんご》が提案《ていあん》して、先週、それぞれのクラスで話しあいをした。スポーツ大会とか、合唱コンクールとか、いろいろ出たけど、結局、七月の初めに「夏まつり」をすることに決まった。五年生と六年生がクラスごとにお店を出して、一年から四年がおきゃくさんになって——と、これも真吾《しんご》のアイデアらしい。

「食いもんはだめって、学校からいわれたって、つまんねえよな」「おれ、焼きソバ、焼きたかったなあ」「おれはフランクフルト」

モッチ達もぐずぐずもんくをいいながら、休み時間のたびに集まっては、ああだこうだとさわいでる。真吾《しんご》ひとりがはいったおかげで、六年生のまとまりがよくなったって、先生達もよろこんでるらしい。

ろうかで会っても、いつも何人もにかこまれて……元気なすがたを見るのはうれしかったけど、放《ほう》課後《かご》は、週に四日の塾《じゅく》通いにFC……いくらなんでも、いそがし過《す》ぎじゃないかって、だんだん心配になってきた。そして、その心配が現実《げんじつ》になって、おととい、真吾《しんご》はとつぜん学校を休んだ。軽い風邪《かぜ》だって、担任《たんにん》の先生はいったらしいけど、休み時間に知らせにきた牧原《まきはら》さんは、ひどくショックを受けていた。

わたしも去年のことがあるから、学校が終わると急いで家に帰って、おばあちゃんに聞いた。

「真吾《しんご》が休んだの。風邪《かぜ》らしいけど、熱はあるのかな?」

「だいじょうぶだよ」

おばあちゃんはすぐにニコッとわらっていった。

「さっき真吾《しんご》くんのおかあさんと、垣根越《かきねご》しに話したの。ゆうべ、ちょっと熱があったけど、今朝はもうさがったって。ひさしぶりの学校で、つかれが出たんだろ。ちょうど連休にはいるし、ゆっくり休んだらいいよ」

それを聞いて、安心した。一晩《ひとばん》でさがったんなら、だいじょうぶ。去年は何日も熱が続いてたのに気がつかなくて、あんなたいへんなことになったんだから……。

「『子どもの日』ぐらいには、元気になってるんじゃない?」

パッと気分をきりかえて、由樹奈《ゆきな》にいってみた。

「そしたらまた、真吾《しんご》のおじちゃんに鯉《こい》のぼり立ててもらって、おばあちゃんに、ちらしずしと柏《かしわ》もち作ってもらって、みんなでうちに集まる?」

「うん、集まる集まる。今年は、お花見もしてないしね」

急に元気になって、いきおいよく立ちあがった。

真吾《しんご》は二日の登校日も学校にこなかった。「連休の間、ゆっくり休んで、完全になおすつもりだろ」って、おばあちゃんも、かあさんも、あまり心配しなかった。

「子どもの日」は結局、由樹奈《ゆきな》と航《わたる》の友達が三人きただけだった。航《わたる》はあきらめきれないようすだったけど、真吾《しんご》がいないのに、おじちゃんにたのむのも悪いから、今年は鯉《こい》のぼりもなしになった。

でも、いっしょにおすしを食べたり、ゲームをしたり、それなりに楽しい時間が過《す》ごせた。航《わたる》の友達だけじゃつまらないと思ったのか、宗太《そうた》もこなかったから、夕方、おばあちゃんにいわれて、おすしと柏《かしわ》もちを届《とど》けに行った。

「まあ、わざわざありがとう。いつも心配かけて、ごめんなさいね」

おばちゃんは、もうしわけなさそうに何度もお礼をいった。真吾《しんご》はまだ鼻がぐずぐずするから、じぶんの部屋で休んでいるといった。よっぽど、ちょっとだけ会えないか聞いてみようかと思ったけど、いい出せそうなふんいきじゃなかったから、やめた。宗太《そうた》はどこかに出かけていなかった。そういえば、宗太《そうた》にもずいぶん会っていない。ひさしぶりに真吾《しんご》が帰ってきたから、ゆっくり家で過《す》ごしたいのかもしれない。どうせ、もう少ししたら、またうるさいくらい、くるようになると思うけど……。

つぎの日の六日も真吾《しんご》は学校を休んだ。

「ちょっと、長くねえ?」

さすがにモッチ達も心配し始めたから、前の日に、おばちゃんがいってたことをつたえてあげた。

「連休の間に、しっかりなおすつもりだろう」って、おばあちゃんがいってたことも……。

ところが、学校から帰って、夜の八時過《す》ぎ、由樹奈《ゆきな》からとつぜんびっくりする電話がかかってきた。

「理央《りお》？　今、塾《じゅく》が終わって、駅でバスを待ってるとこだけど、すぐそこの本屋の前で、だれを見たと思う？」

いっしゅん、じらすような間をあけて、

「それが、なんと、真吾《しんご》くん！」

信じられない名前を口にした。

「えっ？」

「ねっ、あたしもびっくりしちゃって……すごいスピードで歩いてたから、すぐに見えなくなっちゃったけど……もしかして、塾《じゅく》の帰りかな？」

「そんなわけないでしょ。きのうはまだ家で寝《ね》てたし、きょうも学校休んだんだから」

正確《せいかく》には「寝《ね》てる」じゃなくて「休んでる」って、おばちゃんはいったけど……。

「学校は連休中、休もうって決めたけど、思ったより調子よくなったから、塾《じゅく》は行ったんじゃない？」

「そんなことして、またぐあい悪くなったらどうするの？」

「でも、あれはどう見ても、完全になおったって感じだったよ。あ、もしかして、じっと家にいるの、たいくつになって、散歩に出たのかも」

「学校休んでるのに、散歩なんて、おばちゃん、許《ゆる》すわけないよ……あー、でも、塾《じゅく》なら、ありえ

るかなあ」

チラッと、そんな思いが頭をかすめた。

「じゃあ、やっぱ塾《じゅく》だったのかなあ? それとも、塾《じゅく》行くふりして、行かなかったとか……あたしも、何度もあるよ。塾《じゅく》に行くとちゅう、友達に会って、このままさぼっちゃおうかなって思ったこと。結局、一度も実行してないけどね。いざっていうと、勇気ないんだよなあ」

くやしそうにハーッとため息をついた。

「なに、いってんの。とにかく、真吾《しんご》のわけないから」

「絶対《ぜったい》、まちがいないって。あーっ、もっと早く気づいて、声かければよかった。でも、あんな元気なら、月曜からは学校に出てくるよ。あ、じゃあ、バスがきたから」

そこでプツッと電話はきれた。

(もう、由樹奈《ゆきな》ったら……)

受話器を置いて、それでもなんとなく気になって、急いで部屋にもどって、まどからとなりのようすをのぞいてみた。そんなことしても、家の中が見えるわけじゃない。第一、学校を休んでる真吾《しんご》がこんな時間に駅の近くにいるはずがない。由樹奈《ゆきな》のいったことを、いっしゅんでも気にしたじぶんが、ばからしくなった。

「やっと真吾《しんご》くんに会えるね」

連休が終わった月曜の朝、顔をあわせるなり、由樹奈《ゆきな》がいった。真吾《しんご》に会ったら、六日の夜のことを確《たし》かめるんだと、学校に着いてから、ずっと教室の前で待ったけど、朝の会が始まるチャイムが鳴っても、真吾《しんご》はあらわれなかった。一時間目が終わって、きょうもまた欠席だと知ると、

「うそっ！　なんで？　三日前はあんなに元気だったのに」

つっかかるように、わたしに聞いた。

「だから、いったでしょ。由樹奈《ゆきな》の見まちがいだったんだって」

「絶対《ぜったい》、そんなはずない。あたし、両目とも、二・〇なんだよ」

どうしてもなっとくがいかないって顔で、しつこくいいはった。ところが、つぎの日の火曜も、水曜も、真吾《しんご》は欠席のままだった。

「おかしいなあ……絶対《ぜったい》、真吾《しんご》くんだと思ったんだけどなあ」

さすがの由樹奈《ゆきな》も、自信がぐらついてきたみたいだった。

それにしても、どうしたんだろう？　ただの風邪《かぜ》にしては長過《す》ぎる。まわりのみんなも本気で心配し始めた。

そんな中、今度の日曜から、かあさんが二週間の予定で神戸《こうべ》に出張《しゅっちょう》することになった。一泊《ぱく》か二泊《はく》なら、今まで何度かあったけど、こんなに長いのは初めてだ。かあさんのインテリアの会社は、今働いてる渋谷《しぶや》以外にも、東京《とうきょう》を中心に神奈川《かながわ》や千葉《ちば》に二十以上ものショールームを持っている。それが今回、初めて関西《かんさい》に進出することになって、神戸《こうべ》はその記念すべき一号店。会社にとっても、だ

いじなプロジェクトだから、開店準備《じゅんび》の手つだいを、ぜひにとたのまれたらしい。話はもうずいぶん前に出てたけど、思いきって引き受ける決心がつかなかったのを、おばあちゃんが「留守《るす》のことは心配しないで、行ってきなさい」って背中《せなか》をおしてくれたって。それでも直前まで、わたし達にいい出せなかったらしい。

「ええーっ、二週間もォ？」

案《あん》の定《じょう》、航《わたる》はぐずぐずもんくをいった。

「そんな責任《せきにん》重大な仕事をたのまれるなんて、かあさんが認《みと》められてる証拠《しょうこ》だよ。すごいじゃん」

ひっしに航《わたる》にいいきかせながら、

（どうして、もっと早くいってくれなかったんだろう。いつも仕事のことは、わたしに先に相談してくれるのに……。なんだかんだいって、結局はまだ、航《わたる》と同じ子どもあつかいなんだ……）

内心、ひどくショックだった。でも、今さら、そんなことをいってもしょうがない。

「だいじょぶだから。安心して行ってきて」

わらって胸《むね》をたたいてみせた。それでも、かあさんはいつになくピリピリと落ち着かないようすだった。

「理央《りお》、ほんとに航《わたる》のこと、たのんだわよ。お願いね」

わたしの両手をにぎって、まるでこれきり何年も会えないような、おおげさないいかたをするから、急にこっちまで心細くなってしまった。

(せめて、真吾《しんご》が早く元気になってくれれば……)

ところが、そんな願いとうらはらに、かあさんが出かける二日前の金曜になって、さらに深刻《しんこく》な事《じ》態《たい》が起きた。そのニュースを最初に知らせてきたのは、三組のFCの連中だった。一時間目の後の休み時間、

「おいっ、たいへんなことになったぞ」

教室にはいってくるなり、モッチ達のところにかけよった。

「杉浦《すぎうら》センパイ、とうぶん学校にこられないって」「今朝、家の人から、イマイッチに連絡《れんらく》があったらしいんだ」

イマイッチというのは、三組の担任《たんにん》の今井《いまい》先生。

「えーっ、うそだろっ」「しばらくって、どのくらい?」

モッチと大野《おおの》くんがおどろいて聞き返した。

「それが、わからないんだ」「入院とかじゃないらしいんだけど……」「学級委員もだれかに代わってほしいって」

「マジかよっ」

「みんなで反対したんだけど、これ以上むりはさせられないからって、イマイッチが……で、結局、杉浦《すぎうら》センパイを推薦《すいせん》したおれが、責任《せきにん》をとるってことになって……もちろん、帰ってくるまでの代理だけど……」

山本《やまもと》くんがぼそぼそしゃべる声を、いつの間にか、クラス中がシーンとなって聞いていた。

「理央《りお》、なんか知ってた？」

由樹奈《ゆきな》に聞かれて首を横にふった。と、ちょうどその時、牧原《まきはら》さんが泣《な》きそうな顔で教室にはいってきた。

「どういうことなの？」

急いで、ふたりでかけよった。

「なにがなんだか、もうショックで……来週からは、絶対《ぜったい》出てこられると思ってたから……」

「イマイッチ、なんていったの？　くわしく話して」

せっつくように聞いた。

「『また病気が悪くなったんですか？』って先生が電話で聞いたら、『いえ、それほど心配な状態《じょうたい》じゃないんですけど』って……だから、『六時間がきついなら、午前中だけとか、二時間目からでも』とか、いろいろいったけど、『この際《さい》、思いきって、家でゆっくりようすを見ます』って……」

「ゆっくりって」「どのくらいなのかな……」

思わず、ふたり同時につぶやいた。けど、牧原《まきはら》さんは大きく首を横にふって、うつむいてしまった。

その時、学級委員を引き受けることになって、人一倍落ちこんでるようすの山本《やまもと》くんを見て、ふっと気になったことを聞いてみた。

「ねえ、学級委員を代わってほしいって、真吾《しんご》がいったの？」

「さあ、それは……」

「真吾《しんご》がいうわけないよね？　あんなにはりきってたのに……」

わたしのことばに、牧原《まきはら》さんはいっしゅん、考えこむような表情《ひょうじょう》をしてから、おずおずと口を開いた。

「あの……こんなこといっていいかわからないけど……真吾《しんご》くんが学校を休み出して、最初のころは、マーくん、すごく心配してたの。せっかく病気がなおって、塾《じゅく》にもどったのに、すぐまた休むことになってって……でも、よく考えたら、早い時期にこんなふうになって、かえってよかったんじゃないかって……」

「えっ、どういうこと？」

おどろいて聞き返した。

「真吾《しんご》くん、昔からなんでも引き受けて、人一倍はりきっちゃうとこあるから……連休前に風邪《かぜ》引いたのも、病気の後なのに、むりしたせいだろって。小学校はどっちみち、このまま行かなくても卒業できるんだから、委員会とか、行事とか、よけいなことはほっといて、休みたいだけ休んで、そのぶん、じぶんの勉強に専念《せんねん》したほうが、あいつのためじゃないかって……」

（真吾《しんご》のため？）

「わたし、マーくんのいうことも、そうかなって思った。だって、真吾《しんご》くん、来年は絶対《ぜったい》落ちるわけいかないでしょ？」

(……そんなこと、考えもしなかった……)

「じゃあ、真吾《しんご》はこのまま学校にこないほうがいいっていうの?」

「わたしだって、もちろんきてほしいわよ」

牧原《まきはら》さんはあわてて、いい返した。

「真吾《しんご》くんと学級委員になれて、すごくうれしかったし……でも、来年の受験のこと、考えたら……」

「そんなの、真吾《しんご》のためじゃないわよっ!」

思わず、大声でさけんだ。

「みんなに心配かけたからって、あんなに一生懸命《いっしょうけんめい》がんばってたのに、一度引き受けた仕事、そんなかんたんに放り出すわけないでしょっ」

牧原《まきはら》さんがびっくりした顔で、わたしを見た。ハッと気がつくと、まわりのみんなもこっちを見てる。いたたまれなくなって、急いで教室を飛び出したとたん、二時間目の始まるチャイムが鳴り出した。けど、そのままむちゅうでトイレに走って、一番奥《おく》の開いてたドアに飛びこんだ。

心臓《しんぞう》がバクバク鳴っていた。

『よけいなことはほっといて、じぶんの勉強に専念《せんねん》したほうが……』『来年は落ちるわけいかないでしょ?』

牧原《まきはら》さんのことばが、頭の中でぐるぐるまわった。

「あいつが理央《りお》にくっついてくるのは、真吾《しんご》くんの話がしたいだけよ。いいかげん、ほっときなさいよ」

由樹奈《ゆきな》に何度もいわれた。けど、

「真吾《しんご》くんがうまくリードしてくれるから、委員会のふんいき、すっごくいいの」

あんなにうれしそうに話すのを聞くと、ついわたしまでうれしくなって……それにたぶん、もうずっと前から、拓馬《たくま》くんの妹としてだけじゃなく、ひとりの女の子として、真吾《しんご》がすきなんだってわかってたから……なんとなく、真吾《しんご》をだいじに思う同士、どこかで心が通じあうような気がしてたのかもしれない。なのに、あんなことをいうなんて……。

『そんなの、真吾《しんご》のためじゃないわよっ！』

むちゅうでさけんだ、じぶんの声が耳の奥《おく》でひびいた。

なにが真吾《しんご》のためかなんて、ほんとはわたしにもわからない。でも、学校にもどってきて、毎日あんなに楽しそうにはりきってたのに、信頼《しんらい》してくれてるFCの後輩《こうはい》や、委員会のメンバーをうらぎるようなことは絶対《ぜったい》にしない。真吾《しんご》はいつだって、友達や仲間を一番大切にするもの。

その時、ハッと気がついた。

（もしかして、今朝の電話、おばちゃんがかってに……）

おばちゃんなら、拓馬《たくま》くんと同じようなことを考えてもおかしくない。

今すぐ、確《たし》かめに行きたかった。真吾《しんご》がほんとはどんなようすなのか……。でも、授業《じゅぎょう》のとちゅうで学校をぬけ出したりしたら、大さわぎになる。かあさんのだいじな出張《しゅっちょう》の前に、そんなことはできない。気がつくと、チャイムは鳴り終わって、あたりはシーンとしてた。急いでトイレを出て、教室にもどると、ほとんど同時にトンビがはいってきた。

(よかったあ、間にあった)

ホッと胸《むね》をなでおろして、算数の教科書とノートを机《つくえ》の上に出した。

つぎの休み時間、トイレで考えたことを由樹奈《ゆきな》に話した。

「学校が終わったら、真吾《しんご》んちに、ようす見に行こうよ」って——。ところが、

「うん、そうだね……」

なぜか、うかない顔でコクンとうなずいただけだった。いつもなら、わたしの何倍も、牧原《まきはら》さんの悪口をガンガンいうはずなのに……由樹奈《ゆきな》らしくない。その後も、ずっと元気ないようすで、一日中むっつりだまりこんだままだった。わたしも早く学校が終わらないかと、そればっかり考えてた。

モッチ達もいつもより静かだったから、教室全体がなんとなく重苦しいふんいきだった。

帰りの会が終わって、少し緊張《きんちょう》しながら、学校を出た。由樹奈《ゆきな》はあいかわらず、なにもしゃべらない。

「きょうこそ、絶対真吾《ぜったいしんご》に会わせてもらおうね」

わたしが話しかけても、なにかべつのことを考えてるみたいで、返事をしなかった。真吾《しんご》のことで、

そこまでショックを受けるはずないし、いったいどうしたんだろう?

由樹奈《ゆきな》はその後も、もくもくと歩き続けた。そして、じぶんの家の前までくると、

「ごめん……きょう、塾《じゅく》があるから、やっぱ帰る」

ボソボソッといって、かけ足で門の中にはいっていった。

(ええーっ、うそでしょう!)

とつぜんで、びっくりした。

(どうして? いつもは塾《じゅく》なんて、少しぐらい遅刻《ちこく》しても、だいじょうぶっていうのに……よりによって、きょうにかぎって……)

ひとりポツンと残されて、急に心細くなった。でも、あきらめるわけにいかない。きょうこそ、なにがなんでも、おばちゃんに会って、ほんとうの事情《じじょう》を確《たし》かめなきゃ。

ひっしにじぶんをふるいたたせて、真吾《しんご》の家に向かった。そして、門の中にはいろうとした――と、ちょうどその時、とつぜんげんかんからおじちゃんが出てきて、ガレージの車のほうに歩いてきた。

(あれっ? きょうは会社じゃ……)

いっしゅん、まよって、急いでかけよった。

「おじちゃん!」

声をかけたとたん、ビクッとしたようにふり向いて、わたしだとわかると、

「やあ、理央《りお》ちゃんか」

あわててニコッとわらいかけてきた。

「お仕事は？」

「……きょうはお休みしたんだ」

「あ、あの……真吾《しんご》がしばらく学校を休むって、おばちゃんから連絡《れんらく》があったって……」

思いきって聞いたとたん、二、三秒、なにかを考えるような間の後、

「連絡《れんらく》したのは、ぼくなんだ」と、おじちゃんはいった。

「えっ、おじちゃんが？」

「じつは……おばちゃんのぐあいが悪くて……いや、たいしたことはないんだけど、何日か前から、頭が痛くて、寝《ね》てるんだ。そんな状態《じょうたい》の時に、あえて真吾《しんご》にもむりさせないほうがいいと思って……」

「そうだったんだ……おばちゃんのぐあいが悪いなんて、全然知らなかった……じゃ、ごはんとかは、どうしてるの？」

「やだなあ。ごはんぐらい、おじちゃんにだって作れるよ」

やっといつものおじちゃんらしい顔でハハッとわらって、

「それできょうは思いきって会社休んで、今から、買い出しに行くところなんだ」といった。

「あの……じゃあ、真吾《しんご》のぐあいがまた悪くなったわけじゃ……」

「そうじゃないよ。心配かけて、すまなかったね。でも、だいじょうぶだから。おかあさんやおばあ

ちゃんにも、くれぐれも心配しないようにって、理央《りお》ちゃんからつたえといて。じゃね」

急いでるのか、せかせかした口調でいうと、ドアを開けて車に乗りこんだ。


家に帰って、きょう、学校であったこと、今おじちゃんに聞いた話をつたえると、おばあちゃんはやっぱりなにも知らなかったらしく、ショックを受けたようだった。

「そうだったの……杉浦《すぎうら》さんも、真吾《しんご》くんが病気になってから、静岡《しずおか》とこっちを行ったりきたりで、たいへんだったから、きっとつかれが出たんだね。それにしても、わざわざ仕事を休まなくても、買い物ぐらい、えんりょしないで、いってくれればよかったのに……」

「うん……でも、たいしたことないから、くれぐれも心配しないようにって……なんか、あまりかまってほしくないみたいだった」

おじちゃんだから、もっと気軽にいろいろ聞けると思ったのに……なんだか、ひどくつかれてるみたいで、いつものふんいきと全然ちがってた。真吾《しんご》だけじゃなく、おばちゃんまでぐあいが悪くなったんだから、あたりまえだけど……。

「ねえ、真吾《しんご》、ほんとにだいじょうぶだよね？」

学校を出た時のいきおいこんでた気持ちが、急にぐらついてきた。

「だいじょうぶって、なにが？」

「だって、ほんとは今年から中学なのに、病気で一年おくれたでしょ？」

「ああ、そんなこと……」

おばあちゃんはいっしゅん、答えをさがすような表情《ひょうじょう》をして、

「長い人生、一年や二年、どうってことないさ」

静かな声でつぶやくようにいった。

「そうだよね」

拓馬《たくま》くんや牧原《まきはら》さんがいってたことをどう思うか、聞いてみようかと思ったけど、やっぱりやめた。

「そうだよね。絶対《ぜったい》、だいじょうぶだよね」

もう一度、じぶんにいいきかせるようにねんをおしてから、

「かあさんには、だまっておいたほうがいいね。せっかく出張《しゅっちょう》に行く気になったのに、心配かけないほうがいいもんね」

おばあちゃんにニコッとわらいかけた。おばあちゃんは、ちょっとおどろいたように、わたしの顔を見て、でもすぐ、

「わかった。そうだね」

にっこりほほえむと、わたしの体を両手でギュッとだきしめた。

「さ、そろそろ買い物に行ってこようかね」

予想どおりというか、かあさんは帰ってくると、きのうよりさらに落ち着かないようすだった。

出張先《しゅっちょうさき》の仕事と、後に残すわたし達のことで頭がいっぱいで、とても真吾《しんご》の話ができるような状態《じょうたい》じゃない。ただ、夕ごはんのとちゅう、

「わたしが留守《るす》をする前に、真吾《しんご》くん、元気になってくれるといいと思ってたけど……」

とつぜん、いい出した時はドキッとした。でも、航《わたる》は宗太《そうた》から、なにも聞いてないらしく、うつむいてもくもくと食べてたので、その話はそれで終わりになった。

洗《あら》い物《もの》が終わると、かあさんは荷物の用意をしに、じぶんの部屋にはいっていった。あさってから二週間、会えないぶん、もっとベタベタくっつくかと思ったのに、航《わたる》はひとりでリビングでテレビを見ている。

「男の子なんだし、もう四年生なんだからね」

出張《しゅっちょう》の話が出た後、からかい半分に、何度もしつこくいったから、

「うるさいなあ。わかってるよ」

最後には本気でおこって、ムスッと口をきかなくなった。かあさんも少しはあまえてほしかっただろうに、いい過《す》ぎたかなと、ちょっと後悔した。

土曜日、かあさんは午前中だけ仕事に出て、その後、出張《しゅっちょう》に必要な買い物をしてから、いつもより早く、まだ明るいうちに帰ってきた。元気で神戸《こうべ》に行ってこられるようにと、夕ごはんは、おばあちゃんがうでによりをかけて、ちらしずしと、ちゃわん蒸《む》しと、煮物《にもの》と天ぷらという、〈ここ一番〉

という時の特別豪華《ごうか》メニューを用意してくれた。わたしも野菜を洗《あら》ったり切ったり、卵《たまご》をかきまぜたり……できることはなんでも手つだった。テーブルにずらりと並《なら》んだごちそうに、

「うわーっ、すごい」

さすがに航《わたる》もかん声をあげて、ひさしぶりにおいしそうにパクパク食べた。

そして、いよいよ日曜の朝——目がさめた時、かあさんはもう出かけた後だった。前の晩《ばん》、寝《ね》る前に、「早いから、起きなくていいからね」といわれて、目ざましをかけようか、いっしゅんまよった。でも、航《わたる》を起こしたら、お見送りがかえってつらくなるかもしれないと思って、やめた。

三十分くらいして目をさました航《わたる》に、「かあさん、出かけたよ」というと、だまって、こくんとうなずいた。そして、朝ごはんを食べると、友達と約束したからと、さっさと出かけていった。わがままもいわず、いつもよりずっとおとなしかった。きっと、航《わたる》なりにがまんしてるんだろう。ちょっとかわいそうな気もするけど、二週間なんて、すぐ過《す》ぎる。それこそ、真吾《しんご》がいなかった九か月にくらべれば、あっという間に……。

ねえ、そうだよね、真吾《しんご》? わたしも、かあさんがいない間、おばあちゃんを助けて、しっかりがんばるから、真吾《しんご》も早く元気になって、また学校でみんなと楽しくやれるよう、がんばってね。

あらためて、心の中でエールを送った。

5

月曜の朝、学校に行くとちゅう、真吾《しんご》のおじちゃんに聞いた話を由樹奈《ゆきな》にした。

「おばちゃんのぐあいも悪かったなんて……おじちゃん、会社まで休んで、すごくたいへんそうだった」

「そうだったんだ……」

由樹奈《ゆきな》は、先週金曜日に別れた時と同じ、元気のないようすでボソッといっただけだった。けど、その後、かあさんがぶじ神戸《こうべ》に出かけたというと、そっちの話には、がぜん興味《きょうみ》を持って、いろいろ聞いてきた。

「くわしいことは、わたしにもよくわからないけど、責任《せきにん》重大だからって、行く前まで、ものすごく緊張《きんちょう》してたみたい」

「ふーん……でも、そんなだいじな仕事をたのまれるなんて、理央《りお》のおばさん、すごいよね」

こうふんした口調でいって、しばらく、なにかを考えこむ表情《ひょうじょう》をしてから、

「ねえ、女の人って、転勤《てんきん》ないのかなあ?」

とつぜん、聞いてきた。

「ほら、カエルんとこのおじさんみたいに、単身赴任《ふにん》とか……」

「えーっ、それはちょっとむりじゃない？　二週間行くだけだって、こんなにたいへんなのに……」

「そっか……じゃあ、バリバリのキャリアウーマンになるには、やっぱ独身《どくしん》じゃなきゃだめか」

急にしょんぼりしたように肩《かた》を落として、ハーッとため息をついた。由樹奈《ゆきな》がどうして、そんなことをいうのか……。たぶん深い意味はないんだろうけど、ここんとこ、ママとやりあって、精神的《せいしんてき》に不安定な状態《じょうたい》が続いてるから、なんでもマイナスのほうに考えが行っちゃうのかもしれない。こんな時こそ、せめて由樹奈《ゆきな》には元気でいてほしいのに……。

校舎《こうしゃ》の三階にあがって、みょうに教室が静かだと思ったら、モッチ達が深刻《しんこく》な顔でロッカーの前にすわりこんでた。三組の山本《やまもと》くん達もいる。

「やっぱ、夏まつりは中止するっきゃないか」

モッチのしずんだ声が聞こえた。

「だよなあ。杉浦《すぎうら》センパイが考えたアイデアだもんなあ」「おれらだけで、かってにやるわけいかないよなあ」「第一、むりだろ」

大野《おおの》くん達も口々にいいながら、うなずいてる。

「夏まつり」準備《じゅんび》委員のメンバーは、各クラスの学級委員以外、ほとんどＦＣの連中でかためてる。

真吾《しんご》を中心にもりあげようとはりきってたのが、そのリーダーがとつぜんいなくなって、ショックを受けたらしい。だからって、やめようかなんて……真吾《しんご》が聞いたら、ガッカリするよ。

（あんた達、真吾《しんご》の後輩《こうはい》でしょっ。しっかりしなさいよ）と思ったけど、（わたし達で、がんばってみようよ）なんて、いい出す勇気もなく、重い足どりでのろのろと、じぶんの席に向かおうとした。

と、その時、

「おいおい、どうしちゃったんだよ、みんな。そんな暗い顔しちゃってえ」

とつぜん、カエルのばかでかい声がして、ふり向くと、

「だいじょぶだよ。おれも手つだうからさ、みんなでがんばろうぜ。なっ、なっ、なっ、なっ」

モッチ達のまわりをぐるぐるまわりながら、ひとりひとりの顔をのぞきこんで、熱心にいっている。

「あのおチョーシもん、またよけいなとこにしゃしゃり出てきて」

由樹奈《ゆきな》がチラッと横目でにらんで、ふきげんそうにつぶやいた。けど、わたしはすぐにカエルにかけよって、（ありがとう）ってお礼をいいたいくらい、うれしかった。これでみんなの気持ちが変わって、どんよりと重たい空気をふき飛ばしてくれたら……そして、そのとおりになった。

つぎの日の朝、チャイムが鳴って、席につこうとすると、モッチがとつぜん黒板の前に出て演説《えんぜつ》を始めた。

「おい、ちょっと、みんな、聞いてくれ。予定通り、『夏まつり』をやることになった。杉浦《すぎうら》センパ

イはいないけど、センパイの遺志《いし》をついで、おれらの力で絶対《ぜったい》成功させようぜ」

いきおいよく右手のこぶしをつきあげたとたん、

「こらっ！　杉浦《すぎうら》はちょっと体調をくずして休んでるだけだから、『遺志《いし》』なんて、縁起《えんぎ》でもないこというな」

いつの間にか戸口の外で聞いてたらしいトンビが、こわい顔で教室にはいってきた。

「あ……じゃ、こういう時は、なんて……」

「委員長がもどるまで、おれ達でしっかりがんばろう、だろ？」

「じゃ、ま、とにかく、そういうことで……がんばろう」

ごにょごにょいって、またこぶしをつきあげたけど、すっかりチョーシがくるって、

「なんだよ」「しまんねえなあ」

みんな、もんくをいったり、ゲラゲラわらったりした。

「おいおい、だいじょうぶか？」

トンビもわらいながら、モッチのおしりをポンとたたくと、学級委員からちゃんと説明をするようにと、岡田《おかだ》くんと松永《まつなが》さんをよんだ。

「きのう、学級委員と準備《じゅんび》委員が集まって、『夏まつり』をどうするか、話しあいました。最初にこの案を出したのが杉浦《すぎうら》くんだから、中止って意見も出たけど、予定までにまだ一か月以上あるから、それまでには杉浦《すぎうら》くんももどってこられるんじゃないかってことで、みんなで協力して、準備《じゅんび》を始

めることになりました」

「委員長がいない間の代役は、岡田《おかだ》くんがやることになりました」

横から松永《まつなが》さんがいったとたん、「えぇーっ」「マジかよーっ」と教室中が大さわぎになった。わたしも正直びっくりした。岡田《おかだ》くんはまじめでしっかりしてるけど、そんな大役を引き受けるタイプじゃない。

「あ、まあ、モッチ達にいわれて、むりやり……でも、ほんとにおれでいいのかなあ」

自信なさそうに頭をかいた、その一言でなっとくした。

「だいじょぶだいじょぶ」「おれらがついてっから」

すかさずモッチ達のいせいのいい声が飛んだ。今までは、どうしても真吾《しんご》がいる三組の連中におくれをとってたのが、今度はじぶん達が中心になって活躍《かつやく》できるチャンスだと、めちゃめちゃはりきってるみたいだ。きのう、あれだけ落ちこんでたのが、うそみたい。単純《たんじゅん》というか、らしいというか……でも、真吾《しんご》のためにも、いつもの明るい教室の風景がもどってきてよかった。

「なんか、急に責任《せきにん》重大になったなあ。けど、杉浦《すぎうら》が安心して休めるよう、みんなでしっかりがんばろうな。先生もできるだけの協力はするから」

トンビもニコニコと満足そうで、朝の会はそのまま「夏まつり」に向けての話しあいになった。

「おまえも手つだうって、いったよな」「いったよな」

モッチ達にいわれて、カエルも準備《じゅんび》委員にくわわることになった。由樹奈《ゆきな》は「おチョーシもん」っていうけど、わたしはカエルがいてくれて、ほんとによかったって思った。始業式の日、『今まで心配かけたぶん、これからがんばって、とりもどすからな』って、真吾《しんご》はいった。そして、そのとおり、一生懸命《いっしょうけんめい》やってきたのに、またこんなことになって、もし「夏まつり」が中止になったりしたら、きっと責任《せきにん》を感じて、ものすごくつらかったにちがいない。いつもの元気さをとりもどしたモッチ達を見て、しみじみそう思った。

かあさんから急な連絡《れんらく》があるといけないからと、おばあちゃんは水曜日の編《あ》み物《もの》教室をお休みした。でも、結局、連絡《れんらく》はなかったらしく、木曜になっても、金曜になっても、電話一本かかってこなかった。

「出かける前は、あんなに心配そうだったのに、向こうに行ったら、仕事にむちゅうで、うちのことなんかわすれちゃったのかな」

思わず、もんくをいうと、

「ぶじにオープンして、最初の週末が終わるまでは、ゆっくり寝《ね》る間もないくらい、いそがしくなるっていってたからね」と、おばあちゃんはいった。

オープンは五月二十日の金曜日。つまり、きょうだ。

「ねえ、今夜、こっちから電話してみようか？　もうオープンしたんだから、ちょっと話すくらいの時間はあるでしょ？　航《わたる》も、口には出さないけど、しょんぼりして、かわいそうだよ」

「そうだねえ……」

おばあちゃんはこまったような顔をして、

「もう少しだけ、がまんしようよ」と、いった。


つぎの日の土曜日、お昼ごはんを食べると、航《わたる》はFCの練習に出かけていった。かあさんからは、あいかわらず連絡《れんらく》がなかった。きのう、わたしがいったことを気にしたのか、おばあちゃんは朝からなんとなくそわそわしたようすだった。

「やっぱ、こっちから電話しちゃだめ？　だって、あしたでもう一週間……」

とうとうがまんできずに、いおうとした。と、それをさえぎるように、

「理央《りお》に話したいことがあるんだけど、いいかな」

とつぜん、あらたまった口調でいうと、返事も待たずリビングにはいっていった。そして、縁側《えんがわ》の見えるテーブルの前に、背筋《せすじ》をシャキッとのばして、すわった。そのただならぬふんいきに、

（話したいことって、なんだろう……？）

ドキドキしながら、わたしも向かい側にすわった。

「じつは、おかあさん、今行ってる神戸《こうべ》の新しいショールームの、主任《しゅにん》として、転勤《てんきん》の話が出てたんだよ」

おばあちゃんは、なんの前置きもなく、いきなりきり出した。

（えっ、転勤《てんきん》……？）

主任《しゅにん》というのは、そこで一番えらい人。今、かあさんは渋谷《しぶや》の店の副主任《ふくしゅにん》だ。

「うそでしょう！」

びっくりして、思わず大声でさけんだ。けど、おばあちゃんは静かに続けた。

「それが運悪く、去年の秋、おばあちゃんがひざを痛《いた》めてた時で……もちろん、あんた達ふたりのことも考えて、転勤《てんきん》なんてとてもむりだからって、わたしにも一言の相談もなしに、その場でおことわりしたらしいの」

『女の人って、転勤《てんきん》ないのかな？』

何日か前、由樹奈《ゆきな》がいったことばが、ぼんやり頭をかすめた。

「おかあさんは、なんのまよいもなかったっていうけど、結婚前《けっこんまえ》に最初に勤《つと》めた時から考えたら、今の会社で仕事を始めて、もう十五年。渋谷《しぶや》の店に行ってからだって、今年で九年……。ふつうは、早ければ、二、三年、長くても五年ぐらいで、いろんな経験をつむために、他《ほか》の場所に異動《いどう》するそうだよ。今までは家の事情《じじょう》で、なんとかつごうをつけてもらったみたいだけど、そういつまでもわがままいっていられないからね」

（おばあちゃん……なにがいいたいんだろう？）

胸《むね》の動悸《どうき》が、じぶんの耳に聞こえるくらい激《はげ》しくなってきた。

「特に今度の神戸《こうべ》のお話は、長いこと、お世話になってる上司からも、めったにないチャンスだからって、ずいぶん熱心に声をかけていただいたらしくて……後から聞いて、おばあちゃん、ぜひ、お引き受けするようにすすめたんだよ」

「引き受けるって……神戸《こうべ》に転勤《てんきん》を？」

おどろいて聞き返したしゅんかん、由樹奈《ゆきな》がいってたことを、またハッと思い出した。

「つまり、かあさん……単身赴任《ふにん》するってこと？」

「そうじゃない」

おばあちゃんは即座《そくざ》に否定《ひてい》した。

「あんた達をこっちに残してなんか行けないだろ」

「えっ？　じゃあ、どういうこと？」

頭が混乱《こんらん》して、わけがわからなくなった。

「あんた達が小さいうちは、働《はたら》きながら、ひとりで子育てはたいへんだから、わたしの手を必要としただろうけど……今はもう、どこに行っても三人で、じゅうぶんやっていけるだろ？」

やわらかな表情《ひょうじょう》で、ゆっくりとさとすようにいった。

「どこに行ってもって……わたしと航《わたる》もいっしょに行くってこと？」

おばあちゃんはだまって答えなかった。

「そんなの、むりに決まってるじゃない！　一か所に長くいられないんなら、もっと近い、ここから通える場所もたくさんあるでしょ？　なのに、なんで、神戸《こうべ》なんて、そんな遠いところなの？」

「それは、おかあさんからも聞いただろ?」

なおも静かな声で、がまん強くいった。

「これから関西《かんさい》に進出する、記念すべき一号店だって。ってことは、神戸《こうべ》以外にも、新しい店をつぎつぎとオープンする計画があるはず。たとえ、今回はおことわりしたとして、また近いうちに、べつのお話が出る可能性《かのうせい》はじゅうぶんある。それを全部おことわりするなんて、今の会社でお仕事させてもらうかぎり、不可能《ふかのう》だよ」

「……」

理路整然《りろせいぜん》とした説明に、なにもいい返せずにいると、おばあちゃんはとつぜん身を乗り出すようにして、わたしの顔をのぞきこんだ。

「ねえ、理央《りお》……おかあさん、今までいつも、おばあちゃんとあんた達のことを、なによりも先に考えてきたけど、そろそろ思いきり、すきな仕事をさせてあげたらどうだろう」

(すきな仕事……)

そのことばにドキッとした。そういえば、かあさん、前はよく仕事の話をした。

「来年の新商品はバリエーションも豊富《ほうふ》で、デザインも色も、とってもすてきなのよ」「前にうちでカーテンを注文したおきゃくさまが、すごく気にいって、今度新しく建《た》てる家の、壁紙《かべがみ》からフローリング、内装《ないそう》をすべて、まかせてくださることになったの」

目をキラキラさせて、うれしそうに……おきゃくさんのことだけじゃなくて、新しくはいってきた後輩達《こうはいたち》を育てるのも、すごく勉強になって楽しいって……。それが、いつからか、パッタリなくなった。今思うと、おばあちゃんがひざを痛《いた》めて病院通いを始めたころからだ。四国《しこく》の親戚《しんせき》の人達や、佑美《ゆみ》ネエにまでいろいろいわれたし……。

考えていくうちに、新学期が始まってすぐ、縁側《えんがわ》で、かあさんと話したことを思い出した。真吾《しんご》が帰ってきたばかりで……そうだ。カエルのおばあちゃんが初めて編《あ》み物《もの》教室に行った日だった。

あの時、かあさんがいったことを、いつかおばあちゃんに聞いてみたいと思ってた。なのに、真吾《しんご》がどんどん心配な状態《じょうたい》になって、出張《しゅっちょう》のゴタゴタさわぎが続いて、結局一度も話すチャンスがないまま、きょうになってしまった。

(今、話そう。話して、かあさんの気持ちをちゃんとつたえよう)

胸《むね》の底《そこ》から、強い衝動《しょうどう》がわきあがってきた――つぎのしゅんかん、まよう間もなく、口が動いた。

「この前、かあさんが、この家に初めてきた時のこと、話してくれたの」

おばあちゃんは、びっくりしたようにわたしの顔を見た。わたしはドキドキしながら、あふれ出す感情《かんじょう》のまま、一気に話した。

「キンモクセイの花がにおってたって……おとうさん、おじいちゃんとうまくいってなかったから、どんなこわい人か心配だったけど、会ってみたら、すごくやさしかったって……。おじいちゃんに結婚《けっこん》のお許《ゆる》しをもらって、おとうさん、うれしそうに『男の子が生まれたら、この庭でキャッチボールができそうだろ』っていったって……」

そう話した時の、さみしそうなかあさんの顔がうかんで、思わずなみだが出そうになった。けど、グッとこらえて、先を続けた。

「なのに、なんで離婚《りこん》したのか、もっとくわしく聞きたかったけど、急に話やめちゃって……。でも、絶対《ぜったい》おばあちゃんとはなれて、この家を出たりしないって、それだけははっきりいってた」

最後は力をこめて、まっすぐおばあちゃんを見た。

「……」

おばあちゃんはしばらく、ことばも出ないようすだった。ぼんやり遠くを見るような表情《ひょうじょう》で、

「おかあさん……あんたにそんな話をしたの……」

つぶやくようにいってから、「それ、いつごろの話？」と聞いてきた。

「カエルのおばあちゃんが、初めて編《あ》み物《もの》教室に行った日。真吾《しんご》が帰ってきて、デイジーがひさしぶりに庭にきて……なんだかすごく、あったかい日だったのをおぼえてる」

おばあちゃんはまた長い間、なにかを考えるように、縁側《えんがわ》の向こうの庭をじっとながめてた。それから、やがて、ゆっくりとわたしに目をもどした。

「じつは、この一週間、なかなか気持ちの整理がつかなくて……。でも、いつかは話さなきゃならないことだから、思いきって話そうね」

半分じぶんにいいきかせるように、にっこりほほえむと、今まで以上に、わたしを気づかうような、やわらかな声で話し始めた。

「ほんとうに、どういうめぐりあわせなんだろうね。ちょうど去年の秋、おかあさんが、おばあちゃんとあんた達のために、転勤《てんきん》の話をことわった直後、ぐうぜん、あんた達のおとうさん——章太郎《しょうたろう》の大学時代の友達と、街《まち》でバッタリ会ったらしいんだよ。それこそ十何年ぶりに、お茶を飲んで、昔話をして……。そのうち、章太郎《しょうたろう》がもう何年も前に、再婚《さいこん》した相手と別れて、ひとりでアパート暮《ぐ》らししてるから、会ってやってくれないかって……。おふくろさん——おばあちゃんと、子ども達にも、ぜひ会わせてやってほしいって、連絡先《れんらくさき》書いたメモを渡《わた》されて……」

「かあさん、会いに行ったの？」

思わず、テーブルごしに身を乗り出した。おばあちゃんはだまって首を横にふった。

「そのメモを、しばらくバッグにいれたままだったけど、何日かしてから、わたしにその話をしたんだよ。最初はあんまりとつぜんで、気が動転したけど、ぜひ会ってやってほしいって……」

「それで？　おばあちゃん、なんていったの？」

くちびるがカラカラにかわいていた。

「……その気になれば、章太郎《しょうたろう》のほうから、いつでも連絡《れんらく》してこれたのに……十年も音信不通のままで、今さら、こっちからする必要ないって、つっぱねたんだよ。それでも、親子なんだから、このまま一生会わないわけにはいかないからって……おじいちゃんにも、お線香《せんこう》あげさせてやってほしいって……」

たんたんとした口調だけど、ひっしにつらいのをがまんしてるのがわかった。おばあちゃんは、なおも静かに続けた。

「ほんとは理央《りお》と航《わたる》にも会わせたいけど、今までいなかった父親がとつぜんあらわれたら、きっと混乱《こんらん》するだろうから、どうしたらいいんだろうって……」

（えっ、わたし達も……？）

おばあちゃんと、おとうさんの話だと思ってたから、びっくりした。

「理央《りお》に、初めてこの家にきた時のこと話したって……もしかしたら、ずっと心の中でなやんでて、直接《ちょくせつ》理央《りお》の気持ちを確《たし》かめたかったのかもしれないね。でも、どうしても、いい出せなかったんだろう」

かあさんを思いやるような、やさしい口調だった。

（あの時、かあさんがそんなことを考えてたなんて……）

もちろん、想像《そうぞう》もできなかった。ただ、どうしてとつぜん、おとうさんの話なんかするんだろうって……でも、それはしつこく再婚《さいこん》をすすめられたり、佑美《ゆみ》ネエにまで、おばあちゃんといっしょに暮《く》らすことを反対されて、そんな気は絶対《ぜったい》ないって、わたしにつたえたかったからだって思ってた。

もし、あの時、おとうさんに会いたいかって聞かれたら、なんて答えただろう？　たぶん、答えられなかったと思う。急にそんなこと聞かれても、わかるわけないって……。

その時、目の前のおばあちゃんを見てハッとした。（実の息子《むすこ》なのに、会いたくないんだろうか？）って、今まで何百回も考えた。でも、それはいつも、どこか遠くの、じぶんには関係ない話って思ってた気がする。今初めて、本気で、その答えを知りたいと思った。

「おばあちゃん、ほんとにおとうさんに会いたくないの？」

聞いたしゅんかん、おばあちゃんはだまって、わたしの顔を見返した。それからとつぜん気持ちをきりかえるように、べつの話を始めた。

「とにかく、そんなことがあった後で、今度の出張《しゅっちょう》の話が出て……転勤《てんきん》がむりなら、せめてオープン前後の手つだいをたのみたいって……上司はまだ、おかあさんが神戸《こうべ》に行くことをあきらめてないらしいんだよ。ありがたい話じゃないか。なのに、まだぐずぐずまよってたから、『うちのことは心配しないで、今は仕事を第一に考えて』って、むりやり送り出したんだよ。そうでもしないと、いつまでも前に進めないからね」

最後はいつものシャキッとした声だった。でも、その後、すぐにまたいいにくそうにつけたした。

「なのに、やっと行く決心をしたと思ったら……出かける間際《まぎわ》まで、『わたしがいると、えんりょがあるでしょうから、留守《るす》の間に、必ず章太郎《しょうたろう》さんに連絡《れんらく》してくださいね。子ども達にも話をして、もし会いたがるようだったら、会わせてやってくださいね』って、まるで出張《しゅっちょう》に行く交換条件《こうかんじょうけん》みたいに、何度もしつこくねんをおして……連絡先《れんらくさき》のメモを置いていったんだよ」

(『男の子が生まれたら、キャッチボールができそうだろ』なんていって……)

縁側《えんがわ》で話した時の、かあさんの顔がまたうかんだ。

(かあさん、ほんとうに、おばあちゃんとおとうさんを会わせてあげたいんだ……でも、なぜ、じぶんがいない間に……？）

『理央《りお》、航《わたる》のこと、ほんとうにお願いね』

出かける前のかあさんのようすが急に気になってきた。たった二週間の出張《しゅっちょう》なのに、なんでそんなおおげさにって思ったけど……。

「かあさん、このまま帰ってこないつもりじゃないよね」

激《はげ》しい不安がおそってきた。

「まさか」

おばあちゃんはプッとふき出した。

「あんた達を置きざりにするなんて、ありえませんよ。いずれ、行くにしても、今度はただの下見だよ」

「下見……？」

そのことばに、またべつの不安がこみあげてきた。

「おばあちゃん、かあさんに転勤《てんきん》を引き受けるよう、すすめたっていったけど、もしそうなったら、いっしょに行くの？」

「わたしは、ここをはなれるわけにはいきませんよ。おじいちゃんの思い出がいっぱいつまった、大切な家だからね」

そういうと、部屋の中をいとおしそうに見回した。

「それに、おかあさんと理央《りお》と航《わたる》のね。あんた達がいつでも帰ってこられるよう、庭の手入れもしっかりしておくからね」

「おとうさんの思い出も、いっぱいあるんでしょ？」

思わずいってから、ハッとした。

「もしかして、おとうさんといっしょに暮《く》らすの？　ねえ、そうなの？」

「そんなこと、考えてませんよ。少なくとも、この先まだ何年も、ひとりで動けるうちはね」

おばあちゃんは、急になにかを思いついたように部屋を出ていくと、すぐに白い封筒《ふうとう》を持ってもどってきた。そして、わたしの目の前に、そっとさし出すように置いた。

「おかあさんから、章太郎《しょうたろう》の写真をあずかったの。理央《りお》に見せてほしいって」

（えっ？）

そういえば、今まで、おとうさんの写真が一枚《まい》もないなんておかしいって思ってた。どこかにしまってあったんだ。

「……どんな写真？」

おずおずと聞いた。

「まだ、あかちゃんだった理央《りお》をだっこしてる写真」

「……航《わたる》のは？」

「残念だけど……航《わたる》のは、ないんだよ。離婚《りこん》した時、まだほんとに生まれたばかりだったからね」

おばあちゃんは、すまなそうにうつむいた。

「じゃあ、見ない」

考えるより先に手が動いた。封筒《ふうとう》をつき返したしゅんかん、胸《むね》の奥《おく》でもやもやしてた感情《かんじょう》が一気にふき出した。

「かあさん、ひきょうだよ。じぶんで話せないからって、おばあちゃんにおしつけて……じぶんのいない間に会ってあげてくれなんて……じぶんは関係ないみたいに……。転勤《てんきん》したいんなら、すればいいじゃん。神戸《こうべ》に行きたいんなら、行けばいいじゃん！」

テーブルをバンとたたいて立ちあがった。

「おかあさんを、そんなに悪くいわないで」

おばあちゃんはおろおろと、なだめるようにわたしのほうに手をのばした。

「今まで、一生懸命《いっしょうけんめい》、おばあちゃんとあんた達のために、がんばってくれたんだよ。いつだって、じぶんのことは後まわしにして、やりたい仕事もことわって……」

「けど、急に昔話なんか聞かせて、父親だから会えなんて……今さら、そんなことというくらいなら、なんで離婚《りこん》なんかしたのよっ」

「おかあさんから離婚《りこん》したわけじゃない。おかあさんは、ほんとになにも悪くないんだよ」

苦しそうにゼエゼエ肩《かた》で息をつきながら、おばあちゃんはいった。

「おじいちゃんが、とつぜんたおれた時も、おかあさんはすぐ病院にかけつけてくれて……でも、章太郎《しょうたろう》が一度もこないうちに、たった半月たらずでなくなってしまったの。『どうして、待っててくれなかったんだ』って、大の男が人目もはばからず、大声で泣《な》いて……。だれも、あんなに早くなくなるなんて思ってなかったから、確《たし》かに、かわいそうで見てられなかったよ。最後の最後まで、息子《むすこ》として、なんにもできなかったからね。けど、だからって、にげ出すなんて……」

「にげ出す？」

おばあちゃんは、ちょっと息をととのえるように間をあけてから、先を続けた。

「……ちょうど章太郎《しょうたろう》を育ててたころ、おじいちゃん、仕事が一番いそがしくて、大学にとまりこみも多かったし、家にいても、ずっと書斎《しょさい》にこもりっきりで、ほとんどかまってやれなかったの。兄弟でもいれば、またちがったんだろうけど、ひとりっ子で、線の細い、気の弱い子に育ってしまって……。わたしも、男の子なんだから、もっと強くなってほしいと、つい厳《きび》しくしてしまって……。学校にはいってからも、ずばぬけて、お勉強ができるわけでもなかったし、これだけはだれにも負けないってこともなくて……べつにそれを責《せ》めたわけじゃないんだけど……おじいちゃん、かわいがってた学生の話をよくしてたから、『じぶんはだめなんだ』って、かってに思いこんだのかねえ。ある時から、家であまり口をきかなくなって、おじいちゃんがたまに早く帰ってきて、『勉強はどうだ？』なんて話しかけても、まともに返事もしなくなって……。今、思うと、わたしがもっと早く、あの子の気持ちに気づいてやればよかったんだけど……」

そういって、悲しそうなため息をついた。

「その話、かあさんに少しだけ聞いた。おばあちゃんが、『ふたりの間にうまくはいってやれなかった』っていったけど、父親と息子《むすこ》って、むずかしいからって……」

「あんたに、そんな話までしたの？」

おばあちゃんは、ちょっとおどろいた顔をした。

「確《たし》かに、ずいぶん後悔《こうかい》したよ。高校卒業して、家を出たっきり、ほとんどよりつかなくて……。結《けっ》婚《こん》する時も、里美《さとみ》さん――理央《りお》のおかあさんに説得《せっとく》されて、やっと知らせてきたんだよ。おじいちゃんも意地はって、それまでずっと『ほっとけ』って知らん顔してたけど、あの日はほんとにうれしそうだった……おかげで、ささやかな式もあげられたし、理央《りお》が生まれてからも、顔見せにちょくちょく連れてきてくれて……。おかあさん、おじいちゃんと章太郎《しょうたろう》の仲をなんとかしようと、一生懸命《いっしょうけんめい》気ィつかってくれたんだよ」

「その時は、おとうさんもいっしょにきたの？」

おばあちゃんは首を横にふって、静かにほほえむような表情《ひょうじょう》でいった。

「けど、結婚《けっこん》して、子どもも生まれて、あの子なりに、がんばろうって思ったんだろうね。それまで勤《つと》めてた小さな出版社をやめて、友達と新しい会社をたちあげようとしたの。そう、今度の英彦《ひでひこ》さんみたいに……。でも、準備《じゅんび》の段階《だんかい》で、その友達と意見がぶつかって、借金残したまま、行方不明になられちゃって……。そんなゴタゴタの最中だったんだよ。とつぜん、おじいちゃんがたおれたのは……。でも、なにも知らなかった。後から、おかあさんが話してくれるまでは……」

おばあちゃんはそういって、苦しそうに顔をゆがめた。

（英彦《ひでひこ》おじさんの事務所《じむしょ》のお祝いのパーティの時、かあさんがあんなにピリピリしてたのは、そんなことがあったから……）

「おかあさん、おじいちゃんが入院中も、葬儀《そうぎ》の時も、ほんとうによくしてくれたんだよ」

おばあちゃんは気をとりなおしたように、また静かな声で話し始めた。

「まわり中から、章太郎《しょうたろう》にはもったいない、ほんとにいいお嫁《よめ》さんだって……。でも、それがかえって、あの子を追いつめたのかもしれない。おかあさんがわたし達のために、よくしてくれればくれるほど、じぶんのふがいなさを感じて……きっと、いたたまれなくなったんだろう。葬儀《そうぎ》から一か月くらいして、四十九日《しじゅうくにち》も待たずに、結婚《けっこん》したい相手がいるからって、とつぜん離婚届《りこんとどけ》を置いて、にげるようにアパートを出てったって……泣《な》きながら、おかあさんから電話もらった時は、もう目の前が真っ暗になって……」

今にもたおれそうなようすで、それでもひっしに話し続けた。

「おかあさんと離婚《りこん》して、結婚《けっこん》したい相手がいるなんて、ただのいいわけだってわかってた。おかあさんや、おばあちゃんや、だらしないじぶんからにげ出すための……。一度失敗したくらいでヤケ起こすなんて……失敗したら、またやりなおせばいいんだよ。あんな弱い子に育てて……ほんとうに情《なさ》けなくて、もうしわけなくて……」

こんな悲しそうなおばあちゃん、初めて見た。聞いてるこっちも悲しくなって、（もうなにもいわなくていいから〉って、いいたかった。けど、心の奥底《おくそこ》にあるものをすべてはき出すように、おばあちゃんはなおも話し続けた。

「それでも、おかあさん、じぶんがつらいのをがまんして、一生懸命《いっしょうけんめい》わたしをかばってくれたんだよ。『弱いってことは、やさしいってことですから……。〈いずれ、おれがおやじとおふくろのめんどうを見るから、その時はよろしくな〉って、口ぐせのようにいってたんですから。おとうさんだって、章太郎《しょうたろう》さんのこと、とても大切に思ってらしたんですよ。じゃなきゃ、あんなにわたしをあたたかくむかえてくださるはずありません。なのに、心がすれちがったまま、こんなことになって、章太《しょうた》郎《ろう》さんのつらい気持ち、よくわかります』って……。一言もうらみごとをいわないで……一生、おばあちゃんの娘《むすめ》でいてくれるって、いってくれたんだよ」

おばあちゃんの目から、はらはらとなみだがこぼれた。胸《むね》につきささるような痛みを感じながら、そのなみだをじっと見つめた。どのくらいの時間がたったろう。

「でも、もうじゅうぶん」

とつぜん、パッと顔をあげて、エプロンのはしでなみだをぬぐうと、いつものキリッとした声でいった。

「おかあさん、もう何年も四国《しこく》に帰ってないだろ？　あんた達も、一度も行ったことないだろ？　おたがいに望んだこととはいえ、こんなに長い間、とんでもない親不幸をさせてしまって……。神戸《こうべ》なら、四国《しこく》にも近いから、これからは今までのぶんも、たっぷり向こうのおかあさんに親孝行《おやこうこう》してあげてほしいんだよ」

おばあちゃんのことばに、ドキッとした。

（親孝行《おやこうこう》……）

いわれてみれば、四国《しこく》のおばあちゃんに会ったのは、何年前だろう？　もう顔もよくおぼえていない。四国《しこく》の親戚《しんせき》の人達のことも、今まで、かあさんとおばあちゃんをいじめる「敵《てき》」みたいに思ってきたけど、四国《しこく》はかあさんが生まれ育ったふるさとなんだよね。健一《けんいち》おじさんは、かあさんのおにいさんなんだよね。そんなあたりまえのこと、ずっとわすれてた。

この家での四人の暮《く》らし――わたしが大切に思ってきた、ひっしにまもりたいって思ってた――おばあちゃんと、かあさんと、わたしと航《わたる》の「家族」って、一体なんだったのか？　よくわからなくなってきた。かあさんが心の中で、ほんとはなにを考えてたのかも……。

「ちいさいころから、理央《りお》にはいろいろたいへんな思いさせたけど、一番悪いのは、今までなにもできなかったおばあちゃんだからね。これからは、おかあさんと航《わたる》と三人で……」

わたしの肩《かた》にそっと手を置こうとした――その手をふりはらって、

「おばあちゃんは悪くないっ！」

さけんだとたん、なみだがぼろぼろこぼれた。

（……わかってる。きっと、だれも悪くない。なのに、どうして、こんなことになっちゃったの？）

今にも心がパンクしそうだった。

それでも、ふしぎと、おとうさんへのうらみは感じなかった。おばあちゃんがいうように、かあさんから一度も悪口を聞いたことがなかったし、かあさんとおばあちゃんが、ほんとの母娘《おやこ》のように仲がよかったせいかもしれない。それに「わたしの父親」というより、ずっと「おばあちゃんの息子《むすこ》」として、考えてたような気がする。おかしなことだけど……昔の話をいろいろ聞いた後では、なおさら……。

そして、いつかこんな日がくるんじゃないかってことも、心のどこかでわかってたような気もした。もちろん、はっきりと意識《いしき》したわけじゃなかったし、まだ何年も先の遠い未来のことだと思ってたけど……。

おばあちゃんが買い物に行った後、部屋にもどって、宿題をしようと机《つくえ》の前にすわった。でも、目の前の数字がまったく頭にはいらない。まどの外のキンモクセイの木をぼんやりながめながら、あの日、かあさんと話したことをもう一度、そのひとつひとつのことばまで、確《たし》かな記憶《きおく》をたぐりよせるように思い返した。

「ただいま」

おばあちゃんが帰ってきた。ハッと時計を見ると、いつの間にか一時間が過《す》ぎていた。いっしゅんまよって、でも、むかえに出ていかなかった。きのうまで毎日していた夕ごはんのしたくも手つだわなかった。

航《わたる》が帰ってきて、三人で夕ごはんを食べた。航《わたる》は朝出かけた時より、さらに元気がなかった。おばあちゃんがFCの練習や学校のことを、いろいろ聞いても、かすかに首をふるだけで、返事をしなかった。わたしもなにか話さなきゃと思ったけど、どうしてもいつものおしゃべりをする気になれず、心の中で（ごめんなさい）とあやまった。

後かたづけと洗《あら》い物《もの》は手つだった。でも、やっぱりなにもいえなかった。そんなわたしのようすを気にして、

「悪かったね、とつぜん」

おばあちゃんがもうしわけなさそうにあやまった。

「あんな話までするつもりじゃなかったのに……どうしても、おかあさんのことをちゃんとわかってあげてほしくて……。でも、なにも心配する必要ないからね。おかあさんとまたよく相談してみるから」

（心配するなっていわれても、むりだよ。一度、聞いてしまった話をわすれるなんてできない……）

でも、口には出さず、だまってコクンとうなずいた。おばあちゃんは、やっと少し安心したように、じぶんの部屋にもどっていった。

夜、ベッドにはいってから、ここに引《ひ》っ越《こ》してくる前のアパートの光景を思いうかべてみた。明るい光がさしこんでる部屋、航《わたる》の小さなベッド、絵本やおもちゃ、わたしの手を引いて階段《かいだん》をのぼっ

てくおとうさんの後ろすがた……でも、それだけ。いくら思い出そうとしても、後はなにもうかばない……。

日曜日、おばあちゃんはふだんと変わらないようすだった。まるで、きのうのことがゆめだったみたいに……。わたしもなるべく考えないようにしようと思った。おとうさんのことも、かあさんの転勤《てんきん》のことも、あまりにとつぜんで、考えれば考えるほど、これからどうなっちゃうんだろうって、不安ばかりがふくらんで……。でも、気がつくと、いつの間にか考えてる。そんなどうどうめぐりの先に、たどりつく答えはひとつ。おばあちゃんをひとり残して、この家を出るなんて絶対《ぜったい》いやだってこと——。

前の日、できなかった宿題をぐずぐずしてるうちに、一日が過《す》ぎて、月曜日、学校に行ってからもまだ、頭の中はそのことでいっぱいだった。おかげで、すっかり元気をとりもどしたモッチ達のバカさわぎも、授業《じゅぎょう》の内容《ないよう》もほとんど耳にはいらなかった。

由樹奈《ゆきな》のようすも、あいかわらずおかしかった。いっしょにいても、ぼんやり考えごとをしてて、時々思い出したように、「雨ふるっていってたのに、ふらないね」とか「最近、テレビ、ちっともおもしろくないね」とか、どうでもいいことをポツリポツリというだけで……。ママとの冷戦状態《じょうたい》が続いてるみたいで、たぶんそれが原因《げんいん》だと思うけど、具体的なことはなにもいわない。いっしゅん、かあさんの転勤《てんきん》の話をしてみようかと思ったけど、やめた。今はとても由樹奈《ゆきな》に話せるような状態《じょうたい》じゃない。

真吾《しんご》のことも、先週の月曜に、わたしがおじちゃんに会った話をして以来、なにも聞いてこない。あれが、たった一週間前だったなんて、信じられない気持ちだった。あの時はまだ、じぶんにこんなたいへんなことが起きるなんて、思いもしなかったから……。

由樹奈《ゆきな》といっしょにいても、おたがいに話すことがなにもない。今まで毎日、あんなにたくさんおしゃべりしてたのに……。ふたりをむすんでた糸がプツンときれたような——由樹奈《ゆきな》だけじゃない、まわりのだれともつながってないような、ひどく孤独《こどく》な気分だった。

学校から帰ると、かあさんから連絡《れんらく》があったと、おばあちゃんがいった。

「直前までゴタゴタして、たいへんだったけど、ぶじオープンにこぎつけたって。夜の八時過《す》ぎなら、仕事が少し落ち着くからって……。今晩《こんばん》、電話してみる？」

「ううん、いい」

とっさに首を横にふった。おばあちゃんが気にすると思ったけど、あんな話を聞いた後で、いつもどおりに話せる自信がなかった。

「あ、でも、航《わたる》ならきっと、かけたがるよ」

夕方、帰ってすぐつたえると、

「べつに、いいよ」

プイッと背中《せなか》を向けて、リビングのテレビでゲームを始めてしまった。そんな航《わたる》を、おばあちゃんが心配そうに見ていた。夕ごはんの時も、あいかわらずムスッとした顔で、もくもくと食べている。

ついイライラして、

(ねえ、なんで電話しないの？　していいっていってんだから、すればいいじゃん。男だから、がまんしてるつもり？)

のどまで出かかったことばを、グッと飲みこんだ。じぶんもしないのに、むり強《じ》いはできない。

それにしても、いくらあまえんぼうとはいえ、かあさんがたった二週間いないだけで、こんなに元気がなくなるなんて……。

(もしかして、学校でなんかあったんだろうか？)

急に気になって、夕ごはんの洗《あら》い物《もの》の後、

「ひさしぶりに、いっしょにお風呂《ふろ》にはいろうか？」

さそってみたけど、返事もせず、観《み》ていたテレビのスイッチをきると、いつもより一時間も早いのに、さっさとひとりではいって、先に寝《ね》てしまった。

(せっかく心配してやったのに、もうメンドー見きれないよ)

なんだか、ひどくつかれた。起きてると、またよけいなことを考えるから、わたしもきょうは早く寝《ね》よう。

お風呂《ふろ》にはいって、部屋にもどると、航《わたる》がふとんをかぶって、声をころして泣いていた。思わずドキッとして——けど、つぎのしゅんかん、胸《むね》でくすぶってた怒《いか》りが爆発《ばくはつ》した。

「だから、電話しろっていったでしょっ！　泣くくらいなら、がまんしなきゃいいのよっ」

大声でどなると、泣き声はピタッとやんだ。それでも気持ちはおさまらず、その先は声に出さずに心の中でさけんだ。

(あんたは知らないでしょうけど、もっとたいへんなことがいろいろあるの。わたしだって、ひっしにがまんしてるのよ！)

航《わたる》はふとんの中で、じっと息をひそめたまま、なにもいい返してこなかった。

航《わたる》にあたっても、どうにもならないことはわかってる。けど、だれも話す相手のいない、出口の見えない暗い穴《あな》の底で、ひとりポツンとうずくまってるような気がした。

つぎの日も、うつうつとした気分で学校から帰ってくると、思いがけない、うれしいことが待っていた。名古屋《なごや》のあかりちゃんから、おばあちゃんとわたしあてに、すてきな手作りのカードが届《とど》いたのだ。

おばあちゃんのには、あかりちゃんらしい女の子がカーディガンを着て、すましてポーズをとっている絵が描《か》いてあった。色えんぴつでカーディガンのもようまで細かく描《か》きこんであって、すごくきれい。あかりちゃんも絵を描《か》くのがすきなんだって、思わずうれしくなった。絵の下には、

「おばあちゃんのあみものの先生へ
おかげで、こんなすばらしいプレゼントがとどきました。
一生のたからものにします」と書いてあった。

わたしのには、同じカーディガンを着た女の子と、カエルらしい男の子が並《なら》んでわらってる絵の横に、

「おばあちゃんから電話で話を聞いて、理央《りお》ちゃんてどんな子だろうと想像《そうぞう》しながら、かきました。
これからも、なまいきな弟をよろしくネ！」

と書いてあった。

（えっ、弟？）

いっしゅん、ふしぎに思ったけど、

（そっか……いとこといっても、ほんとの姉弟《きょうだい》みたいな関係なんだ）

このカードを見て、カエルのあかりちゃんに対する思いが、やっとよく理解できた気がした。

「あかりのやつ、すごいよろこんでた」

プレゼントが届《とど》いて、あかりちゃんからお礼の電話がかかってきたって、うれしそうに報告《ほうこく》してきた時、

「写メ届《とど》いたら、モッチ達にないしょで見せてね」

こそっと耳打ちしたら、あわてて「届《とど》いてない」って首をふった。

「なにもすきな女の子の写真、見せてってたのんでるわけじゃないのに、なんでそんなかくすのよ？」

絶対《ぜったい》あやしいって思った。

「いとこって、結婚《けっこん》できるんだよな」って、大野《おおの》くんがひやかしてたけど、もしかして、あかりちゃんのこと、すきなのかなって、本気で疑《うたが》った。

でも、そうじゃなかったんだ。ほんとのおねえちゃんみたいな存在《そんざい》なら、みんなに見せるの、てれくさいって気持ち、わかる気がする。航《わたる》とわたしもそうだけど、「姉弟《きょうだい》」って、なんかビミョーなんだよね。

おばあちゃんも、カードをリビングのたなにかざって、そばを通るたび、うれしそうにながめてる。

そのようすを見てるうちに、カエルが転校してきた時のことを思い出した。カエルのおかあさんがいっしょにこられなかった理由を知って、（わたしがもし、そんなことになったら）って、想像《そうぞう》した。

あの時はまさか、じぶんにも、こんな問題が起きるなんて、思いもしなかったけど……。そして、カ

エルのおばあちゃんが初めて編《あ》み物《もの》教室に行った日、かあさんから初めて、おとうさんの話を聞いて、これからはなにがあっても、かあさんや、おばあちゃんの力になろうって決めたはずなのに――。そんなことをすっかりわすれて、くよくよしてばかりいたじぶんが、急にはずかしくなった。

(よォし、わたしも、カエルに負けずにがんばるぞ)

ひさしぶりに、ピッと気合いがはいった。

あかりちゃん、わたしのほうこそ、すばらしいプレゼントをありがとう。


つぎの日の水曜日、おばあちゃんはきょうも編《あ》み物《もの》教室を休むといったけど、

「わたしがお留守番《るすばん》をするから、行ってきて。あかりちゃんのカード、カエルのおばあちゃんに見せてあげて」

ニコッとわらっていったとたん、

「ああ、そうだね。小幡《おばた》さん、きっとよろこぶだろうね」

おばあちゃんの顔がパアッとかがやいた。

「じゃあ、理央《りお》が帰るのを待って、行ってこようかね」

ひさびさに見る、心からうれしそうな笑顔《えがお》だった。

帰りの会が終わるとすぐ教室を飛び出して、一秒でも早くと走って家に帰った。おばあちゃんはすっかり出かける用意をして待っていた。

「カード、持った？」

「持ったよ」

手さげぶくろをポンとたたいて、

「じゃ、お願いね」

うきうきとはずむような足どりで、げんかんを出ていった。その後ろすがたを見て、

『週に一度の大切なお楽しみなのよ』

かあさんがいつもいってることばを思い出した。

（ごめんね、おばあちゃん。これからは毎週安心して、お教室に行けるよう、わたしもがんばるからね）


部屋にはいって、何分もしないうちに航《わたる》が帰ってきた。「お帰り」と声をかけたのに、顔を見ようともせず、ランドセルを放り投げるようにして、出ていこうとした。

「ちょっと、待ちなさい」

あわててうでをつかんで、部屋の中に引きもどした。

「なんだよっ」

「なんだよっ、じゃないでしょ。なんなの、あんたのその態度《たいど》は。かあさんがいないから、さみしいだろうと思って、ずっとがまんして見てたけど……毎日毎日ブスッとして、おばあちゃんが話しかけ

ても、ろくに返事もしないで……いいかげんにしなさい！」

航《わたる》はうつむいたまま、なにもいわない。

「とにかく、そこ、すわって」

引きずりおろすように、ベッドの前の床《ゆか》にすわらせた。

「かあさんがいなくて、おばあちゃん、ひとりでたいへんなの、わかるでしょ？」

ちょうどいいチャンスだ。おばあちゃんが留守《るす》の間に、一度きちんといっておこうと思った。おとうさんのことや、かあさんの転勤《てんきん》の話は、まだ聞かせるつもりはない。けど、いずれ、どうなるにしろ、航《わたる》にももう少ししっかりしてもらわないと、いつまでもあまえてばかりじゃこまるのだ。

航《わたる》は今にも泣きそうな顔で、うつむいてる。

「だまってちゃ、わかんないでしょっ。なんで、なにもいわないの？　学校で、なにかあったんなら、ちゃんといいなさい」

それでも、だまってうつむいたまま。わたしはホーッとため息をついた。今までいろいろあったけど、こんなにがんこなのは初めてだ。

（ほんっとに、下の子って……）

思ったとたん、宗太《そうた》のことを思い出した。そういえば、最近ずっときていない。もしかして、連休が終わってから、一度も……？

前はよく、ＦＣの帰りにうちでおやつを食べたり、夕方フラッと庭からはいってきて、ごはんに呼《よ》ばれるまで航《わたる》とゲームしたり……あんなにしょっちゅうきてたのに……。

真吾《しんご》が入院して、おばちゃんが朝早くから病院通いしてた時は、おじちゃんが仕事から帰ってくるまで、毎日うちで待ってた。夜おそくなった時は、いっしょにごはんを食べて、航《わたる》とお風呂《ふろ》にはいって、航《わたる》のベッドでいっしょに寝《ね》た。

「いっそ、うちの子になったら？」って、おばあちゃんがジョーダンにいうと、「そうしようかなあ」なんて、けっこう真顔で答えてた。

「ねえ、宗太《そうた》、全然こないけど、どうしてる？　ＦＣでは会ってるんでしょ？」

「……うん……でも、塾《じゅく》はいったから、こない日もある」

航《わたる》がやっと、ぼそぼそと口を開いた。

「えっ？　宗太《そうた》、塾《じゅく》はいったの？」

「真吾《しんご》くんがやめたから、代わりに行くんだって……前は、塾《じゅく》なんて行かないっていってたのに……」

不満そうにブッと口をとがらせた。

「真吾《しんご》、塾《じゅく》やめたの？」

びっくりして聞き返した。

「そうみたい」

「いつ？」

「知らない」

そんな話は牧原《まきはら》さんからも聞いてなかった。といっても、あれ以来、ずっと口きいてないけど……。

「でも、代わりって、どういうこと？　真吾《しんご》が受験やめて、宗太《そうた》が私立《しりつ》受けるってこと？」

「それは知らないけど……宗太《そうた》くん、真吾《しんご》くんのこと、すごいおこってる。あんなやつ、帰ってこなきゃよかったって……」

「うそっ、宗太《そうた》がそんなこといったの？　なんで？」

「知らないよ」

航《わたる》はプイッと顔をそむけた。そして、やっと聞こえるくらいの小さな声でいった。

「真吾《しんご》くん、おばちゃんとケンカばっかしてるって」

「おばちゃんとケンカ？」

「……」

航《わたる》はまた、しばらくうつむいてから、とつぜん決心したように顔をあげて、まっすぐわたしに向きあった。

「おばちゃん、真吾《しんご》くんがこっちに帰ってくるの、反対したっていったでしょ？　けど、真吾《しんご》くんが、宗太《そうた》くんやおじちゃんといっしょにいたいからって、もどってきて……」

「うん、宗太《そうた》、すごくうれしそうだったよね」

あの時の宗太《そうた》のなみだを思い出すたび、胸《むね》がジンとする。

「こっちに帰ってきて、新学期が始まったすぐは、真吾《しんご》くんもすごいはりきってて……ひさしぶりにいっしょにお風呂《ふろ》はいったり、寝《ね》る前にベッドの中で学校の話したり……すごく楽しかったって」

「そりゃそうでしょ。なんだかんだいって、宗太《そうた》、真吾《しんご》のこと、大すきだから。長い間、さみしいのをずっとひとりでがまんしてたんだもん」

「でも、今は大っきらいだって。あいつのせいで、家の中がめちゃくちゃになったって」

航《わたる》の顔がとつぜん苦しそうにゆがんだ。

「えっ、家の中がめちゃくちゃって……？」

「真吾《しんご》くん、おばちゃんとケンカばっかしてるっていったでしょ？　おばちゃん、帰ってきてから、学校や勉強のこと、いろいろうるさくいったんだって」

「昔から、そうだったもんね」

「うん……だから、宗太《そうた》くんも初めのうちは、ひさしぶりに家がにぎやかになったって、それもうれしかったって。真吾《しんご》くんもテキトーに『ハイハイ』『わかったわかった』って感じで……でも、そのうち、『うるさいなあ』『いいから、ほっといてくれよ』って、こわい顔でいい返すようになって……」

「真吾《しんご》が？」

「真吾《しんご》くん、学級委員になったでしょ？　ＦＣの練習にも出てきてたでしょ？　そんなことしてたら、ただでさえ一年おくれてるのに、来年の受験、だめになったら、どうするのって……」

牧原《まきはら》さんの、拓馬《たくま》くんの話を思い出した。

「なのに、連休の前に風邪《かぜ》引いたら、急におろおろして、今度は勉強より、体のことばかりいうようになったって。ちょっとおそくまで起きてると、早く寝《ね》なさいとか、一日に何度も熱はからせたり……」

聞いてるだけで息がつまりそうになった。

「でね、ある日とつぜん、真吾《しんご》くん、病気のことで、おばちゃんをどなったんだって」

「病気のこと？」

「今ごろ、あわてたっておそいんだよ。一年おくれたのは、だれのせいだって……。去年、ずっと熱があったのに、おばちゃん、気がつかなかったでしょ？　親のせいで人生くるったって、こんな体じゃ、もう思いっきりサッカーもできないって……」

「うそでしょっ？　真吾《しんご》がそんなこといったの？」

思わず、耳を疑《うたが》った。

「前はそうじゃなかったんだって。『もっと早く気づいてあげられなくて、ごめんね』って、おばちゃんが何度もあやまったけど、『おかあさんのせいじゃないよ』って、ぜんぜん責《せ》めたりしなかったんだって」

「そうだよ。真吾《しんご》なら、絶対《ぜったい》そういうはずだよ」

『親の不注意のせいで、かわいそうなことした』って、おばちゃんがうちにきて泣いてるのを、わたしも見た。『そんなにじぶんを責《せ》めないで』って、おばあちゃんもかあさんもひっしになぐさめてた。「でもね、真吾《しんご》くん、いつもイライラして、おばちゃんがなにをいっても返事もしないって。それで、おじちゃんまで、おかしくなったって……」

とつぜん声がふるえて、目からぽろっとなみだが落ちた。

「えっ、どういうこと?」

「おじちゃん……おばちゃんのせいじゃないって、ずっとかばってたのに……おじちゃんが仕事から帰ってくると、毎日真吾《しんご》くんの話ばかりするから、『いいかげんにしろ』って、だんだんおこりっぽくなって……夜おそく、お酒飲んで帰ってくるようになって……」

そこで航《わたる》は、とうとう泣き出した。家の前で真吾《しんご》のことを聞いた時の、おじちゃんのつかれた顔を思い出した。

「おばちゃん、この前、おじちゃんとケンカして、静岡《しずおか》の家に行っちゃったって……。向こうのおばちゃんにいわれて、今はもどってきてるけど、今度は行ったきりになっちゃうかもって……」

航《わたる》の話にドキッとした。

(あの時……おばちゃんのぐあいが悪いから、会社休んだっていってたけど、もしかして、ほんとは家にいなかったの……?)

「ねえ、真吾《しんご》が学校休んでるのは、体の調子が悪いからじゃないの?」

思わず、肩《かた》をゆすったとたん、航《わたる》はハッとしたように両手で口をふさいだ。そして、

「これ以上はいえない。今ぼくから聞いたこと、絶対《ぜったい》だれにもいわないでね。絶対《ぜったい》だよ」

はげしく首をふりながら、何度もねんをおした。真吾《しんご》が帰ってきた時、『まだ秘密《ひみつ》だから、絶対《ぜったい》だれにもいうな』って、宗太《そうた》にしつこく口どめされたことを思い出した。

「今の話、全部、宗太《そうた》から聞いたの？　いつ、聞いたの？」

けど、質問《しつもん》には答えず、なみだがいっぱいたまった目で、

「ずっとおこってるから、宗太《そうた》くんにも、もう会いたくないよ」

とつぜんベッドにあがると、壁《かべ》のほうを向いて、ごろんと横になってしまった。

（かわいそうに、宗太《そうた》……真吾《しんご》がいない間、ずっとさみしいのをがまんして、がんばってたのに……やっと帰ってきたと思ったら、こんなことになって……）

宗太《そうた》に直接《ちょくせつ》会って、くわしい話を聞いてみようか？　でも、そんなことをしたら、航《わたる》との約束をやぶることになる。それにたぶん、なにも話してくれない気がする。きっとだれにもいえなくて、ひとりでかかえてるのが苦しくなって……航《わたる》だから、つい安心して、しゃべったんだと思うから……。

「ずっとあんたが元気なかったのは、かあさんがいないせいだけじゃなくて、このことが原因《げんいん》だったんだね。よく今まで、ひとりでがまんしたね」

「だれかにしゃべったら、もう絶対《ぜったい》デイジーに会わせないって……」

ふるえる声でいって、頭からふとんにもぐりこんでしまった。

『もう絶対《ぜったい》デイジーに会わせない』

宗太《そうた》のいつもどおりのおどしもんくを聞いて、なんだかちょっとホッとした。

そういえば、デイジーにも何日も会ってなかった。いつの間にか、木戸がまた閉《し》まったままになっていた。気にはなってたけど、航《わたる》がなにもいわないから、こんな時によけいなさわぎを起こさないほうがいいと思ってだまってた。でも、まさか、そんなたいへんなことになってたなんて……。

真吾《しんご》と宗太《そうた》のことももちろんだけど、それ以上に、おじちゃんの話がショックだった。おじちゃんは小さい時から、航《わたる》とわたしを、ほんとうにかわいがってくれた。特に航《わたる》は、「なんたって、男同士だもんな」って、じぶんだけなにかしてもらうと、ものすごくじまんそうに……。わたしと航《わたる》にとって、「理想の父親」のイメージは、イコールおじちゃんだった。

「母の日」はおばあちゃんとかあさんに、「父の日」には、おじちゃんにプレゼントをした。たいていは、あかりちゃんがくれたみたいなカード。おじちゃんのにがお絵の横に、「いつも、ありがとう」のメッセージをそえて――。

「なんだよ。全然、にてない。これじゃ百倍かっこよ過《す》ぎだよ」「髪《かみ》もこんなフサフサしてないし」

真吾《しんご》と宗太《そうた》はぼろくそにいうけど、「そんなことない。そっくりだよ。理央《りお》ちゃん、ほんとに絵がうまいなあ」って、半分てれくさそうに、でも、ものすごくよろこんでくれる。

航《わたる》は一年の時、「『父の日』の参観《さんかん》、おじちゃんがきてくれないかなあ」っていったら、真吾《しんご》と宗《そう》太《た》の後に、ほんとにきてくれたらしい。そして、図工の時間にねんどで作った「潜水艦《せんすいかん》」をプレゼントした。後で見せてもらったら、ただのでこぼこのかたまりにしか見えなかったけど、おじちゃんはちゃんと潜水艦《せんすいかん》ってわかってくれたって。

毎年の運動会も日曜日で、かあさんが仕事でこられないから、真吾《しんご》のおじちゃんが大きなシートを持ってきて、おばちゃんと、おばあちゃんといっしょにおうえんしてくれる。お弁当《べんとう》の時も、すごくにぎやかで楽しい。ただひとつだけ、こまるのは、徒競走や綱引《つなひ》きの時、おじちゃんが大きな声で「理央《りお》ちゃーん、がんばれーっ」って、名前を呼《よ》ぶこと。「はずかしいから、やめて」って、何度いっても、やめてくれない。

そういう開けっ広げな性格《せいかく》や、まわりのみんなにやさしくて、めんどう見のいいとこ……全部、真《しん》吾《ご》が受けついだんだよね。いつかそういったら、

「いやあ、あいつのほうがよっぽどしっかりしてるよ。ルックスはおじちゃんのほうが上だけどな」

なんて、ジョーダンいって、わらってた。

考えたら、おじちゃんとの楽しい思い出がこんなにいっぱい。今まで、あたりまえみたいにそばにいてくれたから、気がつかなかったけど、航《わたる》とわたしにとって、半分「おとうさん代わり」みたいな存在《そんざい》だったんだね……。

（おとうさん代わり）と思って、ハッとした。

本物のおとうさんの話をしたら、航《わたる》はなんていうだろう？　会いたがるだろうか？

（話してみようか？）

壁《かべ》を向いて丸まってるふとんを見ながら、いっしゅん考えた。でも、すぐに思いなおした。今まで、

おとうさんの話なんて一度も聞いたことがないんだから、こんな時にとつぜん、いい出してもきっとわけがわからないよね。それに、わたしだって、おばあちゃんに子どものころのことを少し聞いただけで、ほんとうは、どんな人なのか、まだ遠い霧《きり》の中のぼんやりとした存在《そんざい》……。

真吾《しんご》のおじちゃんが夜おそく、つかれた顔で、お酒を飲んで帰ってきて、おばちゃんといいあらそってるすがたなら、はっきりと目にうかぶけど……そして、胸《むね》がしめつけられそうに、つらいけど……。

それにしても、真吾《しんご》が病気のことでおばちゃんを責《せ》めたなんて、どうしても信じられない。おばちゃんは昔からエリート志向《しこう》で、のんびり屋のおじちゃんに不満を持っていた。そのぶん、成績優《せいせきゆう》秀《しゅう》な真吾《しんご》に期待してたのも知っている。

「おれは、真《しん》にいみたいに頭よくなくてよかったよ」

いつか、宗太《そうた》がけっこうマジな顔でいっていた。「全然期待されてないから、気が楽だ」って……。本心かもしれないけど、同じ兄弟なのにって、複雑《ふくざつ》な気持ちになったのをおぼえてる。

じまんの真吾《しんご》が、じぶんの不注意でこんなことになったと思って、きっとあせって、今まで以上にカリカリしたんだね。

でも、だからって、すべてをおばちゃんのせいにするなんて、全然真吾《しんご》らしくない。モッチ達だって、いってたじゃん。チームのだれかがミスしても、絶対責《ぜったいせ》めないって。真吾《しんご》なら、そうだろな。だから、後輩《こうはい》にもあんなに人気があるんだって、わたしもずっと思ってた。真吾《しんご》がいるから、もし、うちになにかあってもだいじょうぶ。きっと力になってくれるって、ずっと信じてた――。その真吾《しんご》がまさか、宗太《そうた》やおじちゃんに、こんなつらい思いをさせるなんて……。

『おばちゃん、静岡《しずおか》に行ったきりになっちゃうかもって……』

さっきの航《わたる》のことばを思い出した。

（どうしよう……このままじゃ、真吾《しんご》んちがバラバラになっちゃうよ。こんな状態《じょうたい》で、もしかあさんが神戸《こうべ》に転勤《てんきん》したら、おばあちゃんとわたし達を、だれが助けてくれるの？）

ふらふらと立ちあがった。まどから真吾《しんご》の家が見える。木戸をはいったすぐ先に柿《かき》の木が立っている。その木の下に、デイジーの小屋がある。

最後に行ったのは、いつだろう？

ぼんやり考えてるうちに、昔、四人でやった「盗賊団《とうぞくだん》ごっこ」を思い出した。真吾《しんご》と航《わたる》が「毒《どく》グモ団《だん》」、わたしと宗太《そうた》が「マムシ団《だん》」。いろんな場所に暗号のメモを置いて、それを読《よ》み解《と》きながら、敵《てき》がかくした宝《たから》を先に見つけたほうが勝ち。航《わたる》は真吾《しんご》と組めて、ごきげんだったけど、わたしと宗《そう》太《た》は、どっちが親分になるかで、よくケンカした……。

「ねえ、おぼえてる？」

航《わたる》をふり向くと、いつの間にか軽い寝息《ねいき》をたてて眠《ねむ》ってた。

（かわいそうに……よっぽど気ィはってたんだね……）

なみだのすじのついた寝顔《ねがお》を見てたら、もっとずっと昔――わたしが幼稚園《ようちえん》の時のことを思い出した。確《たし》か、航《わたる》はまだ三歳《さい》で、昼間、かあさんに会いたがって、よく大泣きした。そんな日は買い物のじゃまになるから、おばあちゃんがひとりで行ってる間、わたしがいっしょに留守番《るすばん》をした。でも、あんまり聞き分けがないと、頭にきて、どなったりたたいたりして、よけい泣かせたりした。その日はたまたま真吾《しんご》がきていた。一生懸命《いっしょうけんめい》相手をしてくれたのに、どうしても航《わたる》が泣きやまない。なぜそんなことを思いついたのか、「かあさんを呼《よ》んでくるから」と、わたしはとつぜん家を飛び出した。

「おばちゃんの会社、遠いんでしょ?」「電車に乗るなら、お金がいるんだよ」

すぐに真吾《しんご》が追いかけてきて、ひっしにとめたけど、だまってどんどん歩いていった。

「ねえ、駅、こっちじゃないよ」「どこに向かってるの?」

なにをいわれても知らん顔で歩き続けた。たぶん、本気でかあさんを呼《よ》びに行く気なんてなかったんだろう。航《わたる》があんまりわがままをいうから、いやになって、(じぶんもいなくなっちゃえ)って思ったのかもしれない。そのうち、あたりがだんだんうす暗くなってきて、さすがに心細くなった。

「もう、帰ろうよ。おばあちゃん、とっくに帰ってるよ」

真吾《しんご》にいわれて、引き返すことになった。けど、気がつくと、帰り道がわからない。

「確《たし》か、ここ右にまがったよ」「あの赤い屋根、さっき見たよね?」

ああだこうだといいながら、ひっしに道をさがしたけど、どうしても知ってる場所に出られない。

「遭難《そうなん》しちゃったね」

泣《な》きたい気持ちをグッとこらえていうと、

「食料あるから、だいじょうぶ。それに、もうすぐデイジーがぼく達のにおいをかぎつけて、見つけてくれるから」

真吾《しんご》は道ばたにしゃがんで、ポケットからビニールぶくろを出した。そして、中にはいってたおせんべいを半分に割《わ》って、渡《わた》してくれた。けど、おせんべいはカラカラにかわいたのどに引っかかって、ほんのひとかじりしかできなかった。真吾《しんご》はバリバリといせいのいい音をたてて、わたしが残したぶんまで、あっという間に食べてしまった。おせんべいをかじる音が消えると、夕やみが洪水《こうずい》のようにおそってきた。かあさんはいないし、おばあちゃんひとりでこんな遠くまで、さがしにこられるわけがない。もう二度と家に帰れないで、このまま、死んじゃうかもしれない。寒いし、おなかもすいてきた。わたしのぶんまで、おせんべいを食べちゃった真吾《しんご》が、急ににくらしくなって、思いっきり足をけとばした。

「なにすんだよっ」

「デイジー、こないじゃないか。うそつきっ」

「くるよ。ぜったい、くるから。だいじょうぶ」

わたしの背中《せなか》をだきよせて、何度もくり返した。ワアワア声を出して泣《な》きたいのをがまんして、ひっしに真吾《しんご》にしがみついた。

しばらくして、ぐうぜん近所のおばさんが自転車で通りかかって、家まで連れて帰ってくれた。お

ばあちゃんや、真吾《しんご》のおばちゃんにきっとものすごくおこられたはずなのに、その後のことはなにもおぼえていない。

ただ、あれから六年たった今も、真吾《しんご》がかじったおせんべいの音だけは、はっきり耳に残ってる。だんだん濃《こ》くなるやみの中で、「だいじょうぶだよ」って、何度もくり返した声も……。

そう、真吾《しんご》はいつも「だいじょうぶ」っていってくれた。初めて木戸のところで会った時から、なにがあっても、「だいじょうぶ」って……たとえ、声には出さなくても、ずっとそうやってそばにいてくれた……。

なのに、いったい、なにが起きたの？　これじゃまるで、真吾《しんご》自身が、あの深いやみの中で、まいごになったみたい……。

（真吾《しんご》が、まいご……？）

じぶんの考えたことに、思わずギョッとした。

（まさか、そんなはずないよね？　真吾《しんご》はいつだって、みんなのたよれるリーダーだったんだから……。でも、もし、そのリーダーがまいごになったら……だれが助けてくれるの？）

航《わたる》はまだ眠《ねむ》ってるのか、ベッドの中で身じろぎもしない。

（ほんとに、どうすればいいんだろう……）

けど、これは真吾《しんご》だけじゃない、おじちゃんとおばちゃんが関係した、家族みんなの深刻《しんこく》な問題だから……やっぱりおばあちゃんに相談するしかないのかもしれない。と、ちょうどその時、

「ただいま」

げんかんから、おばあちゃんの明るい声が聞こえてきた。急いで、むかえに出ていくと、

「あー、楽しかった。ありがとね。小幡《おばた》さんも、カードを見て、とってもよろこんでたよ。理央《りお》にも、よくお礼をいってくださいって」

めずらしくこうふんしたようすで、うれしそうにいった。その顔を見ながら、せっかくひさしぶりにこんな楽しい気分になれたのに、それを台なしにするような話は、きょうはやめようと決めた。

おばあちゃんは、夕ごはんのしたくの間も、食事中も、カエルのおばあちゃんがどんなによろこんだか、お教室のみんながあかりちゃんのカードをどんなにほめたか、何度もくり返し、うれしそうに話してくれた。

「あかりちゃん、こんなに絵がじょうずなんだから、今度はあかりちゃんが絵を描《か》いて、セーターを編《あ》んでもらったらいいのに」

ふと思いついて、そういうと、

「ああ、そうだねえ。そんなことができるといいねえ。小幡《おばた》さんも、ますますがんばって、うでをみがかなきゃ。また新しい楽しみがふえたよ」

おばあちゃんは、なんだか急にはりきったようすで、わたしまでうれしくなった。でも、あいかわらず、心の半分は真吾《しんご》の家のことで重くしずんでた。航《わたる》も暗い顔で、もくもくと食べ続けた。

（思いきって、真吾《しんご》に会いに行こうか？）

ベッドにはいって、うす暗い天井《てんじょう》を見ながら考えた。

でも、この間のおじちゃんのつかれた顔や、航《わたる》が宗太《そうた》から聞いた話のようすでは、そうかんたんに会わせてもらえないだろう。

結局、眠《ねむ》りにつくまで、いい考えはうかばなかった。


朝、起きると、めずらしく航《わたる》が先に目をさましていた。あいかわらず元気のない顔で、ぼんやりとベッドの天井《てんじょう》をながめてる。

「おはよっ、早いね」

わざと明るく声をかけると、ビクッとしたようにこっちを向いて、

「おなか、痛《いた》い。学校、行きたくない」

頭から、ふとんにもぐりこんでしまった。きのう、わたしに打ち明けたことで、長い間はりつめてた気持ちがプツンと切れたのかもしれない。つらいのはわかるけど、学校を休んでも、どうにもならない。それこそ、おばあちゃんに心配をかけるだけだ。

「うそでしょっ。だめよ」

「ほんとにおなかが痛《いた》いんだから」

ぐずぐずいうのを、

「いいから、起きなさい」

力ずくでベッドから引きずり出して、着がえをさせた。


「きょうは学校までいっしょに行こう」

肩《かた》にうでをまわして門を出たとたん、

「えっ、いいよ」

だれかに見られたら、はずかしいと思ったのか、あわててパッとわたしからはなれた。そして、急ぎ足で由樹奈《ゆきな》の家の前を通り過《す》ぎると、ひとりで先に行ってしまった。

チャイムをおすと、一分もしないうちに由樹奈《ゆきな》が出てきた。最近はいつもこんな感じ。ママに起こされる前に、目覚ましのベルで起きるようにしたらしい。それでも朝が苦手なのは変わらないから、半分眠《ねむ》ったようなボーッとした顔で出てくる。ところが、

「おはよっ」

今朝はめずらしくシャキッとしていた。なにか、いいことがあったんだろうか？　こんなはりきった由樹奈《ゆきな》を見るのは、ひさしぶりだ。

ふたりで門を出たところへ、ちょうど宗太《そうた》が通りかかった。最近、わざと時間をずらしてるのか、ずいぶん長いこと、顔をあわせてなかった。

「あ、宗太《そうた》、おはよう」

思わずドキッとして、あわてて声をかけた。

「真吾《しんご》くん、どんな調子なの？」

由樹奈《ゆきな》が聞いたとたん、プイッと顔をそむけて、にげるように走っていってしまった。

「ちょっとォ、なんなのよ、あの態度《たいど》？」

由樹奈《ゆきな》がムッとした顔で、宗太《そうた》の後ろすがたをにらんだ。すぐ前を歩いてる航《わたる》のことが気になって、いっしゅん追いかけようか、まよった。どうせまた知らん顔されるだろうけど、しつこく聞けば、チラッとでもなにか話すかもしれない。でも、航《わたる》がいない時のほうがいいかな……ぐずぐずまよってると、

「ねえ、理央《りお》、あたし、やっぱり受験やめようと思うんだけど」

由樹奈《ゆきな》がとつぜん、キリッとした声でいった。

「何日も考えて、やっと決心したの。塾《じゅく》のこともあるし、やめるんなら、今のうちだよね」

「うん、そうだね」

宗太《そうた》に気をとられて、つい、いいかげんに返事したとたん、

「真剣《しんけん》な話なんだから、ちゃんと聞いてよっ」

いきなり、キンキン声でどなられた。

「ごめん……でも、今、ちょっとそれどこじゃなくて……」

「それどこじゃないって、どういう意味？」

いつになく、けわしい目つきでせまってくる。

（よりによって、なんで、こんなタイミングの悪い時に……）と思ったけど、ほっとくわけにもいかず、宗太《そうた》を追うのはあきらめた。そして、注意深く、ことばを選ぶようにしていった。

「由樹奈《ゆきな》も知ってると思うけど、今うちはかあさんがいないし、宗太《そうた》も真吾《しんご》やおばちゃんのことで、いろいろたいへんなの」

「わかってるわよ。でも、あたしだって、だいじな話なの」

由樹奈《ゆきな》はしつこくいいはった。イライラする気持ちをひっしにおさえて――けど、つぎのしゅんかん、思いもかけないことばが口から飛び出した。

「だから、受験するかどうかでしょ？　何度もいったけど、それは由樹奈《ゆきな》自身が決めることなの。由《ゆ》樹奈《きな》は、じぶんのことだけ考えてればいいんだから、なやむ時間はじゅうぶんあるでしょっ」

じぶんでもびっくりするほど、きついいいかただった。

「なにそれ？」

由樹奈《ゆきな》の顔色が変わった。いつもなら、ここでやめるはず。なのに、かってに口が動いた。

「由樹奈《ゆきな》は、家族のことでなにも問題がないから、わたしや宗太《そうた》が今、どんなにたいへんかわからないのよ」

いってから、（しまった）と思ったけど、あえていいなおさなかった。だって、ほんとのことだから。いっしゅんの間の後、

「理央《りお》こそ、あたしの気持ちなんて全然わかってないじゃないっ！」

由樹奈《ゆきな》が、すごいけんまくでどなり返した。

「ねえ、あたしの気持ち、本気で考えたことある？」

「由樹奈《ゆきな》の気持ち？」

ギラギラ光る目に、思わずドキッとした。

「あたしだって、いろんななやみ、あるのよ。なのに、どうしていつも、なにも知らないバカな子みたいにいうの？」

「バカなんて、いってないじゃない」

「カエルのことは、あんなに一生懸命《いっしょうけんめい》してあげて……」

「えっ、でも、それは……」

「おかあさんとべつべつに暮《く》らしてたり、なにか特別な事情《じじょう》がないと、だめなの？」

由樹奈《ゆきな》のけんまくにおどろきながらも、正直に思ってることを口にした。

「だって、今の由樹奈《ゆきな》に、特別心配なことがないのは事実だから」

「なんで、そんなこと、かってに決めつけるの？」

由樹奈《ゆきな》はますます激《はげ》しい口調でかみついてきた。

「病気の家族もいなくて、ひとりっ子で、お金の心配もないから、それで満足しろっていうの？　だまってパパとママのいうことを聞いてればいいっていうの？　なにか不満があるのは、ぜいたくだっていうの？」

「……」

正直、答えられなかった。心の中では半分くらい、由樹奈《ゆきな》のいったとおりだと思ってたから……。

でも、どうして今なの？　よりによって、こんな日に……なんで由樹奈《ゆきな》と、こんなところでいいあらそわなきゃならないの？　もしかして、ゆうべ、また受験のことで、ママとケンカしたの？　確《たし》かに由樹奈《ゆきな》にとっては、切実な問題かもしれない。でも、今のわたしには由樹奈《ゆきな》のことまで考えるよゆうがないの。

「つまり、受験やめればいいんでしょ？」

気がついたら、つきはなすようにいっていた。

「そんな単純《たんじゅん》な話じゃないんだって」

「じゃあ、どんな話なの？」

正面きって、にらみあった。由樹奈《ゆきな》とここまでやりあうのは初めてだった。いつもなら、とっくにどっちかがやめている。でも、きょうはどうしても、じぶんから引きさがる気になれなかった。長い時間に感じたけど、ほんの二、三秒だったと思う。由樹奈《ゆきな》はとつぜんプイッと視線《しせん》をそらせて、

「それがうまくいえないから、こまってんじゃない。もっと、ちがう家に生まれればよかった」

はきすてるようにいった。

「どうして、そこまでいう必要があるの？」

半分あきれて、半分本気でおどろいた。

「だれがどう考えたって、そんな不満を持つような家じゃないでしょ？」

と、わたしの質問をはぐらかすように、足早に五、六歩先まで歩いてから、

「ねえ、理央《りお》はべつの人間になりたいって思ったことある？」

とつぜん、おかしなことを聞いてきた。

「全然べつのだれかだったらいいのにって……よく映画《えいが》や物語の主人公にあこがれたりするでしょ？でも、そういうんじゃなくて、もっと現実的なだれか……」

「なんなのよ、急に……」

「あたしはあるよ。理央《りお》になりたいって思ったこと、何度もある」

まっすぐ前を向いて、なおも足早に歩きながら、少しふるえる声でいった。わたしはびっくりして、由樹奈《ゆきな》の背中《せなか》をあわてて追いかけた。

「あたしね、ここに引《ひ》っ越《こ》してきた時、こんな世界があるんだって、ほんとにおどろいた。あのすてきなお庭ももちろんだけど、初めて会った時から、おばあちゃんもおばさんも、理央《りお》や航《わたる》くんとおなじ、じぶんの家の子みたいに、やさしくしてくれて……となりの真吾《しんご》くん達とも、まるでひとつの家族みたいに仲よくしてて……」

そこでいっしゅん、ためらうようにことばをきって、思いきったように先を続けた。

「そりゃ、おとうさんはいないかもしれないけど……そのぶん、まわりのみんなに大切にされて……

そんな理央《りお》が、すごくうらやましかった。ずっとずっと、うらやましかった」

そういって、キュッとくちびるをかみしめた。

（……知らなかった……由樹奈《ゆきな》がわたしのこと、そんなふうに思ってたなんて……）

「でもね……」

口をはさもうとしたわたしの声を急いでさえぎって、さらに重い口調でいった。

「この前、真吾《しんご》くんのことで、牧原《まきはら》のおにいさんがいってたってこと——学校なんかほっといて、じぶんの勉強に専念《せんねん》したほうがいいって……理央《りお》、すごくおこったでしょ？　でも、あたし、ちょっとわかるような気がしちゃったんだよね。あたしもいつも、受験受験って、うるさくいわれてるから」

おどろいて、由樹奈《ゆきな》の顔を見た。わたしのその目をキッとにらみ返して、

「ひどいって思う?」

いどむように聞いてきた。

「教育ママって、どういう意味か、教えてあげようか。だいじなのは、じぶんの満足で、娘《むすめ》の気持ちなんて、二のつぎなの。そういうの、理央《りお》、絶対《ぜったい》わかんないでしょっ！」

はきすてるようにさけぶと、パッとかけ出していった。頭のてっぺんから足先まで、全身でわたしを拒絶《きょぜつ》するように、肩《かた》をいからせた後ろすがたが遠ざかっていくのを、ぼうぜんと見送った。あの日から、由樹奈《ゆきな》のようすがずっとおかしかったのは、そういう理由だったんだ。でもね、由樹奈《ゆきな》がうらやましいって思ってる、わたしの大切な世界が、今バラバラにこわれそうになってるんだよ……。

6

学校についた時、由樹奈《ゆきな》は教室にいなかった。いっしゅん、どうしようとまよったけど、航《わたる》のようすが気になったので、先に四年一組に行ってみた。ひとりでポツンとしてるかと思ったら、クラスの友達と楽しそうにしゃべってた。

（なんだ、心配することなかった）

ホッとして、そのままもどりかけて、きょうの放課後、ＦＣの練習があることを急に思い出した。ちょうど友達のひとりがわたしに気づいて、航《わたる》がふり向いたから、手まねきして呼《よ》んだ。

「だいじょうぶそうだね。もしいやだったら、ＦＣの練習は休んでいいからね」

「うん。でも、たぶん出る」

友達に会って気がまぎれたのか、すっかり元気になっていた。むりやり連れ出してきて、よかった！

宗太《そうた》のほうは——学校では話せない。二、三日、ゆっくり考えようと思った。

教室にもどると、由樹奈《ゆきな》はじぶんの席にすわっていた。ふだんはそんなことしないのに、机《つくえ》の上に教科書やノートを広げて、熱心に勉強するふりをしている。とてもこっちから話しかけられるようなふんいきじゃなかった。しかたなく、じぶんの席にすわって、重苦しい気分でいると、

「夏まつりのこと、考えてきた？」

とつぜん、となりの席の中山《なかやま》さんが話しかけてきた。

「男子にまかせると、へんなことばかり考えるから、なにかいい案出してって、松永《まつなが》さんにいわれたけど、なかなか思いつかないのよねえ」

いわれて、ハッと思い出した。きょうの六時間目の学級会で、クラスのお店をなににするか、決めることになってたんだ。ここんとこ毎日、休み時間になると、

「五年のどっかのクラス、紙しばい屋やるらしいぜ。ボール紙で、でっかいの、作るって」「前、子ども会の行事で、流しそうめんやって、けっこうもりあがったけど、食いもんはだめなんだよな」

モッチ達があぁだこうだとさわぐ声は、ぼんやり聞いていた。でも、それどころじゃなかったから……。

「おまつりっていったら、金魚すくいとか、ヨーヨーつりとか……後はだいたい食べ物だもんねえ」

「そうよねえ」

あわててうなずきながら、学級会までに、なにかひとつくらい考えなきゃって思った。真吾《しんご》がいなくなって、一度は中止になりかけたのを、カエルががんばって、やれることになったんだから、わた

しも協力しなきゃって……。でも、中山《なかやま》さんのいうように、いざとなると、全然いいアイデアがうかばない。まわりのみんなも同じらしく、授業《じゅぎょう》が始まっても教室がザワザワと落ち着かなかった。

「こらっ、夏まつりの話は六時間目まで、待て。今は算数！」

トンビが何度どなっても、おしゃべりがやまないから、結局午後の二時間を学級会にあてることにしてくれた。

「やったあ！　さすがトンビ」「おれら、トンビのクラスでしあわせだなあ」「ほんと、世界一しあわせ」

「こらこら、おせじはいいから」

オーバーにだきあったり、おどったり、はしゃぎまわるモッチ達をおさえて、きびしい顔でビシッといった。

「そのかわり、四時間目までは、しっかり勉強するぞ。またうるさくしたら、五時間目の学級会はとり消すからな」

——というわけで、その後の授業《じゅぎょう》は、これがほんとに二組かと、信じられないほどの静けさだった。

それで一気に結束が高まったのか、一時間目が終わって、休み時間になると、クラスのほとんどの男子がモッチやカエル、岡田《おかだ》くんのまわりに集まって、熱心に相談を始めた。

「おれ、やっぱ射的《しゃてき》がいいと思うな。神社のまつりの時、一番もえる」「射的《しゃてき》かあ。カッコいいけど、銃《じゅう》はどうすんだよ？」

「射的《しゃてき》なんて、あぶないから、だめに決まってるじゃないねえ？」

女子も自然に松永《まつなが》さんのまわりに集まった。由樹奈《ゆきな》はと見ると、知らん顔で、じぶんの席にすわったまま。でも、こういう時、いつもそんな感じだから、だれもなにもいわない。

「割《わ》りバシでっぽうなら、あぶなくないんじゃないか？」「けど、一年生には、むずかしいだろ」「そうだよ。一年にできるやつじゃないと」

大野《おおの》くんや岡田《おかだ》くんがあれこれいいあってると、

「あれだ！」

とつぜんなにかを思いついたように、モッチがさけんだ。

「前行った遊園地でさ、オニの腹《はら》にボールをあてたら、ガオーッてなるやつ。すげえ迫力《はくりょく》あって、おもしろかったぜ」

「ガオーッ」のとこで、両うでを頭の上にあげて見せた。

「おっ、それ、いいかも。オニじゃなくて、トンビの顔にしたら、うけるぞ」

大野《おおの》くんがいって、みんなでギャハハハわらった。

「まったく、つぎつぎとバカなこと、思いつくわねえ」

もりあがってる男子達を横目に見ながら、

「わたし達も、早く考えなきゃ」

あせっても、なかなかいい意見が出ない。

「けど、そのガオーッてやつ、どうやって、作るんだよ?」「だれかがお面かぶって、オニになればいいじゃん。Tシャツのおなかに丸書いて、そこに命中したら、ガオーッ」「おおっ、いい。ぜってえ、うける」「六年生にボールぶつけるなんて、あいつら、すげえよろこぶぞ」

男子達はますますもりあがって、だんだん意見がまとまってきたみたいだった。

「そんならんぼうなの、絶対《ぜったい》いや」「わたしも」といいながら、こっちはすぐ、わたあめとか、あんずあめとか、食べ物の話ばかりでもりあがって、対抗《たいこう》できるだけの強力な意見がどうしても出ない。

昼休みいっぱいかかって、結局、わたしが出した「紙で作った金魚すくい」と、松永《まつなが》さんの「ねんどでかわいい動物を作って、なぞなぞをといた子にあげる」という、ふたつの案にしぼることになった。

そして、いよいよ学級会が始まって——女の子全員の意見として、中山《なかやま》さんが提案《ていあん》すると、予想どおり、男子達からいっせいにブーイングが起こった。

「紙の金魚すくいなんて、じみ過《す》ぎもいいとこだよ」「六年生なんだから、もっと強烈《きょうれつ》なインパクトがなきゃ」「そうそう。下級生を思いっきり、楽しませようっていう、すて身のサービス精神《せいしん》だよ」

モッチやカエル達にぼろくそにいわれて、くやしいけど、正直なにもいい返せなかった。

「だからって、そんならんぼうなゲーム、やりたくないです」

松永《まつなが》さんがキッといい返して、完全に男子対女子のいいあいみたいになってしまった。と、その時、

ずっと興味《きょうみ》なさそうにだまりこんでた由樹奈《ゆきな》が、

「べつに、いいんじゃない？　ちっちゃい子って、そういうの、すきだから」

つぶやくようにボソッといった。

「おっ、高岡《たかおか》、わかってるじゃん」「そうなんだよ」

モッチ達がぜんいきおいづいて、「オニ退治《たいじ》ゲーム」がいかにおもしろいか、さらに熱心にアピールしてるうちに、少しずつ教室の空気が変わり始めた。

「あたっても、痛《いた》くない、やわらかいボール作ったら、いいかもね」「オニのおなかになにかいれれば、安全だし」「みんなでお面、作るのも、楽しそうね」

だんだんそんな意見が出てきて、多数決の結果、ほぼ全員一致で「オニ退治《たいじ》ゲーム」をすることに決まった。

オニの役は何人かが交替《こうたい》で希望者がなる。投げるボールは三こずつ。主に女子が作る。一年から四年の人数ぶんのお面を、全員で手わけして作る。あてた子にすきなお面をあげる。だめだった子にも、残念賞を用意する――など、話しあってるうちに、

「節分じゃなくて、夏まつりだから、オニより、お化けのほうがいいんじゃないか？」

カエルがいい出して、最初は「日本のお化け」だったのが、フランケンやドラキュラもいたほうがおもしろいってことで、最終的に「世界のお化け退治《たいじ》ゲーム」に変更《へんこう》。細かいことは、またつぎの学級会で相談することになった。

帰りの会が終わって、後ろをふり向くと、由樹奈《ゆきな》はすでにいなかった。学級会で発言したから、少しは気分が変わったかもしれないと期待したけど、やっぱり本気でおこってるんだと、胸《むね》がズキンとした。

まだ夏まつりの話題でもりあがってるみんなをさけるように、急いで帰りじたくをすませて教室をぬけ出した。昇降口《しょうこうぐち》でくつをはきかえて、校庭に出たとたん、

「おーい、村瀬《むらせ》」

後ろからカエルが追いかけてきた。

「あかり、お礼のカード、送ってきたんだってな。きのう、編《あ》み物《もの》教室で見せてもらったって、ばあちゃん、すげえよろこんでたぞ」

ハアハア息をきらせながら、はずんだ口調でいった後、

「なんで、教えてくれなかったんだよっ。おれも見たかったのに……」

おこったようにブッと口をとがらせた。

「……ごめんね、ちょっとゴタゴタしてて……」

「ああ、かあちゃんが神戸《こうべ》に出張《しゅっちょう》に行ってるんだっけな。かあちゃん、いないと、たいへんか？」

「べつに、そういうわけじゃないけど……」

もごもごいったとたん、カエルの家の事情《じじょう》をハッと思い出した。

「そういえば、ずっと聞いてなかったけど、名古屋《なごや》のおじいちゃんのぐあいはどうなの？」

「まあ、なんとか……それより、どしたんだよ？　高岡《たかおか》とケンカしたのか？」

「えっ、なんで？」

思わずドキッとして聞き返した。

「なんでって、明らかにおかしいだろ。いつもあんなベッタリなのに」

ずっとモッチ達とさわいでたのに、いつの間に見てたんだろう？　けど、今さらごまかしてもしょうがない。

「うん、ちょっと……」

正直にうなずくと、

「あいつ、すっげえ気が強いからなあ」

「すっげえ」のところに、思いっきり力がはいってて――ついわらってしまった。

「カエルにも、よくつっかかってるもんね」

「ほんとだよ。なにが気にいんないのか、顔見りゃ、ツンケンして……だから、なるべく近よらないようにしてたら、この前、いきなり向こうから話しかけてきて、びっくりしたよ」

「由樹奈《ゆきな》が？」

「うん。『名古屋《なごや》の学校に、仲いい友達いた？』って。『そりゃ、いたさ』っていったら、どのくらい仲よかったのかとか、こっちに転校する時、どんな気持ちだったかとか、今も連絡《れんらく》とってるかとか……いろいろ聞いてきてさあ……あいつも、二年前、引《ひ》っ越《こ》してきたんだって？」

「あ、うん……」

「まだ三年の終わりだったから、すぐこっちになじんだけど、今だったら、どうだったかなあ？　なんて、しんみり考えこんじゃってさあ……高岡《たかおか》、また引《ひ》っ越《こ》す予定でも、あんのか？」

「そうじゃなくて……たぶん、わたし達と別れて、私立《しりつ》に行くの、まよってるんだと思う」

今朝、由樹奈《ゆきな》がいったことばが鮮明《せんめい》によみがえって、胸《むね》がドキドキした。

カエルにまで、そんなことを聞くくらい、本気でなやんでたんだ……。どうせ受験するんだからって、今まで由樹奈《ゆきな》の話を一度も真剣《しんけん》に聞いてあげなかった……。

「へえ、そうなのか？　意外だなあ。どこでもひとりでへっちゃらって顔してるのに……」

すごくおどろいたようすで、

「そういやあ、あいつ、ちょっとあかりににてるかもな」

ボソッとつぶやくようにいった。

「あかりちゃんに？」

「うん……めちゃくちゃ気が強いくせに、ほんとはさみしがりやで……」

「へえーっ」

今度はわたしがおどろく番だった。

「じゃ、カエル、由樹奈《ゆきな》のこと、すきなんだ」

「ゲッ、なんでそうなるんだよ?」

「だって、あかりちゃんのこと、すごくすきでしょ?　そのあかりちゃんににてるってことは、由樹《ゆき》奈《な》もすきってことじゃない」

「バーカ、なにいってんだよ。ほんのちょこっと、百万分の一だけ、にてるとこがあるっていっただけだよ」

「ムキになるとこがあやしい」

おもしろがって、からかったら、

「こらっ!　それ以上いったら、ぶんなぐるぞ」

本気でおこった顔して、こぶしをふりあげたから、「キャーッ」とさけんで、校門の外に走ってにげた。カエルはすぐに追いかけてきて、

「よかった。ちょっと元気になったな」

ハハッとわらった。

「えっ?」

「いや、ここんとこ、ずっと元気なかったからさ」

思わず、その顔をまじまじと見つめた。

「カエルって、変わってるね」

「えっ、なんで?」

「だって、いつも、まわりのだれかが元気とか、元気ないって、気にして……」

「あ、まあな……けど、元気ないより、あったほうがいいじゃん」

てれくさそうに、またハハッとわらって、

「ちょっと、より道しないか？」

とつぜん、思いついたようにいった。

「より道って、どこに？」

「へへっ、おれの秘密《ひみつ》の特訓場」

「秘密《ひみつ》の特訓場……って、なにそれ？」

「いいからいいから」

そういうと、わたしの家と反対の、いつもじぶんが帰る方向にさっさと歩き始めた。学校の帰りに通学路以外の道を通ったり、より道は禁止《きんし》。けど、このまま家に帰っても、どうせまた真吾《しんご》や由樹奈《ゆきな》のことをぐずぐず考えるだけだから……思いきって気分転換《てんかん》に、ついてってみようと決めた。

夏まつりのさわぎですくわれたとはいえ、せまい教室の中で、由樹奈《ゆきな》のようすをずっと気にしてたから、こうして外の空気をすって、いつもとちがう道を歩くのは、それだけで、ちぢこまってた体と心がパアッと解放《かいほう》されたような気分だった。

郵便局《ゆうびんきょく》の角を右にまがって、くすのき台公園の横を通って、なだらかな坂をおりていく。

「あっ、このまま行ったら、川に出るでしょ？」

「そうだよ。この道、通ったことあるの？」

「前によく、真吾《しんご》とデイジーの散歩をさせたから」

いってから、（しまった）と思ったけど、

「デイジーって、杉浦《すぎうら》くんちのイヌだろ？　ばあちゃんに聞いたよ」

カエルはなんでもないことのようにサラッといった。

そっか。おばあちゃん、カエルのおばあちゃんになんでも話してるんだ。だから、きのう、お教室から帰ってきた時も、あんなに晴れ晴れとした顔してたんだ。いくらなんでも、おとうさんのことまでは話してないと思うけど……。「週に一度の大切な息ぬきなのよ」って、かあさんがいってたことばの意味をあらためて感じた。

だらだら坂を下までおりて、川にそった道に出ると、

「さ、ついたぞ」

カエルはとつぜん足をとめた。

「えっ、ここ？」

幅《はば》三メートルくらいの、コンクリートでかこまれた小さな川。近くを流れる矢代《やしろ》川の支流《しりゅう》らしいけど、どこでつながってるのかは知らない。川の上に、一メートルより少しせまい間隔《かんかく》で、幅《はば》十センチくらいのコンクリートの横木が渡《わた》してある。前におばあちゃんに聞いたら、たぶん川にかってには いったり、粗大《そだい》ゴミをすてさせないためのものじゃないかって。こっちの川岸にはアスファルト道路

との間にせまいジャリ道が、向こう側には川にそって並《なら》んだ建物の塀《へい》との間に、人がひとり歩いて通れるくらいの土手が続いてる。

「そう。ここが、おれの秘密《ひみつ》の特訓場」

わたしの反応を楽しむように、胸《むね》をそらせてニヤッとわらった。

「ここが特訓場って、どういうこと？」

「いいから、ちょっと見てて」

いきなり足もとに投げおろすようにバッグを置くと、コンクリートの横木に近づいていった。

（あ！）とピンときた。

「わかった。ここ、走って渡《わた》るんでしょ？」

ずっと前に真吾《しんご》ときた時に、わたしもやった。真吾《しんご》がとつぜん、デイジーのリードをわたしに持たせて、コンクリートの上を歩き出した時はびっくりした。初めは平均台《へいきんだい》を渡《わた》るように、ゆっくりと歩いて向こうに行って、またもどってくる。そのうち、だんだん速くなって、最後は走り出した。見てるだけでワクワクして、わたしもすぐにやりたくなった。「理央《りお》はあぶないから」って真吾《しんご》は反対したけど、わたしがどうしてもやりたいというと、「じゃ、足もとをよく見て、ゆっくり歩くんだぞ」って。いわれたとおり、初めは足をするように少しずつ前に動かして……でも、向こうまで、ぶじ渡《わた》れて、何度も行ったりきたりをくり返すうち、なんだかサーカスの綱渡《つなわた》りをしてるように楽しくなってきて、最後は一気に走って渡《わた》った。そしたら、真吾《しんご》にものすごくおこられた。

「走るなっていったろ」「真吾《しんご》だって、走ったじゃん」「おれはいいんだよ。けど、あぶなっかしくて、見てるとハラハラするから、理央《りお》はだめ」「そんなの、ずるいよ」「いうこと聞かないなら、もうデイジーの散歩に連れてきてやんない」

となりのふたりは、なにかっていうと、すぐデイジーのことを持ちだして、ほんとずるいんだから……。

カエルがコンクリートの横木をゆっくりと歩き始めた。

「なんだ、歩くんだ。特訓なんて、おおげさなことといって……」

真吾《しんご》のことを考えてたから、ついにくまれ口が出た。ちょうど真ん中くらいまで進んでたカエルは、とつぜん立ちどまった。なにかいい返してくるのかと思ったら、だまって川の流れの方向に体の向きをかえた。そして、オリンピックの体操《たいそう》選手のように、右手をサッとあげると、

「行きますっ」

一言さけんで、とつぜん走りだした。コンクリートの横木を、向こうに渡《わた》るんじゃなく、川の上を――まるで宙《ちゅう》にういた飛び石をけるように、ピョンピョン走ってく。

（すごい！）

気がついたら、カエルを追いかけて、川べりを走り出していた。

（すごい！　すごーい！）

横を見ながら、むちゅうで走ってたら、小石につまずいて転びそうになった。あわてて立ちどまると、カエルも少し先でとまった。そして、カニ歩きでこっちにもどってくると、息をハアハアさせながら、

「きょうは、ここまで」

やっとちょっとホッとした顔でわらった。

「すごい！　でも、あぶないよ。こわくないの？　失敗したら、大ケガするでしょ」

「そうだよ。ゆっくりだと足が届《とど》かないから、いきおいよく走らないとだめなんだ。もし、ちょっとでもくるったら、コンクリートの角に向こうずねをえぐられて、肉がつぶれたサケみたいにグシャッ

となって、血がだらだら流れて……」

「やめてよ」

けど、カエルはやめずに、しゃべり続けた。

「飛びながら、いつもそのことばかり考えるんだ。いっしゅんでも、気をゆるめたり、チラッと他《ほか》のことを考えたら、終わり。頭をからっぽにして、飛ぶことだけを考える。どこまで飛び続けられるか、こわさとの勝負なんだ。目標は、ほら、あそこの橋まで。二十メートルくらいあるかな？　それを一気にかけぬける」

「どうして、こんなこと思いついたの？」

「じつはおれ、高所恐怖症《きょうふしょう》なんだ」

「えっ？」

意外な答えに、思わず顔を見返した。

「だから、こういうとこ、ほんとはすっごい苦手なんだ」

「だったら、なんで？」

「あかりに勝つため」

ヘラッとわらって、足もとの地べたにしゃがみこむと、ジョーダンともつかない口調でいった。

「あかりちゃんに？」

わたしもとなりにしゃがんで聞いた。カエルはこくんとうなずいて、なにかを思い出したようにクスッとわらった。

「あいつ、昔から、すげえおテンバでさ、高い木にのぼったり、わざとガケすれすれの道歩いたり、あぶないことするのがすきで……おれがこわがると、おもしろがって、よけいやるんだよ。海に行くと、堤防《ていぼう》ってあるだろ？　いつかもあの上にのぼって、いきなりすごいスピードで走り出して……『わあっ、風になって、空飛んでるみたい』って……堤防《ていぼう》の反対側は海だぜ。おれなんか、のぼるのもむりだから、『やめろよ。落ちたら、どうすんだよ』って、ひっしにとめようとして、堤防《ていぼう》の下走ってたら、おれのほうが転んじゃって……でかいたんこぶ作ってさ」

「やだ、カエルったら、運動神経《しんけい》よかったんじゃないの？」

思わずケラケラわらったら、

「運動神経《しんけい》と、むちゃはちがうんだよ」

ブスッと口をとがらせた。

「けど、あかりはむちゃじゃない。今まで一度もケガなんかしたことないっていうんだ。確《たし》かに、あいつ、運動神経《しんけい》バツグンで、走るのも学年の女の子で一番速いんだ。『あぶないって思うから、転ぶのよ』って、泣いてるおれ見て、ゲラゲラわらいやがった。たんこぶ、すげえ痛《いた》くて、なかなかおんなかったんだぜえ」

その時の痛《いた》さがよみがえったのか、腹立《はらだ》たしそうにくちびるをかんだ。

「それで、あかりちゃんに勝つために、こんなこと始めたってわけ？」

「まあ、それだけじゃないんだけどな」

カエルは急にいいにくそうに口ごもった。

「最初にここ通った時――きっといつもやってたんだろうな。モッチ達がいきなり、コンクリートの上、走り出して……そのうち、だれが一番速く行って帰ってこれるか、時間はかって競争しようって……けど、おれ、高所恐怖症《きょうふしょう》だから、むりっていったら、下まで二メートルもないじゃんって、わらわれて……」

確《たし》かに、川底《かわぞこ》までは、ちょうどわたしの身長ぐらい。「高所」っていうほどの高さじゃない。

「『おまえ、遊びならなんでもって、いったろ。おれらだって、ケン玉、ひっしに練習したんだから、おまえも練習しろ』って、けしかけられて……」

「確《たし》かに、遊びの達人が高所恐怖症《きょうふしょう》って、ちょっとカッコ悪いかもね」

「そういうなよ。チビの時からの、ゆいいつの弱点なんだからさ」

「ゆいいつの、ね」

思わずクスッとわらってしまった。

「とにかく、そんなわけで、高所恐怖症《きょうふしょう》なんて、そうかんたんに克服《こくふく》できるもんじゃないけど、これはひょっとして、あかりを見返してやる絶好《ぜっこう》のチャンスかもって……一大決心して、ひとりで練習してるうちに、とつぜん思いついたんだ。これ、横じゃなく、縦《たて》に走ったら、あかりだって、きっとおどろくぞって」

「でも、あかりちゃん、名古屋《なごや》にいるんだから、見せられないじゃない」

「そのうち、夏休みか冬休みか、いつかこっちにきた時に……」

どうしてそこまでって思うけど、強い決意をかためるように、キッと目の前を見すえた。

それにしても、あかりちゃんて、カエルにとって、すごく大きな存在《そんざい》なんだね。ほんとの姉弟《きょうだい》でも、ふつうそこまで……あ、でも、逆《ぎゃく》にいとこだからか。由樹奈《ゆきな》も純《じゅん》ちゃんの話をよくするもんね。

わたしも年上のいとこがいたらいいなあって、聞いてて、いつもうらやましくなる。

「特訓の話はわかったけど、どうしてわたしをここに連れてきたの？」

さっきから、ずっと気になってたことを聞いた。

「村瀬《むらせ》、杉浦《すぎうら》くんのことが心配なんだろ？」

とつぜん、思いもよらないことばが返ってきた。

「えっ？」

「いや、ばあちゃんにちょっと聞いたから……」

「おばあちゃんに、なにを聞いたの？」

思わず、強い調子でつめよった。

「べつにたいしたことは……モッチ達が話してたのと、同じようなこと……ただ、となり同士で兄妹《きょうだい》みたいに仲よく育ったって……。それとほら、杉浦《すぎうら》くんがしばらく学校にこられないって連絡《れんらく》がはいった時、となりのクラスのやつに、すごいいきおいでかみついてたろ」

「えっ、あれも見てたの？」

「村瀬《むらせ》のことは、全部見てるんだよ。なんちゃって、ハハッ」

ジョーダンみたいにいってから、

「やっぱ、病気のことが心配なのか？」

急に真顔になって、わたしの目を真っすぐのぞきこんだ。その表情《ひょうじょう》があまりに真剣《しんけん》だったからか、

「それもあるけど……」

思わず、正直に答えていた。

「おばあちゃんのいうとおり、小さいころから、わたしにとって、ずっとほんとのおにいちゃんみたいな存在《そんざい》で……」

あかりちゃんの話を聞いたばかりだったせいかもしれない。気がつくと、今の気持ちを一生懸命《いっしょうけんめい》説明しようとしていた。

「いつもたよりにしてて……真吾《しんご》なら、なにがあっても、ビクともしないって思ってたのに……」

「そうじゃなかったのか？」

聞き返されたしゅんかん、思わずハッとわれに返った。

（やだ……わたし、なにを話そうとしてるんだろう？　こんな話、カエルにしたって、しょうがないのに……）

「なんでもない」

あわてて首を横にふった。けど、

「なあ、どうなれば、いいんだよ？」

カエルはなおも熱心に聞いてきた。

「えっ？」

「村瀬《むらせ》は杉浦《すぎうら》くんに、どうなってほしいんだよ？」

「どうなってほしいって……？」

「だから、早く学校にきてほしいとか……一番気にかかってる問題は、なんなんだよ」

「そんなこと聞いて、どうすんのよ？　わたしがどう思ったからって、どうにかなるもんじゃないでしょ」

「それはちがうよ」

いつになく、きっぱりとした口調でいった。

「だれかがそいつに、そうなってほしいと一生懸命《いっしょうけんめい》望んだら、絶対《ぜったい》そうなるんだよ」

「ハア？　なにいってんの？」

思わず、カエルの顔を見返した。

「確《たし》かに……モッチ達が真吾《しんご》のことで落ちこんだ時、カエルのおかげでみんなが元気になって、すごくよかったって思ってるし、感謝《かんしゃ》もしてる。でも、真吾《しんご》の今の問題は……そんなかんたんなことじゃないの」

「どう、かんたんじゃないんだよ？」

カエルはしつこく聞いてきた。ふだんはモッチ達とノー天気にさわいでるくせに、なんでそんなに他人のことに首をつっこんでくるのよ？　そりゃあ、おばあちゃん孝行《こうこう》で、すごいがんばってるし、あんたのそういうおせっかいが、まわりを明るく楽しくしてるってことは認《みと》めるけど……。それだけじゃ、解決《かいけつ》できないこともあるの。うちのおばあちゃんだって、きのう、航《わたる》から聞いた真吾《しんご》の家のほんとの事情《じじょう》は、まだ知らないんだから……。でも、だまってると、いつまでも話が終わりそうになかったから、

「わかった。じゃ、わたしが真吾《しんご》にどうなってほしいか、教えてあげる」

とりあえず、カエルがなっとくしそうな返事をすることにした。

「病気になんかなる前の、元気にサッカーをしたり、学級委員として、クラスをグイグイ引っぱったり、下級生にも人気があって……なんでもできたころの真吾《しんご》にもどってほしい……」

いってるうちに、思わずジワッとなみだがこみあげてきた。口に出してみて、やっぱりそれを一番望んでたんだと、はっきりわかった気がした。

カエルはだまって聞いていた。それからとつぜん、キッと顔をこっちに向けて、

「病気になったら、だめなのかよ」

さすような目つきでいった。

「杉浦《すぎうら》くんだって、なりたくて、なったわけじゃないだろ」

「そんなこといってないじゃない。あんたがどうなってほしいかって聞くから、答えただけでしょっ！」

思わず、どなり返した。

（なんで、そんなふうにつっかかってくるのよ？　わたしだって、いろいろあって、ぎりぎりせいいっぱいがんばってるのに……）

ワアーッと声を出して、泣いてしまいたかった。わたしのそんなようすに気づいたのか、

「ごめん……」

カエルがあわててあやまった。わたしはひっしに心を落ち着けて、もう一度、正直にじぶんの気持ちをつたえた。

「病気になって、一番つらかったのは、もちろん本人だと思うけど……一日も早く、わたしが知ってた真吾《しんご》にもどってほしいから……」

「わかった」

カエルはそくざにうなずいた。

「おれがなんとかしてやる。村瀬《むらせ》にはさ、あかりの誕生日《たんじょうび》プレゼントのことで、すごい世話になったから。今度はおれが恩返《おんがえ》しする番だから。まかせとけよ」

いつものチョーシにもどって、バンッと胸《むね》をたたいた。

「まかせとけって……どういう意味？」

いやな予感がした。

「さっきもいったけど、あんたがどうにかできる問題じゃないんだから、よけいなことしないでよ」

「いったろ？　だれかが真剣《しんけん》に願えば、そうなるって。よおし、これからは、村瀬《むらせ》の分まで気合いいれて、特訓するぞ」

「えっ？」

「目標の向こうの橋まで、走っていけたら、村瀬《むらせ》の願いはかなうから。一日も早く、目標達成できるよう、がんばるから」

そういうと、はりきってパッと立ちあがった。

「もう！　なにわけわかんないこと、いってんのよ。まじめに聞いて、ソンしちゃった」

ハーッとため息をついた――ちょうどその時、坂の上から塾《じゅく》の肩《かた》かけカバンをしょった航《わたる》くらいの男の子が歩いてくるのが見えた。

（いけないいっ。まだ学校の帰りだったんだ）

「じゃ、わたし、もう帰るから」

「きょう、だめだったら、あした。あした、だめだったらあさって……」

まだぶつぶついってるカエルを残して、道路を反対側に渡《わた》ると、かけ足で坂をのぼった。


「お帰り。おそかったね」

げんかんのドアを開けたとたん、おばあちゃんが待ちかねたように出てきた。時計を見ると、四時半近い。いつもより、一時間もおそくなってしまった。

「ごめんなさい。夏まつりの相談で、帰りの会がのびちゃって」

とっさに、うそをついた。（夏まつりの相談をしたのは、ほんとだから）と、心の中でいいわけしながら……。もしかして、由樹奈《ゆきな》が会いにきたかもと思ったけど、それはなかったみたいで、半分ホッとしたような複雑《ふくざつ》な気持ちだった。

由樹奈《ゆきな》には、あした、あやまろう。そして、今度こそ、ちゃんと話を聞こう。

「もうじき、小幡《おばた》さんが見えるよ。ひさしぶりにゆっくり、お茶でも飲みましょうって、きのう、おさそいしたら、さっそく、さっき、お電話があって……」

（えっ？　まさか、カエルといっしょにより道してたのが、バレてるんじゃ……）

思わずドキッとした。けど、おばあちゃんはそんなようすもなく、ニコニコわらってる。

「あ、そうなんだ……あかりちゃんのカーディガンができてから、初めてだね。じゃ、わたし、宿題あるから」

もごもごいって、にげるように部屋にはいったとたん、背中《せなか》にジトッと冷やあせが出た。あーっ、あせった。こんな思いをするなら、もう二度とおばあちゃんにうそをつくのはやめよう。

机《つくえ》の前にすわって、そわそわと落ち着かない気分で宿題を広げて……ちょうど三十分ぐらいたったころ、げんかんのチャイムが鳴った。と同時に、

「あら、まあ、いらっしゃい」「おことばにあまえて」「さ、どうぞどうぞ」

にぎやかな話し声が聞こえてきた。いつもなら、その後すぐにリビングに案内するのに、

「そう。そこを右にまがって……そうそう」

おばあちゃんが、外にいるだれかに向かっていっている。げんかんを右にまがれば、庭だ。

（他《ほか》に、だれか、いるんだろうか？）と思ってると、

「うわっ、すげえ」

とつぜん、庭のほうで、聞きおぼえのある声がした。

た。

（うそっ、まさか……）

びっくりして、カーテンのかげからそっとのぞくと、その（まさか）がサクラの木の下に立ってい

（なんで？　なんで、カエルがここにいるの？）

「いいなあ、ばあちゃんがいったとおり、これだけ広かったら、友達呼《よ》んで、遊べるよな」

「せまいアパート暮《ぐ》らしだから、ここにおじゃまするると、ほんとに気持ちがのびのびしますよ」

おばあちゃん達も縁側《えんがわ》に出てきたらしい。

「名古屋《なごや》んちの庭の倍はあるなあ。あれえっ、あんなとこに戸がついてる」

そのしゅんかん、あわてて立ちあがって、まどガラスを開けた。

「かってに開けちゃだめっ」

「よお、村瀬《むらせ》」

カエルはのんびりこっちをふり向いて、ニコッとわらった。

「よお、じゃないわよ。なんで、きたのよっ！」

思わず大声でどなって、

（となりに聞こえたら、まずい）

急いで部屋を飛び出した。縁側《えんがわ》でカエルのおばあちゃんにおじぎをしてから、サンダルをつっかけて、カエルにかけよった。

「ねえ、なんできたの?」

「これっ。なんで、はないでしょう。たまには、ごいっしょにって、わたしがおさそいしたんです」

おばあちゃんにこわい顔でにらまれた。

「ほんとに? おばあちゃんがさそったの?」

(だって、ぐうぜんにしては、あまりにタイミングがよ過《す》ぎる。真吾《しんご》のことをいろいろ聞かれた直後に、カエルがうちにくるなんて……)

「さそうんなら、なんで、わたしに相談してくれなかったの?」

思わず、おばあちゃんをキッとにらみ返した。

「ごめんなさいね。やっぱり、ごめいわくだったわね」

カエルのおばあちゃんが、もうしわけなさそうに頭をさげた。

「あ、いえ……ただ、とつぜんだったから、びっくりして……」

あわてて、もごもごいいわけした。

「べつにとつぜんで、いいじゃないか。由樹奈《ゆきな》ちゃんだって、きたい時にフラッときてるだろ?」

(由樹奈《ゆきな》とは、ちがうじゃない)

でも、これ以上、口に出していうのはやめた。カエルのおばあちゃんが気にすると悪いから。

「ひょっとして、薫《かおる》くんが男の子だからかい? ついこの間まで、真吾《しんご》くんや宗太《そうた》くんと、毎日どろんこになって遊んでたのに、そんなことを意識《いしき》する年齢《ねんれい》になったのかねえ」

おばあちゃんはカエルのおばあちゃんと顔を見あわせて、おかしそうにクスクスわらった。

（そんなんじゃないんだってば！）

頭にきたけど、声に出せないから、心の中でさけんだ。

（男の子とか、女の子とか、カンケーないの。おばあちゃん同士が、いくら親しくなったからって、わたしになんの相談もなく、かってにクラスの友達を呼《よ》ぶなんて……。わたしには、わたしの事情《じじょう》があるの！）

「ねえ、これ、開くの？　こっから、となりんちに行けんのかよ？　へえ、すげえな」

カエルの声にふり向くと、いつの間にか木戸のそばに行って、とってを開けようとしている。

「だめえっ！」

あわててかけよって、その手をつかんだ。

「えっ、だめなの？　けど、戸がついてるってことは、村瀬達《むらせたち》も、こっから、となりに行くんじゃねえの？」

「前はね。弟は今も時々行ってるけど、わたしはもうずっと行ってないから」

「へえ、そうなのか」

とぼけた声でいいながら、わたしが手をはなしたすきにサッと木戸を開けて、となりの庭にはいっていった。

「ちょっと、ほんとにやめてよ」

あわててとめようとした。が、わたしの声など聞こえないふりして、どんどん中にはいってく。だれかに見つからないうちに、連れもどさなきゃ——走って追いかけて、やっとつかまえた時は、デイジーの小屋のすぐそばにきていた。デイジーは小屋から半分体を出して、眠《ねむ》っていた。最後にうちの庭に来たのは、いつだったろう？　しばらく会わないうちに、ずいぶん年をとったように見えた。

「デイジー」

すいよせられるように近づいた。

「デイジー……？」

横にしゃがんで、頭を軽くなでた。いっしゅん、ピクッとまぶたが動いた。けど、それ以上の反応《はんのう》はなかった。

（デイジー……またぐあいが悪いの？）

起こさないように気をつけながら、そっと背中《せなか》をなでてるうちに、なみだが出てきた。

「これがデイジーか……」

カエルがわたしの横にしゃがんだ。

「ばあちゃんが前に編《あ》み物《もの》、教えてもらいにきた時、村瀬《むらせ》んちの庭にいたってな」

「そう……前はよくきてたんだ。デイジー、うちの庭が大すきだったから……そうだよね、デイジー？　元気出して……お気にいりの場所で、またお昼寝《ひるね》しようね」

その時、とつぜんリビングのサッシがあいて、真吾《しんご》のおばちゃんが顔を出した。

「あ、ごめんなさい、かってに……」

びっくりして、あわてて立ちあがった。

（おばちゃんに会うの、どのくらいぶりだろう？）

頭のすみでチラッとそんなことを考えながら、カエルのうでをひっぱって、急いで家にもどろうとした。その時、おばちゃんが思いがけず、静かな声で話しかけてきた。

「デイジー、このごろ、目がよく見えなくなったみたいで……耳もあまり聞こえないらしくて……食欲《しょくよく》もないし……年とると、イヌも人間もおんなじね」

ぼんやりと、つかれたような表情《ひょうじょう》で、すごくつらそうで……とっさになんていっていいかわからなかった。カエルもだまってデイジーを見ている。

「あ、この子、四月に同じクラスに転校してきた小幡《おばた》くん。おばあちゃん同士が編《あ》み物《もの》教室で親しくなって……きょうはいっしょにくっついてきちゃって……」

かってに木戸を開けてはいったことを、どう説明しようか考えてると、

「そうなの。こんにちは」

おばちゃんはたいして興味《きょうみ》もなさそうに、チラッとカエルに目をやった。

「こんにちは」

カエルはいつもの元気いっぱいの声で、あいさつした。カエルがなにか、とんでもないことをいい出すんじゃないかとハラハラした。

（だったら、その前にわたしが……）

思いきって、勇気を出して聞いてみた。

「あの……おじちゃんから、おばちゃんのぐあいが悪いって聞いたんですけど、もう、いいんですか？　それと、真吾《しんご》のぐあいは、どうですか？」

おばちゃんの表情《ひょうじょう》が、いっしゅんこわばった。とつぜん、そんなことを聞かれるなんて思いもしなかったらしい。二、三秒の間の後、

「まあ……少しずつ……」

やっと聞こえるくらいの小さな声でいった。

「真吾《しんご》、寝《ね》てるんですか？　それとも、家の中では起きてるんですか？」

けど、その質問にはもう答えなかった。

「お見舞《みま》いさせてもらえませんか？」

カエルがとつぜん、びっくりするような大きな声でいった。

「ちょっと、なにを……」

あわててとめようとして、（あ、そうか）と気がついた。

（真吾《しんご》に聞こえるように、わざと大きな声を出したんだ）

こんなチャンス、二度とないかもしれない。わたしも真吾《しんご》の部屋まで聞こえるよう、大きな声でいった。

「おばちゃん、お願い。真吾《しんご》のお見舞《みま》いをさせてください。顔を見るだけでいいから」

けど、おばちゃんはめいわくそうな、おこったような顔で、プイッと横を向いた。そのしゅんかん、胸《むね》の奥《おく》にずっとおしこめてた思いがバクハツした。わたしはおばちゃんを真っすぐにらんで聞いた。

「おばちゃん、真吾《しんご》をここに帰したくなかったって、ほんとう？」

おばちゃんはギョッとしたようにこっちをふり向いた。わたしはすぐに後悔《こうかい》した。

「あ……ごめんなさい」

あわててあやまって、カエルのうでを引っぱって、急いで家にもどろうとした。と、その時、

「なにしてんだよっ」

とつぜん、後ろから声がした。ふり向くと、宗太《そうた》が立っていた。

「あ、宗太《そうた》、お帰り。きょう、ＦＣじゃなかったの？」

あわてて、もごもごいってると、カエルのほうをジロッと見て、

「なにしてんだって、聞いてんだよっ」

さらにふきげんな声でどなった。

「真吾《しんご》の弟」

急いでカエルに耳うちした。とすぐに、

「ＦＣ入ってんのか？　何年？　おれ、モッチ……望月《もちづき》や大野《おおの》と同じクラスなんだ」

いつもの人なつっこい顔で話しかけた。けど、宗太《そうた》はブスッとだまったままだった。

「あ、チャーハン、できてるわよ。急がないと、時間ないでしょ？」

おばちゃんがなぜか、急におろおろした口調でいった。

「そっか。塾《じゅく》行ってるんだっけ」

「航《わたる》に聞いたのかよ？」

宗太《そうた》が上目づかいでジロッとにらんだ。

「あ、うん……」

それから、なんていおうか考えてると、

「なんで、かってにいれたんだよっ」

今度はおばちゃんをどなりつけた。

「おいっ……」

なにかいいかけたカエルのうでをつかんで、

「ごめんね。ひさしぶりに、どうしてもデイジーに会いたくなって……」

むちゅうでいった——そのしゅんかん、宗太《そうた》の目の奥《おく》の光がかすかにゆれた気がした。そこに向かって、せいいっぱいの思いをこめていった。

「宗太《そうた》、だいじょうぶ？」

宗太《そうた》はプイッと顔をそむけた。もっとなにかいいたかったけど、なにもうかばなかった。でも、気持ちはたぶん通じたんじゃないかって思えた。

「じゃね」

後《うし》ろ髪《がみ》を引かれる思いで、カエルのうでをつかんで、もどりかけた背中《せなか》に、

「あいつ、いねえから」

宗太《そうた》の声が追ってきた。

「えっ？」

おどろいてふり向くと、

「宗太《そうた》」

サッシの奥《おく》から、おばちゃんのとがめるような声が聞こえた。それをふりきるように、

「こんな家、いや気がさして、出てったよ」

ギラギラ光る目で、はきすてるようにいった。

「うそっ！　出てったって、どこに？」

急いで、宗太《そうた》にかけよった。返事が聞けるとは思わなかった。けど、

「去年まで、ＦＣいっしょにやってた友達んとこ」

宗太《そうた》はあっさり教えてくれた。

「ＦＣいっしょにって、まさか、牧原《まきはら》さんのおにいさん？」

「ちがう、東中《ひがしちゅう》行ってる山岸《やまぎし》ってやつ」

「山岸《やまぎし》……？　聞いたことないけど……でも、それ、ほんとなの？　真吾《しんご》がいったの？　おじちゃん

とおばちゃんは知ってるの？」

けど、そこまでだった。宗太《そうた》はまたスッと目をそむけて、サッシの戸をらんぼうに開けると、おばちゃんをおしのけるようにして家の中へはいっていってしまった。

ピチッと閉《し》まったサッシをぼんやりながめて、ハッとわれに返ると、いつからそうしてたのか、カエルがまたデイジーの横にしゃがみこんでた。そして、閉《と》じたまぶたをじっと見つめて、

「イヌって、家族のこと、よくわかってるんだよな」

静かな声でボソッといった。

「じぶんをかわいがってくれてた家族が、今どんな状態《じょうたい》か……家族が元気ないと、イヌも元気なくなる。イヌだけじゃない。トリや他《ほか》の動物も同じだけどな」

「でも、デイジー、もうずいぶんおじいさんだから」

「いくら、じいさんでも、前にばあちゃんがきた時は、もっと元気だったたんだろ？」

「そうね、確《たし》かに……最近、うちの弟とも会えなくなっちゃったし……さみしいのかもね」

「ちゃんと会いにきてやれよ。もっと年とって、完全に目が見えなくなっても、耳が聞こえなくなっても、わかるんだからさ」

おばあちゃんといるせいか、カエルは時々ものすごくおとなっぽいことをいう。

「そうだね。うん、そうする。もともと、うちも真吾《しんご》んちも、家族全員、デイジーのこと、大すきで、いつまでも長生きしてほしいって思ってるんだから」

「だったら、それ、ちゃんとつたえたほうがいいぞ。じぶんがもう必要とされてないって思うと、家族のつらいことや病気、代わりに引き受けて、死んじゃったりするんだぞ」

カエルのことばに、ドキッとした。

「やだ、へんなこといわないでよ。でも、それ、ほんとなの？」

「前にテレビで見ただけだけどさ、おれはほんとだと思うぜ」

カエルはゆっくり立ちあがると、先に立ってうちの庭にもどっていった。

（家族のつらいことや病気……）

今見たばかりの宗太《そうた》の顔がうかんだ。デイジーは目を閉《と》じたまま、ぐったりと横たわっている。

デイジーのそばには、いつも真吾《しんご》がいた。その真吾《しんご》が病気になって、長い間はなればなれになって、やっと帰ってきたと思ったら、あんなに仲がよかった家族が、毎日のようにいいあらそう声が聞こえて……そしてまた、とつぜん真吾《しんご》がいなくなってしまった──わたし達のように、ことばには出せないけど、だからこそ、デイジーにとって、それがどんなにつらく、悲しいことだったか──考えただけで、胸《むね》がつぶれそうになった。

（今まで気がつかなくて、ごめんね。デイジーが必要ないなんて、絶対《ぜったい》ないからね）

急いでかけよって、ギュッとだきしめたいのをがまんして、うちにもどるとちゅう、いっしゅんまよって、もとどおりに木戸の戸を閉《し》めた。

それから、これまでのいきさつをカエルに全部話した。

おばちゃんが静岡《しずおか》の小学校に真吾《しんご》を転校させようとしたこと、本人の強い意志《いし》でこっちにもどってきたこと、おじちゃんと宗太《そうた》は家族がまたいっしょに暮《く》らせることになって大よろこびだったけど、おばちゃんが勉強のことばかりうるさくいうから、毎日ケンカになって、とうとう真吾《しんご》が、親のせいで病気になったと、おばちゃんを責《せ》めたこと……。

「それで、家飛び出しちゃったわけか」

カエルがホーッとため息をついた。

「でも、それは今初めて聞いて、びっくりした。かわいそうに……宗太《そうた》、だから、航《わたる》にもわたし達にも、ずっとあんな態度《たいど》とってたんだ。病気になった本人が一番たいへんって、さっきいったけど、兄弟もすごくたいへんだよね」

「あ、うん……そうだな」

カエルはなにかを思いつめたような表情《ひょうじょう》で、深くうなずいた。

「あんたたち、お持たせのお菓子《かし》があるの。お茶いれたから、おやつにしましょ」

縁側《えんがわ》から、おばあちゃんの呼《よ》ぶ声がした。

カエル達が帰って、しばらくして、航《わたる》がＦＣの練習からもどってきた。宗太《そうた》はきょう練習を休んだのか、それともとちゅうで帰ったのか——ようすを知りたかったけど、聞くのはやめた。せっかく学校に行って、一日元気に過《す》ごしてきたのに、またよけいなことをいって、不安にさせるとこまるから……。


夕食の後かたづけが終わって、八時を過《す》ぎたころ、電話のベルが鳴った。と、すぐに、

「きっと、おかあさんからだよ。理央《りお》、出なさい」

まるで前からわかってたように、おばあちゃんがいった。

「えっ、でも……」

「いいから、早く」

おしりをポンとたたかれて、キッチンの外に出た。

（でも、こんなとつぜん……）

どうしていいかわからず、ぐずぐずまよってる間にも、せっつくように電話のベルは鳴ってる。

（転勤《てんきん》の話だったら……）

不安な気持ちのまま、げんかんのそばに置いてある電話台にかけよった。そして、大きく息をすいこんでから、思いきって受話器をとった。

「もしもし……」

「あ、理央《りお》？」

「うん……」

いっしゅんの間があった。受話器の向こうで、つぎのことばをどうきり出そうか、考えてるかあさ

んのすがたが目にうかんだ。胸《むね》がドキドキした。

「……おばあちゃんから、だいたいの話は聞いたけど……つらい思いさせて、ごめんね」

のどの奥《おく》から、しぼり出すような、ふるえる声だった。

「いろんなことが、ワアッと一時《いちどき》に重なって……かあさん、きっとパニックになってたんだと思う」

「……」

なにもいえずに、受話器をギュッとにぎりしめた。と、今度は少し落ち着いたようすで、一言一言ゆっくりと気持ちを確《たし》かめるようにしながら、話し始めた。

「前に理央《りお》、いったでしょ？　お正月に佑美《ゆみ》ネエにいわれたことが、気になってるんじゃないかって……あの時は否定《ひてい》したけど……これから、あなた達の学費がかかるのは事実だし、将来《しょうらい》の生活や仕事のことを真剣《しんけん》に考えなきゃって……ほんとはすごくなやんでた。神戸《こうべ》の転勤《てんきん》の話も、お世話になった上司に、こんなチャンス二度とないって熱心にいわれて……。でも、おばあちゃんを残して行くなんて、絶対《ぜったい》にできるわけないから……」

（……それで……？）

ドキドキしながら、つぎのことばを待った。

「ほんとうに、どうしたらいいかわからなくて、不安で頭がごちゃごちゃになって……そんな時、おばあちゃんがいってくれたの。しばらくひとりになって、ほんとはどうしたいのか、ゆっくり考えなさいって――。そしたら、答えはかんたんだった」

かあさんの声が急に明るくなった。

「二度とないチャンス、なんてことない。一生懸命《いっしょうけんめい》仕事していれば、チャンスなんて、またぐってくる。でも、今のあなた達と過《す》ごす時間は、二度ととりもどせないって」

「今のわたし達……？」

「そう、九歳《さい》の航《わたる》と、十一歳《さい》の理央《りお》と、六十八歳《さい》のおばあちゃんと……。だから、神戸《こうべ》の転勤《てんきん》のお話は、はっきりおことわりすることにしたの。せっかく出会ったこっちのお店のスタッフの人達は、すごく残念がってくれたけど、もしまた何年かして、ご縁《えん》があったらって……」

「じゃあ、ほんとに転勤《てんきん》はないんだね？」

思わず、いきおいこんで聞いた。

「うん……心配かけて、ごめんね」

かあさんは静かな声でいった。そのしゅんかん、受話器をにぎりしめてた手から、ホッと力がぬけた。

「それから、おとうさんのことだけど……」

しばらくの間の後、かあさんは思いきったようにきり出した。

（たぶん、これがきょう、一番話したかったこと……）

また胸《むね》がドキドキ鳴り出した。

「仕事の話とおんなじで、こんなチャンスめったにないって、すごくあせったんだと思う……おばあちゃんのことを考えたら、一日も早いほうがいいって……。でも、おばあちゃんから電話で話聞いて、理央《りお》のいうとおりだなって……。じぶんがいない間に、おばあちゃんにまかせるなんて、ほんとうにもうしわけないことしたって……。おばあちゃんや、理央達《りおたち》に会わせたいなら、その前にまず、じぶんが会わなきゃ。勇気を出して会って、父親と母親として、ちゃんと話しあわなきゃ。そして、何年かかるかわからないけど、理央《りお》と航《わたる》がほんとうに会いたいと思う時がくるまで、待たなきゃって……。おばあちゃんも、それが一番いいっていってくれたの。まだ時間はたっぷりあるからって。おばあちゃん、百歳《さい》まで長生きするって……」

かあさんの声がとつぜん、なみだでつまった。

かあさんが、おとうさんのことを、どう思ってるのか、なぜ離婚《りこん》したのか——ずっと知りたかったことが、少しずつ、わかってきたような気がした。かあさんはきっと、おとうさんがきらいになって、離婚《りこん》したんじゃない。いろんな事情《じじょう》で、人と人には、そういうこともあるんだって——。

もちろん、いつかは、かあさんの口から、はっきりと聞いてみたい。でも、かあさんのいうとおり、急ぐことはない。おばあちゃんが百歳《さい》まで、長生きしてくれるなら……。

「……かあさん?」

「えっ、なに?」

「これからは、なんでも相談してほしいな。わたしに直接《ちょくせつ》……」

「……そうね……うん、そうする」

「約束?」

「約束」

ふたりでクスクスわらいあったしゅんかん、受話器の向こうから、やわらかな空気がつたわってきたような気がした。

「それでね」

かあさんがとつぜん、今までとガラッとちがう明るい声でいった。

「いろいろ心配かけた、おわびのしるし、っていうとなんだけど、こっちの仕事はあしたできりあげて、土日、お休みもらったから、とちゅうの小田原《おだわら》まで、おばあちゃんと三人できてもらって、みんなで箱根《はこね》に一泊《ぱく》旅行に行きたいと思うんだけど……。今まで、どこにも連れてってあげられなかったから、思いきって、すごくすてきなホテル、予約したの。どうかな?」

最後はちょっと自信なさそうに聞いてきた。あまりとつぜんで、びっくりした。

「おばあちゃんには、もうその話したの?」

「じつは、ゆうべおそく、電話でいろいろ話したの」

「なんだ。そうだったんだ……」

——ってことは、つまり、おばあちゃんは今朝、わたしが学校に行く時、もうこの電話の内容《ないよう》を知っていた。でも、かあさんから直接《ちょくせつ》話したほうがいいから、今夜、かけてくるようにいった——そういうことだったんだ……。

（あ、じゃあ、もしかして、カエルのおばあちゃんをお茶にさそったのも、電話でかあさんと話して、ホッとしたから……？）

いろんなことがまだ、この先どうなるかわからない。でも、神戸《こうべ》に行く前より、かあさんはずっと明るくなった。真吾《しんご》と宗太《そうた》の問題はまだ解決《かいけつ》してないけど、今のこのかあさんの声を聞けば、航《わたる》もきっと元気になるにちがいない。

「ちょっと待ってね。航《わたる》に代わるから。航《わたる》！　かあさんから電話！」

大声で呼《よ》んだけど、返事がない。

「あしたで仕事が終わるから、今度の土曜日、小田原《おだわら》で待ちあわせて、箱根《はこね》に旅行に行こうって。すごいホテル、予約したって」

聞こえてるはずなのに、きっとテレビの前にすわったままなのだろう。

「あっ、そう。行かないのね。わかった。航《わたる》はひとりでお留守番《るすばん》するって。じゃあ」

わざと電話を切るふりをしたとたん、

「待って！　行くよ。行く行く！」

あわてて飛んできた航《わたる》を見て、キッチンからのぞいてたおばあちゃんが、わたしにニコッとわらいかけてきた。

7

　金曜日の朝、由樹奈《ゆきな》に会ったらすぐ、きのうのことをあやまろうと、ドキドキしながら家を出た。もし、チャイムをおしても出てこなかったら、出てくるまで待とう、と覚悟《かくご》を決めて——。ところが、意外なことに、由樹奈《ゆきな》はもうじぶんの家の前に立っていて、わたしを見るなり、（おはよう）というようにサッと右手をあげて合図した。

（えっ？）

　とっさに、なにが起きたのかわからなかった。今までにも、ケンカしたつぎの日、うそみたいにケロッともとにもどってることは何度もあった。でも、きのうは、そういういつものケンカとちがったはず。カエルの話を聞いて、そこまで、なやんでいたのに、気づいてあげられなかった。ほんとうに悪かったと、心から反省したのに……。拍子《ひょうし》ぬけというより、なんだかキツネにつままれたような気分だった。どうして由樹奈《ゆきな》のきげんがなおったのかわからないけど、やっぱりちゃんとあやまろうと思った。

「おはよう」

急いでかけよって、朝日がさめた時から、ずっと頭の中で考えてたことばを口にした。

「ごめんね。わたし、今まで、じぶんのことばっかりで、由樹奈《ゆきな》の話、真剣《しんけん》に聞いてなかったかも。せっかく、何度も相談してくれたのに……」

『これからは、なんでも相談してね』

ゆうべのかあさんとの電話を思い出した。娘《むすめ》としての、心からの願い……。

「ほんとに友達として、サイテーだよね」

「もう、いいんだって」

「でも……」

「うるさいなあ。それ以上、しつこくいうと、おこるよ」

由樹奈《ゆきな》はちょっとイライラしたようすでピシャッというと、

「早く行こ」

さっさと歩き出した。やっぱり、まだおこってるんだ。でも、この話題にはもうふれたくないみたい。むりにむし返して、またケンカになってもこまるから、きょうはやめにしておこう。そして、いっしゅん、まよってから、

「じゃ、わたしの話していい?」と聞いてみた。

「理央《りお》の話って、なに?」

由樹奈《ゆきな》はチラッと警戒《けいかい》するような目を向けた。

「うん……かあさんがね、きょう、神戸《こうべ》の仕事が終わるから、あしたから一泊《ぱく》で箱根《はこね》に旅行に行こうって。小田原《おだわら》まで、おばあちゃんと三人で行って、そこで待ちあわせて……すごく、すてきなホテルとったって」

どんな反応《はんのう》が返ってくるか心配だったけど、

「へえーっ、すごいじゃん。よかったね。航《わたる》くん、よろこんだでしょう」

とたんに、パアッといつもの明るい表情《ひょうじょう》にもどった。

「うん……旅行なんて、初めてだから、なに持っていこうって、はりきって、おばあちゃんと相談してる」

思わず、はずんだ声で答えた——つぎのしゅんかん、きのう、この場所で由樹奈《ゆきな》にいわれたことばが、またズキッと胸《むね》につきささった。

『まわりのみんなに、大切にされて……』『理央《りお》が、ずっとずっとうらやましかった』……。

あれから、由樹奈《ゆきな》の中で、なにかが変わったんだろうか？　もしかしたら、長い間胸《むね》の奥《おく》にたまってた不満を、思いっきりぶつけたことで、少しは気持ちが晴れたのかもしれない。だとしたら、もうごちゃごちゃとよけいなことはいわないで、これからの由樹奈《ゆきな》とのつきあいを大切にすればいいのかもしれない。まだ真吾達《しんごたち》の大きな問題が残ってるけど、せめて今は、家族そろっての旅行を思うぞんぶん楽しんでこようと思った。

教室にはいると、いつものようにモッチ達がロッカーの前に集まってた。カエルはわたしに気づくと、「よっ」と片手《かたて》をあげて、すぐにみんなのほうに顔をもどした。由樹奈《ゆきな》といっしょで安心したみたい。

＊　＊　＊　＊　＊

土曜日の午前十時。待ちあわせの小田原《おだわら》駅で、かあさんのすがたを見つけた時は、思わずなみだが出そうになった。たった二週間会わなかっただけなのに……なんだかすごくなつかしくて……。

航《わたる》のようすも、へんだった。電車に乗ってる間から、やたらそわそわして、かあさんに会った後も、なにか聞かれると、いつもとちがうよそいきの返事なんかして……。しばらく話してるうちに、すぐにもとにもどったけど……。

かあさんはバッチリ二日間の計画を立ててくれていた。そのプランにしたがって、伊豆箱根鉄道《いずはこねてつどう》の大雄山線《だいゆうざんせん》で、天狗《てんぐ》伝説のあるお寺に行って二メートル近くもある大きな下駄《げた》の前で写真をとったり、芦ノ湖《あしのこ》で遊覧船《ゆうらんせん》に乗ったり、箱根《はこね》ガラスの森美術館《びじゅつかん》の庭園を散歩した後、おしゃれなイタリアンのお店でフルコースのランチを食べたり……ゆめのような時間が、またたく間に過《す》ぎていった。

宿泊先《しゅくはくさき》はホテルというから、洋室かと思ったら、十六畳《じょう》もある広いたたみの部屋だった。洋室だと、部屋がふたつにわかれるから、和室を選んだって——。家族専用《せんよう》の露天風呂《ろてんぶろ》、数えきれないほどの品数の豪華《ごうか》な夕食……夜はふとんを四枚《まい》横にピッタリ並《なら》べて寝《ね》た。仲居《なかい》さんは二枚《まい》ずつ、頭が向きあうように、ゆったりとしいてくれたけど、航《わたる》が「くっつけよう」っていい出して、ふたりで引っぱって動かして……その上で、でんぐり返しをしたり、まくら投げをしたり……かあさんに「もうおそいから、終わり」といわれるまで、大さわぎした。

なにもかもが初めての経験《けいけん》。四人で同じ部屋に寝《ね》るのも初めてだった。電気が消えてからも、こうふんして、なかなか寝《ね》つけなかった。航《わたる》がやっと眠《ねむ》った後、静かな寝息《ねいき》を聞きながら、こんなふうに家族そろっておいしいごはんを食べて、いっしょに寝《ね》て――それが一番のしあわせなんだって、あらためて思った。おばあちゃんに聞いた話や、かあさんが電話でいったことをひとつひとつ思い返した。そして、いつかここにおとうさんがくわわる日がくるんだろうかと、チラッと考えたりした。カエルも真吾《しんご》も、一日も早く、家族がいっしょに暮《く》らせますように――今までの何倍もの強さで、心をこめていのった。

月曜日の朝、学校に行こうと、げんかんのドアを開けると、足もとに小石をのせたノートの切れはしが置いてあった。なんだろうと手にとって見ると、「先に学校に行きます　由樹奈《ゆきな》」と書いてある。

（えっ、なにこれ？）

由樹奈《ゆきな》がわたしより先に学校に行くなんて、今まで一度もなかった。しかも、わざわざこんなメモまで残して……。

（どうしたんだろう？　きょうは日直でもないし……それに、なにかあったら、ゆうべか今朝、電話してくるはずなのに……）

なぜか、みょうな胸《むな》さわぎがして、急いで学校に向かった。

「理央《りお》、どうしよう？　たいへんなことになったの」

教室にはいったとたん、由樹奈《ゆきな》が青い顔でかけよってきた。

気がつくと、教室のようすがなんとなくおかしい。モッチ達も深刻《しんこく》な顔でひそひそしゃべってる。

カエルはまだきてないみたいだった。

「ごめん……じつは、理央《りお》にかくしてたことがあるの」

由樹奈《ゆきな》はとつぜん、泣《な》きそうな声でいった。

「かくしてたこと？」

「木曜日の夕方、カエルがおばあちゃんといっしょに理央《りお》んち、行ったでしょ？」

「えっ、なんで知ってるの？」

おどろいて、聞き返した。

「カエルが理央《りお》んちから出てきたとこに、バッタリ会って……あ、バッタリっていうのとは、ちょっとちがうけど……」

あわてていいなおした。

「あの日の朝、あんなふうにいいあっちゃったでしょ？　学校から帰って、ずっと考えてて……やっぱり理央《りお》んちに行って、もう一度ちゃんと話したほうがいいかなって……でも、なかなか決心つかなくて、何度も行ったりきたりして……そしたら、とつぜん、カエルが理央《りお》んちから出てきたから、びっくりして……」

いつになく、おろおろした声で話し続けた。

「なにしに行ったのか、聞いたら、初めは急いでるからって、無視《むし》されそうになったけど……そういえば、おまえ、村瀬《むらせ》とケンカしただろって……あたしが元気ないの、心配してくれたのかな？　おばあちゃんに『先に帰ってて』っていって……」

「カエル、名古屋《なごや》から転校してきた時のこと、由樹奈《ゆきな》に聞かれたって……」

「あ、うん……あたしが私立《しりつ》に行くのをまよってるって、理央《りお》から聞いたって……あの時も、最初はその話をしてたんだけど……急にカエルが真吾《しんご》くんの話を始めて……真吾《しんご》くんが家を出て、ＦＣの友達のとこに行ってるらしいから、これからモッチ達に聞いて、会いに行くつもりだって……。理央《りお》には、まだないしょだって。いったら、絶対《ぜったい》とめられるから」

「うそでしょう……」

（まさか、カエルがそんなこと考えてたなんて……）

「じゃあ、金曜日の朝、旅行に行くって話した時……」

「そう、かくしてたの。ごめんなさい」

「前の日、あんなにおこってたのに、なんかヘンだとは思ったけど……それで？　カエルに話聞いて、どうしたの？」

「真吾《しんご》くんが家を出たなんて、いきなりなんの話か、わけがわからなかった。でも、こんなとこでぐずぐずしてて、理央《りお》に見つかるとまずいから、『じゃあ、いっしょにくるか』って……。まよってる時間なかったし、理央《りお》に朝、どうせあたしにはなにもわからない、みたいなこといわれたのを思い出して……たまには、理央《りお》をおどろかせてやろうって、モッチ達といっしょに、山岸《やまぎし》って人のアパートに行って……真吾《しんご》くんに会ったの」

「真吾《しんご》に会ったの？」

最後は覚悟《かくご》を決めたように、真っすぐわたしの目を見ていった。

思わず、大声を出しそうになった。

「いくらカエルに口どめされたからって……どうして教えてくれなかったの？」

「もし、教えたら、理央《りお》、どうした？　絶対《ぜったい》、とめたでしょ？」

「あたりまえじゃない。そんなの！」

「あたしだって、もちろんまよったわよ。でも、カエルに、理央《りお》のためだからって、ものすごく真剣《しんけん》な顔でいわれて……」

「わたしにだまって、かってに真吾《しんご》に会いに行くのが、なんでわたしのためなのよ？」

怒《いか》りで体がぶるぶるぶるふるえるのがわかった。

「ごめん……真吾《しんご》くんも、最初はみんなの顔見て、びっくりしたみたいだった。アパートせまいから、近くの空き地で待っててくれって……その後、少しだけ話したけど、すごく元気そうで……。でも、帰り道、またカエルにいわれたの。第一関門突破《とっぱ》だけど、作戦がぶじ成功するまで、理央《りお》にはまだないしょだよって。意味がよくわからなかったけど、カエルがすごく楽しそうにいうから、あたしも共犯者《きょうはんしゃ》になったみたいにワクワクして、『わかった。絶対秘密《ぜったいひみつ》まもる』って、約束したの。まさか、こんなことになるなんて思わなくて……」

由樹奈《ゆきな》の目にうっすらとなみだがにじんだ。それを急いでぬぐって、また先を続けた。

「FCの連中、金曜日の夕方も集まったらしいの。あたしは塾《じゅく》があったたし、なにも知らなかったけど、土曜の夜、カエルから電話がかかってきて、日曜の午後、さつき公園の広場で、去年のFCのメンバーと、今年の六年とで、フットサルの試合やろうってことになったって。真吾《しんご》くんも出るから、ほんとは理央《りお》をさそいたかったけど、家族で旅行に行ったたって、おばあちゃんに聞いたから、ふたりぶん、しっかりおうえんにこい。これでたぶん、すべての作戦、ぶじ完了だからって……」

（すべての作戦って……いったい、なにがあったの？）

ますます重くなった由樹奈《ゆきな》の口調に、不安といらだちがつのった。

「みんなで手わけして連絡《れんらく》したら、ひさしぶりに真吾《しんご》くんに会えるって、ほとんど全員が集まって……牧原《まきはら》のおにいさんもきたの」

「拓馬《たくま》くんが？」

「牧原《まきはら》から、ずっと学校休んでるって聞いてたから、いきなりフットサルの連絡《れんらく》があった時は、びっくりしたって……ちゃっかり、あいつもついてきた」

由樹奈《ゆきな》の視線《しせん》を追ってふり向くと、いつからそこにいたのか、牧原《まきはら》さんが後ろの戸口から心配そうにこっちを見ていた。わたしと目があったしゅんかん、急いでかけよってきて、

「ごめんなさい。村瀬《むらせ》さんもいっしょだと思って……」

おどおどした声でいうなり、うつむいてしまった。

「そうよ。旅行に行ってなかったら、もちろん、理央《りお》もいるはずだったのよ」

由樹奈《ゆきな》は腹立《はらだ》たしそうにいい返して、なにかに追いたてられるように話の先を続けた。

「公園の広場に集まってから、しばらく、真吾《しんご》くんがキャプテンだった時のことなんか、楽しそうにしゃべってたけど、そのうち、ＦＣの練習みたいになって……とちゅう、のどかわいたから、みんなでお金出しあって、飲み物買おうってことになって、モッチ達といっしょにコンビニに行ったり、チームにわかれてフットサルの試合するのを見たりして……あたし達は、暗くなる前に帰ったんだけど……」

由樹奈《ゆきな》はそこでフッと口をつぐんだ。そして、牧原《まきはら》さんのほうへ目をやると、おそらく一番かんじんな部分を、思いきったように話し出した。

「……その後、だれかがいい出して……自然にみんなの意見でって、モッチはいうんだけど……ゴールのある広いグラウンドで、やりたいってことになって……東中《ひがしちゅう》のうらの塀乗《へいの》り越《こ》えて、こっそり

しのびこんだって。そこで、フットサルの試合やってたら、ついこうふんして、大さわぎしたんじゃない？　近所の人が通報《つうほう》したらしくて、『おまえら、なにやってんだあ』って、おまわりさんがいきなり門からはいってきたって……。びっくりして、急いでうらの塀《へい》乗《の》り越《こ》えて、にげて……気がついたら、真吾《しんご》くんとカエルがいなかったって……」

由樹奈《ゆきな》が話してる横で、牧原《まきはら》さんの体がふるえてるのがわかった。

「ゆうべ、八時半ごろ、モッチから電話がかかってきたの。ふたりが、つかまったらしいって……。びっくりして、どうしたらいいかわからなくて……とにかく、あしたの朝になったら、くわしいことがわかるかもしれないから、七時半に学校に集まろうって……」

（それで、げんかんにあんなメモを置いたんだ……）

「ところが、今朝になって、交番から学校にも連絡《れんらく》がはいったらしくて……カエル、さっき、職員《しょくいん》室《しつ》に呼《よ》ばれてったの」

最後は苦しそうにのどをおさえた。

「真吾《しんご》は、どうなったの？　それより、モッチ達、どうして、ふたりを置いて、にげたの？」

「置いて、にげたんじゃなくて……ほんとはにげられたのに、わざとにげなかったみたいだって、マーくんが……おまわりさんにつかまったら、親、呼《よ》び出されるのにって……」

牧原《まきはら》さんの声がはげしくふるえて、目からぼろぼろなみだがこぼれた。

（親が呼《よ》び出される……？　じゃあ、真吾《しんご》のおじちゃんと、おばちゃんも……？　カエルのおばあちゃんも……？）

「どうして、そんなことしたのか、さっきモッチが聞いたけど……カエル、わざとじゃないって、なんかへらへらとぼけてた。まったく、こんなたいへんなことになってんのに……」

いかりと不安がいりまじったような表情《ひょうじょう》で、由樹奈《ゆきな》がこぶしをギュッとにぎりしめた。と、その時、

「あ、カエル」「もどってきた」

ざわつく声にふり向くと、後ろの戸口からカエルがはいってくるところだった。急いでかけよって、ろうかにおし出した。

「どういうことなの？　おれにまかせろなんて、よけいなことしないでって、いったでしょっ！」

体中、火のかたまりになったみたいだった。カエルはされるままに、ろうかのはじまで後ずさった。

「真吾《しんご》が、おまわりさんにつかまるなんて……」

連絡《れんらく》を受けた時、おじちゃんとおばちゃんがどんなようすだったか、想像《そうぞう》するのもおそろしかった。

もう、ほんとにこれで終わりになっちゃうかもしれない。あの時の宗太《そうた》のつらそうな顔がうかんだ。

（わたしのせいだ）

はっきりとそう思った。

「やっぱり、あんたなんかに話すんじゃなかった。うちにきた時、おばあちゃんに、なんていわれても、すぐに追い返せばよかった。宗太《そうた》に会わせなきゃよかった」

「ごめん」

「ごめんなんて、そんなあっさりいわないでよ。じぶんがなにをしたか、わかってるの？　真吾《しんご》、ずっと学校を休んでるのよっ！」

完全に頭がパニック状態《じょうたい》だった。

「あのさあ……川で、あかりのこと話したの、おぼえてる？」

なのに、カエルはびっくりするほど、のんびりした声でいった。

「あかりちゃん？　あかりちゃんと今度のことと、どう関係あるのよっ」

どなりながら、それもこれも、すべてはじぶんがまいた種だと思うと、情《なさ》けなくて、くやしくて、どうしていいかわからなかった。

「理央《りお》……」

とつぜん、後ろから声がした。わたしを「理央《りお》」なんて、呼《よ》びすてにする男の子は、ふたりしかいない。

(宗太《そうた》と……もうひとり……)

びっくりしてふり向くと、そこに真吾《しんご》が立っていた。

「真吾《しんご》……どうして……」

「ちょっと」

(ついてこい)というしぐさをすると、急ぎ足で先に立って、ろうかを歩き出した。そして、そのまま三組の教室の前を通り過《す》ぎると、つきあたりの屋上にあがる階段《かいだん》の、おどり場をまがったところで立ちどまった。

「ねえ、ちょっと、どういうこと? なんで、真吾《しんご》が学校にいるの?」

真吾《しんご》は二、三秒、わたしが落ち着くのを待ってから、静かに口を開いた。

「じつは、あかりちゃんのことだけど……」

「えっ、真吾《しんご》、あかりちゃんのこと、知ってるの?」

「あいつから、いろいろ話聞いて……あかりちゃんて、だれだか知ってるか?」

とっさに質問《しつもん》の意味がわからなかった。

「カエルのいとこでしょ?」

真吾《しんご》はまた少し間をおいてから、

「じつは、あいつのねえちゃんなんだ」といった。

「なんだ……そういう意味なら、知ってるわよ。いとこだけど、ほんとの姉弟《きょうだい》みたいな存在《そんざい》ってことでしょ?」

「そうじゃない。二歳《さい》ちがいの、ほんとのねえちゃんなんだ」

ねんをおすように、ゆっくりといった。

「あいつのおばさんが、おじさんの転勤《てんきん》についてこられなかった理由は、心臓《しんぞう》の病気で入院してるあかりちゃんにつきそってるからなんだ」

「うそっ、だって、おじいちゃんが入院って……」

真吾《しんご》はゆっくりと首を横にふった。

「……」

「四日前の木曜の夕方、同じクラスのFCの連中といっしょに、とつぜん、山岸《やまぎし》のアパートをたずねてきた。山岸《やまぎし》のことは、もう聞いたんだろ? ふたりだけで話があるって、いきなり路地《ろじ》の奥《おく》に連れてかれて……病気のこととか、いろいろ聞いてきた。最初は『なんだ、こいつ』って、わけわかんなかったけど、そのうち、あかりちゃんの話を始めて……とちゅう、何度も泣きそうになったけど、ひっしに明るい声で……」

思い出したように真吾《しんご》が声をつまらせた。その時のカエルのようすが目にうかぶようだった。

「こんなことぐらいで、ぐずぐずいってんじゃないって、ガーンと頭をなぐられた気がした……あいつ、口ではなにもいわなかったけど……」

「あかりちゃんの病気、そんなに悪いの？　もうなおらないの？」

思わず声がふるえた。

「いや……このままほっといたら、だめだけど、手術《しゅじゅつ》すれば、なおる可能性《かのうせい》はじゅうぶんあるらしい。けど、なにしろ、心臓《しんぞう》だから、成功率《せいこうりつ》百パーセントってわけにはいかないって」

真吾《しんご》は注意深く、ことばを選ぶようにしていった。

「……」

さっき、カエル、あかりちゃんのことをなにかいいかけた。なのに、わたしは聞こうとしなかった。

「おれさ、けっこうやる気満々で静岡《しずおか》から帰ってきたんだ」

真吾《しんご》はとつぜん、じぶんのことを話し出した。

「母親がぐずぐずいってたけど、だいじょぶ、うまくやってみせるって。たかが一年おくれたって、どうってことないって、まよいも全然なかった。実際《じっさい》、こっちにもどって、学校にもすんなりとけこめたし、初めのうちは、なにやっても楽しくて、よおし、なんでもこいって感じで……今考えると、気負い過《す》ぎたんだろうな」

深い霧《きり》にとざされたような二か月間のことを、真吾《しんご》自身が今、目の前で語ってる。一言も聞きもらすまいと思った。

「それに、じぶんでも予想外のことってあるんだなって」

軽くほほえむような表情《ひょうじょう》をうかべた。

「初めはなんとも思ってなかったんだけど……前の友達に道でバッタリ会うだろ？　みんな、いっしゅん、（どうしよう）って顔するんだ。でもすぐ、『よォ、ひさしぶり』『病気、なおったんだって？』『もう完全にいいのか？』……ごくさりげない感じで、だいたいそんなふうなことといって、その後、なに話そうって、またちょっと考えて……結局、中学の部活や勉強がいかにたいへんかって話をする。『いいよなあ。おれももう一度、小学校にもどりてえよ』って……もちろん悪気はないし、半分本気だってわかるから、『へへ、いいだろ』なんて、初めはわらったりしてたけど……。そういうのが何度も続くと、おれ、なにやってんだろって……結局はもう、あいつらと同じ場所にはもどれないんだって……」

真吾《しんご》の表情《ひょうじょう》がとつぜんくもった。

「下の連中にかつがれて、いい気になって……いろいろはりきってやってたのが、急にむなしくなって……それから、前の学年のやつに会いそうになると、あわててかくれるようになった。そんなじぶんが、すごくいやで……」

まさか、真吾《しんご》がそんな気持ちでいたなんて、思いもしなかった。

「ちょうどそんな時に、熱出した。たいしたことない、ただのつかれだったと思うけど、一度学校休んだら、プチッと糸が切れたみたいになって……結局、何日もずるずる休んでるうちに、行くキッカケがつかめなくなって……それでも、あのころはまだ、来年こそ、めざしてた中学に合格《ごうかく》しようって、勉強だけはがんばってた。塾《じゅく》も続けようって思ってたんだ」

「なのに、どうして？　真吾《しんご》、病気のことで、おばちゃん、責《せ》めたってほんと？」

ずっと気になってたことを、思いきって聞いた。

「だれに聞いた？」

いっしゅん、けわしい表情《ひょうじょう》になった。

「宗太《そうた》が航《わたる》にチラッと話したって……ずいぶん、つらかったみたいだよ」

「そっか……おれ、サイテーだよな」

うつむいて、キュッとくちびるをかんだ。

「けど、あの時は、じぶんでもそうとうまいってたから……あんなに受験のこと、うるさくいってた母親が、ちょっと熱出したとたん、コロッと態度《たいど》変わって…………おやじも、口ではなんだかんだいってても、一度つまずいたら、おれにもう、なんの期待もしなくなったんじゃないかって……」

「そんなわけないでしょっ」

「わかってるよ。親じゃない。そう思ってたのは、じぶんだった。じぶんがほんとになっとくしてやってたんなら、だれになにいわれても、気にならなかったはずなんだ。なのに、ほんとはおれが一番あせってた。表面はへーキなふりして、もし来年まただめだったらどうしよう……こんなことしてて、どうなっちゃうんだろうって……」

（真吾《しんご》が、そんなことを……）

思わず、じぶんの耳を疑《うたが》った。今まで、なにがあっても、「だいじょうぶだよ」って、はげましてくれたのに……。

その時、真吾《しんご》の表情《ひょうじょう》がパッと明るくなった。

「なあ、カエルのゆめって、なんだと思う？」

「ゆめ？」

「ゆめっていうより、今の一番の願い」

「あかりちゃんのこと？」

「あかりちゃんの手術《しゅじゅつ》が成功して、前みたいに、いっしょにごはん食べたり、思いっきりケンカすることだって――ふだん、あたりまえにやってることなのにな」

真吾《しんご》はしみじみとした表情《ひょうじょう》でいった。

「そうだね」

わたしも土曜の夜、ホテルで同じことを考えたばかりだった。わたしも、かあさんの転勤《てんきん》や、おとうさんのことがなかったら、わからなかったかもしれない。

「ねえ、真吾《しんご》から山岸《やまぎし》くんて人のこと、聞いたことなかったよね？」

とつぜん、思い出して聞いた。

「あ、そうかもな。あいつ、ずっとレギュラーじゃなかったし、六年の時は、ちょこっと試合に出してもらったけど、はっきりいって、下の連中よりヘタクソだったから。FCでいっしょっていっても、ほとんど話したこともなかったんだ」

「それが、どうして、その人のアパートに？」

「じぶんでも、ふしぎだと思うよ。学校休むようになってから、あまり勉強に身がはいらなくて、家にいてもイライラするだけだから、夕方暗くなって、他《ほか》の連中が塾《じゅく》に行った後くらいに、フラッと外に出て、駅前の本屋でよく時間つぶしたりしてたんだ」

（じゃ、いつか由樹奈《ゆきな》が見たの、やっぱり真吾《しんご》だったんだ……）

「ある日、バッタリ山岸《やまぎし》に会って……そしたら、すごいなつかしそうに声かけてきて……『病気、なおったんだって？』って、他《ほか》の連中と同じこといわれても、なぜか全然いやな気がしなかった。部活、どこもはいってないし、クラスにも友達いないから、学校がつまんないって、いきなりいろいろ話してきて……おれも自然にじぶんのこと、話して……それからちょくちょく会うようになったんだ。アパートにも何度か行った。あいつ、母親とふたり暮《ぐ》らしで、おばさん、朝から夜おそくまで働いてるから、いつ行っても、だれもいなくて、気楽なんだ……。先週の火曜の夜、アパート行った時、また親とぶつかって飛び出してきたっていったら、今晩《こんばん》とまってくかって……」

「宗太《そうた》、真吾《しんご》が家を出てったって」

「そんな、おおげさなことじゃなかったんだ。出がけについカッとして、すてぜりふはいちゃったけど、もちろん本気じゃなかった。けど、山岸《やまぎし》にいわれて、一晩《ひとばん》くらい、家からはなれて、頭ひやすのもいいかって。そしたら、あいつ、どうせなら一週間くらい、いろよって。かってにうちに電話して、宗太《そうた》にそういっちゃったんだ。宗太《そうた》、もう帰ってこなくていいって、すごいけんまくで、どなり返してきたらしい」

『こんな家、いや気がさして出てったよ』

そういった時の、宗太《そうた》の絶望《ぜつぼう》したような、助けをもとめるような声が耳によみがえった。

「かわいそうに……どうして、すぐ帰ってあげなかったの？」

「宗太《そうた》には、ほんとにつらい思いさせたと思うよ。家にいたくないからって、行きたくもない塾《じゅく》にまではいって……」

（そうだったんだ……）

「でも、あのままじゃ、どうしようもなかった。そんな状態《じょうたい》から、なんとかぬけ出したかったんだ」

真吾《しんご》はきっぱりとした口調でいった。

「こんな大さわぎを起こして、みんなにめいわくかけて……あまったれてるっていわれるかもしれないけど……それもこれも全部ふくめて、今はよかったって思ってる。病気になったことも……もし、病気にならなかったら、きっとこんなになやんだり苦しんだりしなかっただろうし、じぶんのまわりのことも見えなかったし、山岸《やまぎし》や山岸《やまぎし》のおばさんと親しくなることもなかったし……おばさんにいわれたんだ。こんなとこでよかったら、いたいだけいていいけど、おとうさんやおかあさんの気持ち、よく考えなさいって……あなたのこと、一番心配してるのは、だれだと思うのって……うちの親を知らないからだよって、その時はすなおに聞けなかったけど……」

（うちの親……）

金曜の夜の、かあさんとの電話を思い出した。

「じつは、真吾《しんご》がいない間、うちもいろいろあったんだ。でも、この前、かあさんと約束したの。これからはなんでも話してほしいって……。真吾《しんご》も、おばちゃんや、おじちゃんに、もっとじぶんの気持ち、正直にぶつければよかったんじゃない？」

いってから、じぶんでおどろいた。今まで真吾《しんご》をたよって、真吾《しんご》の後ばかりくっついてきたのに……その真吾《しんご》にわたしがこんなことをいうなんて……。けど、真吾《しんご》は静かにうなずいた。

「カエルにも、そういわれたよ。病気で心配かけて悪いなんて思う必要、全然ない。がまんしたり、えんりょしないで、なんでもいってくれたほうが、うれしいんだって。家族なんだからって」

「同じ弟として、宗太《そうた》の気持ちがよくわかったのね」

なんだか、胸《むね》がシーンとなった。それから、かんじんなことをハッと思い出した。

「きのう、カエルとふたりで、わざとつかまったって、ほんと？」

「あいつには、にげろっていったんだけど……」

「どうして？」

「最初は、にげようとした。けど、とちゅうで、もしにげなかったら、どうなるんだろうって……今のだらしないじぶんに、なんとかケリつけたかったんだと思う」

「こんな大さわぎになるのがわかってて、なんでそんなバカなことを……」

「きっと、バカなことがしたかったんだろうな。ふたりでボールけって、校庭中走りまわって……めちゃくちゃ楽しかった。体中にたまってたものが、パアーッとふっ飛んでくみたいで、おまわりにつかまったしゅんかん、思わず声出してゲラゲラわらっちゃってさ、『いいかげんにしろ』って、すげえいきおいでどなられて……」

楽しそうにクスクスわらって、わたしと目があうと、ハッとしたようにまじめな顔にもどっていった。

「そんな顔すんなよ。二度とあんなまねはしないから。ゆうべ、親ともじっくり話したし……これから、めいわくかけたひとりひとり、宗太《そうた》にも……ちゃんとあやまるから。理央《りお》にも、心配かけて悪かったな。ごめん」

聞いてるうちに胸《むね》がいっぱいになって、あわてて首を横にふった。

「わたしこそ、ごめんなさい」

「えっ、なにが?」

「だって、真吾《しんご》がそんなに苦しんでた時、なんの力にもなれなくて……」

「そんなことないよ。理央《りお》が本気で心配してくれたから、あいつも本気で、あかりちゃんのこと、つたえようとしてくれたんだと思うよ。理央《りお》、昔から、人のことを一生懸命《いっしょうけんめい》思う気持ちは、だれにも負けないだろ？　いっしょにいなくても、それって、ちゃんとつたわるから」

真吾《しんご》はそういって、ニコッとわらった。ひさしぶりに見るなつかしい笑顔《えがお》――。

『村瀬《むらせ》には、あかりの誕生日《たんじょうび》プレゼントのことで、すげえ世話になったから、今度はおれが恩返《おんがえ》しする番だからさ』

カエルがいってたのは、こういうことだったんだ……。

「ほら、早く行って、チャイムが鳴る前に、ちゃんと話してこいよ」

「真吾《しんご》は？　これからどうするの？」

「心配すんな。きょうから完全復活《ふっかつ》だから。教室にもどるよ」

「えっ、ほんとに？」

「いったろ？　きのう、思いっきりバカやって、全部ふっ飛ばしたって」

親指を立てて、ニヤッとわらった。

「そっか。じゃ、今度こそ、ほんとのお帰りだね」

「あかりちゃんのことは、まだ他《ほか》の連中は知らないから」

「わかった」

真吾《しんご》と別れて、急いで教室にもどるとちゅう、先週、川でカエルがいったことを思い出した。

『そいつのために、だれかがそうなってほしいと一生懸命《いっしょうけんめい》願えば、絶対《ぜったい》そうなるんだ』

（あれは、あかりちゃんのことだったんだ。あかりちゃんの手術《しゅじゅつ》が成功して、元気になってほしいって……）

おばあちゃんは、きっと初めて会った日に、カエルのおばあちゃんから、あかりちゃんのことを全部聞いてたんだ。だから、あんなに一生懸命《いっしょうけんめい》、プレゼントのカーディガンを編《あ》むのを手つだってあげたんだ。カエルにもあんなにやさしかったんだ。今まで気づかなかったたくさんのことが、そのほんとの意味が、今やっとわかった。

なぜ、お誕生日《たんじょうび》に絶対届《ぜったいとど》くように、あんなにこだわったのか、セーターじゃなく、カーディガンにしたのは、病院でパジャマの上からかんたんにはおれるように、だったんだね。「今年はもうあんまり着られないかもしれないけど、来年たくさん着ればいいから。なるべく長く着られるように、ゆっくり目に編《あ》んだから」って、おばあちゃんがいった意味も……。あかりちゃんの手術《しゅじゅつ》が成功して、来年もぶじにお誕生日《たんじょうび》がむかえられて、再来年も、五年後も、十年後も……おとなになっても、ずっと着られますようにって……。

教室にもどって、黒板の上の時計を見ると、チャイムまでにもう十分もなかった。モッチ達とロッカーの前にいたカエルに急いでかけよって、ろうかに連れ出した。

「あかりちゃんのこと、真吾《しんご》から聞いた」

「そっか」

カエルはちょっとほほえむようにうなずいた。

「うちのおばあちゃんは知ってたんでしょ？」

「うん……」

「じゃ、わたしにも教えて」

「教えてって、なにを？」

「全部。わかってること、全部。どんな病気か、どんな手術《しゅじゅつ》を受けるのか、どのくらい……」

後はことばにならなかった。

「杉浦《すぎうら》くんに聞かなかったのか？」

「くわしいことは、なにも……それに、カエルの口から直接《ちょくせつ》聞きたいの」

カエルはちょっととまどったような表情《ひょうじょう》をした。それから、

「おれも、そんなくわしくはわかんないけど……」

ポツポツと話し出した。

「心臓《しんぞう》って、おれらが動かさなくても、かってに動いてるだろ？　寝《ね》てる間も休みなくさ。心臓《しんぞう》の上のほうに『ちゃんと動け』って、指令を発信する場所があって、その指令で、心臓《しんぞう》の筋肉《きんにく》って動いてるんだって。けど、あかりの場合、とちゅうによけいなじゃまがあって、うまく指令がつたわってないらしいんだ」

むずかしい話だけど、一生懸命《いっしょうけんめい》聞いた。

「心臓《しんぞう》の病気なんていったら、顔色が悪くて、弱々しい子ってイメージあったけど、この前もいった

ように、あかり、すごいおてんばで、小学校の時からずっとミニバスやってて、中学でも部活はいってて……だから、ほんとにある日、とつぜんだったんだ。本人は少し前から、走ってるとちゅうで息切れして、なんかおかしいって思ってたらしいけど……」

「心臓《しんぞう》って、そんな急に悪くなるものなの？」

「おれも最初に聞いた時は、信じられなかった。テレビなんかでよく、生まれつき心臓《しんぞう》の悪いあかちゃんが、海外で移植手術《いしょくしゅじゅつ》を受けるため、募金《ぼきん》を集めるって、やってるもんな。でも、あかりの病気は、かなり大きくなってわかることが多いらしいんだ」

「手術《しゅじゅつ》すれば、なおるんだよね？」

「たぶん……」

返事までにいっしゅん間があった。

「たぶん？」

「その指令のじゃましてる、神経繊維《しんけいせんい》とかいうやつを切る手術《しゅじゅつ》をするらしいんだ。そんなにむずかしい手術《しゅじゅつ》じゃないって、医者から説明されたらしいけど……なんせ心臓《しんぞう》だからな」

たんたんとした口調に、かくしきれない不安がつたわってくる。それをふりきるように、とつぜんハハッとわらっていった。

「弟のおれには、いつもえらそうに命令するくせに、じぶんの心臓《しんぞう》の指令がうまくいってなかったなんて、わらっちゃうよな」

それから、また真顔にもどって、しんみりいった。

「ふだん、えばってるけど、ほんとはこわがりで……でも、絶対《ぜったい》それ見せまいと強がって……おれがこっち引《ひ》っ越《こ》してくる前、最後に病院に行った時も、じぶんのことはなにもいわないで、『おかあさん、ひとりじめして、ごめんね』って……今まで、おれにあやまるなんて、絶対《ぜったい》なかったのに……」

とつぜん、声がふるえたと思ったら、カエルの目から大つぶのなみだがポタポタとこぼれた。

（……そっか、だから、真吾《しんご》にいったんだね。がまんしたり、えんりょしないで、なんでもいってくれたほうが、うれしいって……）

「おれ、なんもできねえからさ」

カエルは急いでなみだをぬぐうと、てれくさそうにいった。

「せめて、おれが元気出して、パワーを送ろうって決めたんだ。おれが弱気になったら、名古屋《なごや》まで届《とど》く強いパワー送れないから、あかりの手術《しゅじゅつ》も成功しない。そのためには、おれのまわりのいろんなことが、うまくいかなきゃだめだって。おれのまわりのやつが全員元気なら、あかりの手術《しゅじゅつ》も成功する。そう信じるって決めたんだ」

「それで、真吾《しんご》のことも？」

「うん……村瀬《むらせ》によけいなことすんなっていわれたけど、おれだから、できることがあるんじゃないかって……。杉浦《すぎうら》くんだけには、あかりがひっしにがんばってること、つたえなきゃって」

「カエルのおかげで、真吾《しんご》、すごく元気になったよ。きょうから、完全復活《ふっかつ》だって」

「な？　おれのいったとおりだったろ？」

「えっ？」

「村瀬《むらせ》がそうなってほしいって望んだことが、実現《じつげん》したろ？」

カエルはとくいそうにニヤッとわらった。

「うん……でも、わたしが望んだより、ずっといい形だった」

わたしは正直に今の気持ちをつたえた。

「わたし、なんにもわかってなかった。『病気になったら、悪いのかよ？』って、この前、カエルにおこられたけど……もとの真吾《しんご》にもどってほしいって、そればっかり考えてて……でも、今の真吾《しんご》は、病気をして、いろんなことを乗《の》り越《こ》えて、前の何倍もパワーアップした真吾《しんご》なんだよね。これからは、わたしも少し成長して、今までとちがう関係になれたらなって……」

その時、チャイムが鳴り出した。一番聞きたかったことを、急いで聞いた。

「きのう、どうしてみんなとにげないで、真吾《しんご》とつきあったの？」

「勝負の決着つけたかったから」

「勝負の決着？」

「ゴールを決めたほうがアイスおごるって。結局、おまわりにつかまって、ゲームオーバーになっちゃったけど」

「また、そんなふざけたこと……。おばあちゃんに、すごい心配かけたでしょ？」

「まあな。けど、杉浦《すぎうら》くんにとって、だいじな時だから、いっしょにいたいって思ったんだ。ばあちゃんも、ちゃんとわかってくれたよ」

最後はうれしそうにニコッとわらった。


つぎの休み時間、由樹奈《ゆきな》と話した。

「真吾《しんご》、きょうから完全復活《ふっかつ》だって」

「そう……よかった……理央《りお》、ほんとにごめんね」

まだ半分泣きそうな顔をしている。

「ごめんをいうのは、こっちのほうだよ」

わたしは急いで首を横にふった。

「真吾《しんご》から、いろいろ話聞いて、みんなが真吾《しんご》のために……ううん、真吾《しんご》だけじゃない。宗太《そうた》やわたしのためにも、一生懸命《いっしょうけんめい》やってくれたのを知って、ほんとうにうれしかった。なのに、由樹奈《ゆきな》にもカエルにも、あんなひどい態度《たいど》をとって、ごめんなさい」

頭をさげると、由樹奈《ゆきな》はやっと安心したようにホッと息をはいた。

「わたし、今度のことで、あらためていろいろ考えたの。由樹奈《ゆきな》も知ってるように、うちはおとうさんがいないでしょ？　ちいさい時から、おばあちゃんや、かあさんのお手つだいをして、航《わたる》のめんどうを見て、わたしなりに一生懸命《いっしょうけんめい》がんばってきたつもりだった。じぶんでも、同い年の子より、しっかりしてると思ってたし……。由樹奈《ゆきな》にも、えらそうにいったよね？　家族がどうとか、じぶんのことはじぶんで決めろとか……。でも、よく考えたら、わたしが今まで、じぶんひとりの力でなにかをやったことがあったかなって……。ほんとはいつも、おばあちゃんや、真吾《しんご》や、真吾《しんご》のおじちゃん……まわりの人達に助けられてきたんじゃないかって。この前、由樹奈《ゆきな》にいわれたとおりだよ。特に真吾《しんご》には、ずっとあまえっぱなしで……だから、真吾《しんご》がいない間、あんなに心細かったんだって……今ごろ、気がつくなんて、おそいよね。由樹奈《ゆきな》のほうが、よっぽどちゃんとわかってた」

由樹奈《ゆきな》はなにもいわず、だまって聞いている。

「でも、カエルが引《ひ》っ越《こ》してきて、おばあちゃん同士が仲よくなったせいもあるけど……なぜか自然にいろんなこと話せて……考えたら、真吾《しんご》と宗太《そうた》以外の男の子とこんな親しくなったの、初めてだったんだよね。一番近くにいたくせに、真吾《しんご》や宗太《そうた》のつらさ、ちっともわかってなくて……カエルに、大切なこと、たくさん教わった……」

ほんとは、あかりちゃんのことも全部話したかったけど、今いえる範囲《はんい》で、一生懸命《いっしょうけんめい》気持ちをつたえようとした。

「カエルって、ほんとふしぎだよね。あたしも、気がついたら、あいつにいろいろ話してて……」

由樹奈《ゆきな》がしみじみとした口調でつぶやいた。それを聞いて、またハッと思い出した。

「ごめん……受験のこと……」

「ああ……もう、いいの」

由樹奈《ゆきな》はニコッとわらっていった。

「あたしだって、いろいろなやんでるって、理央《りお》にわかってほしかったんだと思う。でも、だいじょうぶ。もう少し考えて、ちゃんとじぶんで答えを出すから。やっと、それができる気がしてきたの。どっちを選んでも、いいんだって。学校がちがっても、ずっと友達って、理央《りお》、思ってくれるでしょ？」

「もちろんよ」

「そうだよね。真吾《しんご》くんも、ＦＣのおまつり軍団《ぐんだん》もいるし……だから、カエルは理央《りお》にゆずるよ」

「えっ、ちょっと……由樹奈《ゆきな》、まさか……」

びっくりして、思わず息を飲むと、

「やあだ、ジョーダン」

おかしそうにケラケラわらった。

（でも、由樹奈《ゆきな》がジョーダンでこんなこというだろうか……）

真っすぐ顔を見つめると、あわてて早口でペラペラしゃべり出した。

「理央《りお》ったら、またヘンな誤解《ごかい》しないでよ。前にも、あたしが真吾《しんご》くんのこと、すきじゃないかって、カンちがいしたことあったでしょ？　あたしには永遠の、あこがれの王子さまがいるってこと、わすれないでね」

ツンと口をとがらせてから、急にしょんぼりした表情《ひょうじょう》になった。

「あーあ、今まで真吾《しんご》くんと理央《りお》のこと、いつもワンセットで考えてたから、ちょっとさみしいな。まあ、でも、いっか、カエルなら……。見た目はいまいちだけど、すっごく、いいやつだから」

「ちょっと待ってよ。わたし、そんなこと、一言もいってないじゃない」

「いわなくても、ちゃんと顔に書いてあります。こういうことは、経験豊富《けいけんほうふ》なおねえさんにまかせなさいって」

「いつの間に、おねえさんになったのよ。しかも、経験豊富《けいけんほうふ》だなんて、うそばっかり！」

思わずムキになっていい返して、ふたりでプッとふき出した。

＊　＊　＊　＊　＊

真吾《しんご》がもどって、またにぎやかな学校生活が始まった。三組の学級委員は山本《やまもと》くんがそのまま続けて、真吾《しんご》は学年委員会のリーダーということになったらしい。夏まつりは予定より少し先にのばして、一学期最後の土曜日に決まった。

真吾《しんご》は正式に塾《じゅく》をやめた。モッチ達と東中《ひがしちゅう》に行って、サッカー部にはいることにしたって。一年上に去年のチームのメンバーも待っている。「だったら、おれも、下の連中に負けないよう、少しはうまくなっとかなきゃ」って、山岸《やまぎし》くんがあわてて入部届《とど》けを出したらしい。

「マーくん、真吾《しんご》くんが地元の中学行くって聞いて、残念だけど、じぶんがやりたいようにやるのがね。ぇ？」

一番いいからって」

牧原《まきはら》さんがちょっとさみしそうにいった。

「べつに学校がちがっても、すきな時に会えるんだから、そんながっかりしなくてだいじょぶよ。ね

由樹奈《ゆきな》は例のフットサルの事件《じけん》以来、牧原《まきはら》さんにずいぶんやさしくなった。さっきの休み時間、三人で話してた時も、

「牧原《まきはら》、いつもショートだけど、もう少し髪《かみ》のばしたほうがにあうんじゃない？」

なんて、とつぜんいい出して……牧原《まきはら》さんもびっくりした顔したけど、

「あ、じゃ、そうしてみようかな」

までガラスにうつした髪《かみ》を、うれしそうに引っぱったりしていた。

それから二週間たった水曜日、おばあちゃんが編《あ》み物《もの》教室で、あかりちゃんの手術《しゅじゅつ》の予定が決まったと聞いてきた。七月五日の火曜日。ちょうど三週間後だ。カエルとおばあちゃんは、手術《しゅじゅつ》に立ちあうため、三日前の土曜日に名古屋《なごや》に行くらしい。

「ぶじに成功するよう、みんなで一生懸命《いっしょうけんめい》おいのりしましょうね」

おばあちゃんのことばに、いよいよだと思うと、急にこわくなった。でも、今度はわたしや真吾《しんご》がカエルをはげます番。名古屋《なごや》のあかりちゃんに届《とど》くよう、せいいっぱいのパワーを送らなきゃ。そう

心にちかったつぎの日――。

おどろいたことに、トンビが朝の会でクラスのみんなに、あかりちゃんの手術《しゅじゅつ》の話をした。おおげさにされたくないからって、カエルはいやがったみたいだけど、理由もいわず、何日も学校を休むわけにいかないからと、おばあちゃんに説得されたらしい。けど、それより先に真吾《しんご》がひそかにFCの連中に、あかりちゃんのことを話してたみたいで、心配したようなさわぎにはならなかった。先生がていねいに事情《じじょう》を説明してる間、緊張《きんちょう》した顔でじっとうつむいてたカエルも、

「がんばってこいよ」「みんなでおうえんしてるからな」

モッチ達に力強くはげまされて、パッと立ちあがると、

「みんな、サンキュ、サンキュ」

教室中をぐるりと見まわして、うれしそうに何度も頭をさげた。

真吾《しんご》がカエルにないしょで計画を進めてたことが、もうひとつあった。あかりちゃんの手術《しゅじゅつ》の成功をいのって、六年生全員で千羽鶴《せんばづる》を折ること。初めは六年と先生だけの予定だったのが、モッチがFCの後輩達《こうはいたち》にも呼《よ》びかけて、おばあちゃんの編《あ》み物《もの》教室のお仲間もくわわって――あっという間に千羽をこえた。

七月二日の土曜日、その千羽鶴《せんばづる》を持って、カエルとおばあちゃんは名古屋《なごや》に出発した。見送りは、やめようとみんなで決めた。絶対《ぜったい》、すぐにもどってくるからって。

そして、いよいよ七月五日――手術《しゅじゅつ》の当日は、朝からそわそわと落ち着かなかった。学校に行っ

てからも、授業《じゅぎょう》の間も、休み時間も、

「手術《しゅじゅつ》、もう始まったかなあ」「どのくらい、かかるんだろう」

みんな、気が気じゃないようすで、何度も時計を見て、勉強に集中できなかった。この日ばかりはトンビも同じ気持ちだったみたいで、教科書のページをまちがえたり、授業《じゅぎょう》で使うプリントを職員《しょくいん》室《しつ》にわすれて、あわててとりに行ったりした。給食を食べる前と、帰りの会の最後に、「どうか手術《しゅじゅつ》が成功しますように」と、クラス全員で両手をあわせて、心をこめていのった。


つぎの日の夕方、カエルから電話がかかってきた。ドキドキしながら受話器をとると、

「手術《しゅじゅつ》、成功したから」

一言いったきり、なにも聞こえなくなったと思うと、

「また電話する」

すぐにきれてしまった。カエル、泣いてるみたいだった。

三日たって、また電話があった。今度はいつもの元気な声だった。あかりちゃんとも、短い時間なら、話ができるようになったらしい。

「『麻酔《ますい》がさめたしゅんかん、ああ、生きてるんだって思った』って」

「そう……よかったね……ほんとによか……」

声がふるえて、うまくしゃべれなかった。カエルもしばらくだまったままだった。それから、

「あ、あの、おれさ……」

なぜか、おずおずした声で、いいにくそうにきり出した。

「後、どのくらいかかるかわかんないけど、あかりが退院《たいいん》したら、かあちゃん、ふつうに家にいられるようになるから、こっちに帰ってくるかって……」

「えっ？」

いっしゅん、時間がとまった気がした。それから、ゆっくりと動き出した。

（そっか……そうだよね。あかりちゃんが元気になったら、カエルがおかあさんとはなれて暮《く》らす理由、なくなるんだもんね。引《ひ》っ越《こ》してきた時も、おじさんの転勤《てんきん》が終わったら、また名古屋《なごや》に帰るっていってたもんね……）

いつの間にか、すっかりわすれてた。頭がぼうっとして、すぐにはなにも考えられそうになかった。

でも、カエルのために、よろこばなくちゃ。ひっしに気持ちをきりかえて、明るい声でいった。

「よかったね。カエルのゆめがかなったね」

「ゆめ？」

「真吾《しんご》に聞いたの。またあかりちゃんといっしょにごはん食べたり、思いっきりケンカするのがゆめだって」

「ああ……そんなこといったっけな」

カエルは静かにハハハッとわらった。

「けど、いざとなると、せっかくモッチ達とも、こんな仲よくなれたのにって……そうかんたんに決心つかなくて……体がふたつあればいいのになって……」

めずらしく、ひどく落ちこんだ声だった。

「でも、おじさんとおばあちゃんがいるんだから、またいつでも遊びにこられるじゃない」

わたしはカエルを元気づけようと、一生懸命《いっしょうけんめい》はげました。今までカエルが、いつもまわりのみんなにしてたように……。

「うん、まあ、とうちゃんとばあちゃんをずっとほっとくのも心配だし……あかりも、ふたつ家があるなんて、楽しいって……。夏休みはまだむりだけど、冬休みか春休み、かあちゃんもいっしょにそっちに行って、村瀬《むらせ》や、村瀬《むらせ》のばあちゃんに会いたいって」

「わあーっ、ほんとに？　楽しみだなあ」

思わず、こうふんしてさけんだ――つぎのしゅんかん、すぐに現実《げんじつ》に引きもどされた。

「けど、おじさん、転勤《てんきん》が終わったら、そっちに帰っちゃうんだよね……」

わたしのしょんぼりした声に、

「ああ……でも、それはまだ二年も三年も先の話だからさ」

今度はカエルが、はげますようにいった。

「三年たったら、わたし達、中三だね」

わたしも負けずに元気な声を返した。

「あかりは高二だから、大学受験の勉強なんか、始めてるかもな」

「そうだよねえ。どんな大学、めざすんだろう」

それから、ふたりで思わずシーンとだまりこんでしまった。

(わたし達、あかりちゃんの三年も先の話してる……これって、すごいことだよね。おばあちゃんが編《あ》んだカーディガン、ほんとにずっとずーっと着られるんだよね)

なみだが出そうになった。

(「未来」があるって……「未来」のことを考えるって、こんなにワクワクするんだ……)

そう思ったしゅんかん、目の前にパアーッと青空が広がったような気がした。

「……あの、それからさ」

カエルが急にまた、おずおずした声できり出した。

「よけいなおせっかいだけど、村瀬《むらせ》も、とうちゃんのこと、後悔《こうかい》しないようにな」

(えっ?)

いっしゅん、なにをいわれたのかわからなかった。でも、すぐにストンと胸《むね》に落ちてきた。

「……知ってたんだ」

「うん、ばあちゃんから、ちょっと……」

(そうだったんだ……おばあちゃん、ほんとになんでも話せるお友達を見つけたんだね)

こんなふうに考えられるじぶんが、なんだかふしぎだった。今までなら、家の事情《じじょう》を他人にべらべらしゃべるなんてって、きっとものすごくおこったにちがいない。カエルにも「ほんとに、よけいなお世話」って、どなったと思う。知らず知らずの間に、わたしの中で、なにかが変わったのかもしれない……。

「それと、とうちゃんが、杉浦《すぎうら》くんのおじさんから……」

「真吾《しんご》のおじちゃん？」

意外な名前が出てきて、びっくりした。

「ほら、フットサル事件《じけん》の時、いっしょに交番に呼《よ》び出されたろ？　あの後、ふたりでけっこういろいろ話したらしいんだ。杉浦《すぎうら》くんのおじさん、学校にも友達にも、とんでもないめいわくかけて、もうしわけないって、すごく気にして……けど、うちのとうちゃんも、ばあちゃんから杉浦《すぎうら》くんのことを聞いて、ずっと心配してたのに、なにもできなかったって……。ばあちゃん達のおかげで、あかりのこと、すごいはげましてもらって……だから、これからはなにかあった時、おたがいに力になれるよう、おやじ同士もがんばろうって……なんか、すげえもりあがって、今度そっち帰ったら、一杯《いっぱい》やる約束したらしいんだ」

（真吾《しんご》のおじちゃんと、カエルのおじさんが……？）

ふたりにそんなつながりができてたなんて、思いもしなかった。わたしが気がつかなかっただけで、まわりのだれも、知らん顔なんてしてなかった。真吾《しんご》や宗太《そうた》のことも、カエルのことも……そして、きっと、わたしと航《わたる》のことも、ちゃんと見まもってくれてた……ほんとに、たくさんの人達が……。

思わず、胸《むね》がジーンと熱くなった。

「ま、いろいろあるけどさ、おとななりに、みんな、けっこうがんばってるってことだよ」

カエルがえらそうな口調でいった。

「うん、そうだね……ありがとう」

（わたしもいつか、おとうさんに会ってみる）

最後のことばは、まだ口に出していえそうにないから、心の中でそっとつぶやいた。

「でさ、とうちゃんは仕事があるから、ゆうべ一足先に帰ったけど、おれとばあちゃんも、あしたの夜、そっちにもどるから。月曜は学校に行ける」

「えっ、もどってくるの？」

「あったりまえだろ。夏まつりの準備《じゅんび》が待ってるんだから」

「え、だって、名古屋《なごや》に帰るって……」

「それは、二学期からの話だよ。まだスッパリ決心つかないけど、とりあえず、こっちに帰って、しばらく、かあちゃんとあかりと暮《く》らして……こっちの友達とも旧交《きゅうこう》あったためて……でも、元気になったら、あかりのやつ、すぐえらそうにこき使ったりするだろうから、そしたらまた、そっちに転校しようかな」

ジョーダンともつかない口調でいった。

「えーっ、そんなこと……」

（できるわけない）って、いい返そうとして、やめた。ほんとうにそうなったらいいなって、わたしも思ったから。本気で望んだら、願いがかなう――なんちゃって……。

「そしたら、モッチ達、大よろこびするでしょうね」

「えっ、あいつらだけ？　他《ほか》にも、よろこんでくれるやつ、いるんじゃないの？」

「さあ、だれのことかな？　ひょっとして、由樹奈《ゆきな》？」

「ゲッ、またそれかよっ」

本気でむくれたのがわかって、（ほんとは、わたし）っていえばよかったかなと、ちょっと後悔《こうかい》した。けど、へたにそんなこといったら、カエル、チョーシに乗って、『村瀬《むらせ》が泣《な》いてたのむからさあ』なんて、オーバーにいいふらすかもしれない。

『えーっ、おまえら、そんな仲だったのかよォ』

モッチがうれしそうにひやかす声まで聞こえそうで、背中《せなか》にジトッと冷《ひ》やあせが出た。

「ま、とにかく、先の話はゆっくり考えるとして……じゃあ、また月曜日に学校でな」

「あ、うん、あかりちゃんによろしくね」

あわてて返事して、電話をきって、思わずホーッと息をはいた。

おばあちゃんは買い物に出かけてる。ひとりでいると、なんとなく、そわそわと落ち着かない気がして、（そうだ。帰ってくる前に、庭の花に水をやろう）と縁側《えんがわ》に出ると、おどろいたことにデイジーがきていた。

デイジーは真吾《しんご》が帰ってきてから、ずいぶん元気になった。航《わたる》とわたしも、毎日ようすを見にいって……そのうち、声をかけると、うれしそうに目を開けて、しっぽをふるようになった。ごはんもよく食べるようになった。カエルがいったとおりだった。家族や、まわりの人達の気持ちがつたわるって……。

すっかり緑が濃《こ》くなったサクラの葉が、風にさわさわ鳴っている。その音を子守歌《こもりうた》のように聞きながら、ゆめでも見てるんだろうか？　デイジーはいつものお気に入りの場所で、気持ちよさそうに眠《ねむ》ってる。

「ああーっ、デイジー、ここにいたのかよっ」

けたたましい声にハッと目を向けると、宗太《そうた》と航《わたる》が木戸の向こうから、いきおいよく飛びこんできた。

「シッ、静かに寝《ね》かせてあげて」

サンダルをつっかけて、わたしも急いで庭に出た。

「真吾《しんご》は？」

「夏まつりの準備《じゅんび》委員会の集まりだって、昼から学校に行った。まだまだやることがたくさんあるから、これからは土日も休みなしだって」

「へえ、がんばってるんだね。また、むりし過《す》ぎないといいけど」

「だいじょぶだいじょぶ。無敵《むてき》パワー、完全復活《ふっかつ》！」

まるでじぶんのことのように、気合いのはいったガッツポーズをして見せた。

「ねえ、宗太《そうた》くんのクラス、なにやるの？」

航《わたる》は四年生だから、おきゃくさん役で、じぶん達のお店はない。

「バーカ、そんなこと、教えられっか。あ、でも、そうだ。まつりが終わった後、一年から四年にアンケートとって、どの店が一番おもしろかったか、学年ごとに優勝《ゆうしょう》決めるっていってたから、おまえ、絶対《ぜったい》おれんとこに投票《とうひょう》しろよ。友達もたくさん、連れてこいよ」

「うーん、そうだなあ……じゃあ、お礼になにくれる？」

さすが、宗太《そうた》とのつきあいが長いだけあって、航《わたる》もちゃっかりしてる。

「だめよ。そういうの、ワイロっていうんだから」

「なんだよ、それ？　理央《りお》といると、ごちゃごちゃうるせえから、もう行こうぜ」

「うん、行こうぜ、行こうぜ」

航《わたる》もうれしそうに調子をあわせて、木戸の向こうにダッと走っていった。

「やっと静かになったね」

デイジーの横にしゃがむと、まるで返事をするようにサクラの葉が風にさわさわ鳴った。

（土日も休みなし）って、真吾《しんご》委員長のもと、モッチや牧原《まきはら》さんもきっとめちゃめちゃはりきってるんだろうな。そのようすが目にうかぶようだった。あした、由樹奈《ゆきな》といっしょに手つだいに行ってみようかな？

月曜には、カエルもモッチ軍団《ぐんだん》に復帰《ふっき》する。そして、夏まつりが終わったら、しばらくのお別れが待っている。でも、今はさみしいなんて、少しも感じない。それより、いっしょに過《す》ごせる時間を思いっきり楽しんで、名古屋《なごや》のあかりちゃんが、もっともっと元気になるように、すてきな思い出をたくさん、おみやげに持って帰ってほしい――そんな気持ちでいっぱいだ。向こうに行ったら、カエルはきっと、今まであかりちゃんにしたように、今度は名古屋《なごや》から、強力元気パワーを送ってくれるにちがいない。もちろん、わたしもせいいっぱい、パワーを送れるよう、がんばるつもり。そして、冬休みか、春休みか、つぎに会う時は、あかりちゃんもいっしょにこられますように……。

そうだ！ それまでに、あかりちゃんにプレゼントするセーターを、おばあちゃんに編《あ》んでもらおう。今度は少し大き目なんかじゃなく、今のあかりちゃんにピッタリの……もちろん、わたしが絵を描《か》いて……ああ、考えただけで、ワクワクする。

かあさんは来月から、吉祥寺《きちじょうじ》にあるお店の主任《しゅにん》になることが決まった。今の主任《しゅにん》さんが神戸《こうべ》に転《てん》勤《きん》するから、その後を引き受けるって――。「渋谷《しぶや》とはまたちがって、とてもすてきな街《まち》よ」って、今からすごくはりきってる。

三年先、五年先……わたし達にどんな「未来」が待ってるかわからない。でも、どんなに遠くはなれてても、きっとまた「ゆめ」の話の続きをしようね。

「よっしゃあ」

カエルがいせいよく答える声が聞こえた気がした。

■作家　**泉　啓子**（いずみ　けいこ）

東京都に生まれる。『風の音を聞かせてよ』（岩崎書店）でデビュー。主な作品に『夏のとびら』（あかね書房）、『サイレントビート』（ポプラ社）、『シキュロスの剣』『晴れた朝それとも雨の夜』『夕焼けカプセル』（以上、童心社）、『ロケットにのって』『青空のポケット』（ともに新日本出版社）などがある。

■画家　**丹地陽子**（たんじ　ようこ）

三重県に生まれる。東京芸術大学美術学部卒。書籍の装画や雑誌の挿画を中心に活躍している。挿画の作品に『夏のとびら』『竜の木の約束』（ともに、あかね書房）、『ヘンダワネのタネの物語』（ポプラ社）、『魔術』（岩崎書店）、『紅に輝く河』（角川書店）などがある。

装丁　白水あかね（株式会社 システムアート）
協力　有限会社シーモア

スプラッシュ・ストーリーズ・15
ずっと空を見ていた

2013年9月　初　版
2018年11月　第2刷
作　者　泉　啓子
画　家　丹地陽子
発行者　岡本光晴
発行所　株式会社あかね書房
〒101-0065　東京都千代田区西神田 3-2-1
電　話　営業(03)3263-0641　編集(03)3263-0644
印刷所　錦明印刷株式会社
製本所　株式会社難波製本

NDC 913　285ページ　21 cm

ISBN978-4-251-04415-0

スプラッシュ・ストーリーズ

虫めずる姫《ひめ》の冒険《ぼうけん》

芝田勝茂・作／小松良佳・絵

虫が大好《す》きな「虫めずる姫《ひめ》」は、金色の虫を追《お》って冒険《ぼうけん》の旅《たび》へ。痛快平安《つうかいへいあん》スペクタクル・ファンタジー！

鈴《すず》とリンのひみつレシピ！

堀　直子・作／木村いこ・絵

おとうさんの名誉《めいよ》ばんかいのため、料理《りょうり》コンテストに出ることになった鈴《すず》。犬のリンと、ひみつのレシピを考えます！

ぼくらは、ふしぎの山探検隊《たんけんたい》

三輪裕子・作／水上みのり・絵

雪合戦やイグルー作り、冬限定《げんてい》の「ニョロニョロ」見物…。山荘《さんそう》で雪国暮《ぐ》らしを目いっぱい楽しむ子どもたちの物語《ものがたり》。

強くてゴメンね

令丈ヒロ子・作／サトウユカ・絵

陣大寺《じんだいじ》あさ子《こ》の秘密《ひみつ》を知ってしまったシバヤス。とまどいとかんちがいから始《はじ》まる小５男子のラブストーリー。

想魔《そうま》のいる街《まち》

たからしげる・作／東　逸子・絵

“想魔《そうま》”と名乗《なの》る男に、この世界《せかい》はきみが作った世界《せかい》だといわれた有市《ゆういち》。男の正体は、そしてもとの世界《せかい》にもどるには？

犬とまほうの人さし指《ゆび》！

堀　直子・作／サクマメイ・絵

ドッグスポーツで世界をめざすユイちゃん。わかなはダイチと大応援《だいおうえん》！夢《ゆめ》に向《む》かってがんばる二人は…！？

プルーと満月《まんげつ》のむこう

たからしげる・作／高山ケンタ・絵

セキセイインコのプルーが、裕太《ゆうた》に不思議《ふしぎ》な声で語りかけた…。鳥との出会いで変《か》わってゆく少年の、繊細《せんさい》な物語《ものがたり》。

あの夏、ぼくらは秘密基地《ひみつきち》で

三輪裕子・作／水上みのり・絵

亡《な》くなったおじいちゃんに秘密《ひみつ》の山荘《さんそう》が？ケンたちが調べに行くと先客が…。夏の山荘《さんそう》に集《つど》った子どもたちの元気な物語。

ロボット魔法部《まほうぶ》はじめます

中松まるは・作／わたなべさちよ・絵

ゲームが大すきな陽太郎《ようたろう》が、男まさりの美空《みそら》、天然《てんねん》少女のさくらと、ロボットとのダンスに挑戦《ちょうせん》。魔法《まほう》の演技《えんぎ》をめざして努力《どりょく》する成長物語《せいちょうものがたり》。

チャンプ　風になって走れ！

マーシャ・ソーントン・ジョーンズ・作
もきかずこ・訳／鴨下　潤・絵

交通事故《じこ》で足を失《うしな》ったチャンピオン犬をひきとったライリー。ライリーとチャンプの新たな挑戦《ちょうせん》とは…。

うさぎの庭《にわ》

広瀬寿子・作／高橋和枝・絵

気持《きも》ちをうまく話せない修《おさむ》は、古い洋館《ようかん》に住《す》むおばあさんに出会う。少しずつ心を開《ひら》いていく修《おさむ》は…。あたたかい物語《ものがたり》。

おいしいケーキはミステリー!?

アレグザンダー・マコール・スミス・作
もりうちすみこ・訳／木村いこ・絵

学校でおかしの盗難事《とうなんじ》件《けん》が発生。うたがわれた友だちを助けるために、少女探偵《たんてい》プレシャスが大活躍《だいかつやく》！アフリカが舞台《ぶたい》の楽しい物語《ものがたり》。

バアちゃんと、とびっきりの三日間

三輪裕子・作／山本祐司・絵

夏休みの三日間バアちゃんをあずかった祥太《しょうた》は、認知症《にんちしょう》のバアちゃんのために大奮闘《ふんとう》！感動《かんどう》の物語《ものがたり》。

シーラカンスとぼくらの冒険《ぼうけん》

歌代　朔・作　町田尚子・絵

マコトは地下鉄でシーラカンスに出会った！アキラとともに謎《なぞ》を追い、シーラカンスと友だちになった二人は…。

ずっと空を見ていた

泉　啓子・作　丹地陽子・絵

父はいなくても、家族やおさななじみとしあわせに暮《く》らしてきた理央《りお》。そんな日々が揺《ゆ》らぎはじめる。きずなをとりもどすため理央《りお》は…。

以下続刊